Hans Rath

Jetzt ist Sense

Hans Rath

Jetzt ist Sense

Roman

dtv

MIX
Papier | Fördert gute Waldnutzung
FSC® C083411

2. Auflage 2023
Originalausgabe 2023

Umschlaggestaltung: Hauptmann & Kompanie Werbeagentur, Zürich
Umschlagmotiv: unter Verwendung des Werkes »Nighthawks« (1942)
von Edward Hopper © Art Institute of Chicago/
Friends of American Art Collection/Bridgeman Images
Satz: C.H.Beck.Media.Solutions, Nördlingen
Gesetzt aus der Stempel Garamond 10,5/15˙
Druck und Bindung: CPI books GmbH, Leck
Printed in Germany · ISBN 978-3-423-26334-4

1

Sie wäre heute gern mit einem Kuss geweckt worden, aber die Welt war leider nicht perfekt. Statt sich im Bett zu rekeln und an frischen Croissants zu knabbern, stand Olivia gebückt und leise fluchend in ihrer kleinen Küche und stocherte mit dem Brotmesser in der Kaffeemaschine herum, um eine der verdammten Kapseln, die sich darin verklemmt hatte, freizubekommen.

Dummerweise war die Maschine noch vor der ersten Tasse in die Knie gegangen. Und ganz oben auf Olivias Liste unausstehlicher Dinge stand, sich vor dem ersten Kaffee ärgern zu müssen. Sie fand, mit Kaffee ärgerte es sich irgendwie leichter.

Als es an der Tür klingelte, zuckte sie erschrocken zusammen, und dabei brach mit einem leisen »Pling« das Brotmesser ab. Genervt warf sie es in die Spüle.

Happy birthday, Liv.

Sie öffnete. Vor ihr stand ein Mann mit braunen Augen, dunklen Haaren, einem Dreitagebart, einem langen schwarzen Umhang und einer …

»Ist das eine Sense?«, fragte sie.

Er nickte.

Seltsame Erscheinung, dachte sie. Irgendwas zwischen Zigeunerbaron und Graf Dracula. Sie ertappte sich bei dem Gedanken, ihn ganz attraktiv zu finden. Zumindest, soweit sie das trotz des Capes beurteilen konnte.

Außerdem ging ihr durch den Kopf, dass das Wort »Zigeunerbaron« bestimmt diskriminierend war. Ob die gleichnamige Operette wohl umbenannt werden musste? Aber in was? In Baron, ungarische Art? Vermutlich war auch das diskriminierend. Sie schob das Problem beiseite. »Was kann ich für Sie tun?«

»Schade. Sie sind nicht Elisabeth Keller«, stellte er fest, während er ein Päckchen Zigaretten unter seinem Umhang hervorfummelte.

»Stimmt.« Sie deutete auf ihr Praxisschild.

Vielleicht ist er ein Stripper, dachte sie. Ob Conny ihr zum Geburtstag einen Stripper vorbeigeschickt hatte? Ihrer besten Freundin wäre eine solche Idee absolut zuzutrauen. Aber warum war sie dann nicht hier, um sich ebenfalls an Olivias Geschenk zu erfreuen?

»Dr. Olivia Bentele«, las er halb laut vor und steckte sich eine Zigarette in den Mund. »Sie sind Psychologin. Interessant.«

»So ist es«, erwiderte sie. »Und hier ist Rauchen verboten.«

»Trifft sich gut. Ich wollte sowieso aufhören«, sagte er, nahm die Zigarette aus dem Mund und schob sie hinters Ohr. »Ich interessiere mich übrigens auch für Psychologie.«

»Wie schön«, sagte sie und dachte: Wenn er für mich strippen will, dann soll er das doch einfach tun.

»Ich vermute, Sie kennen Freuds Theorie vom Todestrieb«, sagte er.

Olivia fragte sich, ob es zu seinem Job gehörte, sich interessant zu machen, bevor er zur Sache kam. »Ja. Sagt mir was. Thanatos und Eros, richtig?«

Sein Gesicht hellte sich auf. »Genau.« Er wiederholte ihre Worte wie eine Verheißung. »Thanatos und Eros.«

In leiser Vorfreude öffnete sie die Tür. »Wollen Sie vielleicht reinkommen und ... darüber reden?«

»Nein, ich hab leider keine Zeit«, sagte er. »Aber vielleicht könnten Sie mir Ihre Karte geben. Man weiß ja nie, wozu es gut ist.«

»Klar.« Olivia überlegte zwar kurz, ob sie da gerade einen Spinner mit einem Stripper verwechselt hatte, nahm aber dennoch eine Visitenkarte vom Besuchertisch und gab sie ihm. »Sind Sie sicher, dass Sie nicht vielleicht doch reinkommen möchten?«

»Bin ich«, erwiderte er und schien selbst ein wenig zu bedauern, dass er weitermusste. »Sie wissen nicht zufällig, wo ich Elisabeth Keller finden kann?«

»Doch. Zwei Etagen höher«, antwortete Olivia.

»Danke.« Lässig schulterte er seine Sense und machte sich auf den Weg nach oben. »Schönen Tag noch.« Er begann, *Griechischer Wein* vor sich hin zu pfeifen.

»Ebenso.« Olivia sah ihm nach. Was der gut gelaunte Sensenmann von der alten Frau Keller wollte, ging sie zwar nichts an, aber neugierig war sie trotzdem. »Erwartet sie Sie eigentlich?«, rief sie ihm hinterher.

»Ja, wir sind verabredet«, antwortete er, ohne sich umzudrehen.

»Na, dann ist ja alles bestens«, sagte sie und schloss die Tür.

2

Schade, ein Stripper wäre nett gewesen, dachte Olivia und wollte sich wieder zur Küche wenden, als es erneut klingelte.

Lächelnd öffnete sie die Tür. »Haben Sie sich doch nicht in der Tür geirrt?«

»Wie meinst du das?«

Georg, ihr Ex-Mann. Längst nicht so eine Augenweide wie der Kerl mit der Sense. Ihr Lächeln erstarb. »Es war gerade jemand an der Tür, und ich dachte … Egal, vergiss es.«

»Alles okay mit dir?«, fragte er und klang besorgt, was allerdings nicht viel hieß. Georgs Sorge um andere Menschen hielt sich in Grenzen. Er bekundete zwar oft Anteilnahme, am liebsten sorgte er sich aber um sich selbst.

»Alles bestens«, log sie. »Und bei dir?«

Er sah müde aus. Sogar sehr müde. Regelrecht abgekämpft. Ein Mann Mitte fünfzig mit dünner werdendem Haar, einem Bauchansatz und langsam schmaler werdenden Schultern. Es tat ihm wohl doch nicht so gut, sie für eine deutlich Jüngere verlassen zu haben. Tja, geschah ihm ganz recht.

»Ich brauche deine Hilfe. Darf ich reinkommen?«

Sie zögerte.

»Ist wirklich wichtig«, fügte er hinzu.

»Ich hab eigentlich keine Zeit. Gleich kommt eine Klientin.«

»Danke, geht auch ganz schnell«, sagte er und zwängte sich

an ihr vorbei, um sich seufzend in einen der beiden Sessel fallen zu lassen, die im Eingangsbereich standen. »Sag mal, riecht's hier nach Kaffee?«

»Nein. Die Maschine streikt.« Sie schloss die Tür und setzte sich ihm schräg gegenüber in den anderen Besuchersessel. »Fünf Minuten. Ich muss mich noch vorbereiten. Die Frau kommt zum Erstgespräch.«

»Soll ich sie mir mal ansehen?«, fragte er.

Sie stutzte. »Meine Klientin?«

»Nein. Die Kaffeemaschine.«

»Wozu? Verstehst du denn was davon?«

»Das nicht, aber vielleicht finde ich den Fehler trotzdem.«

Warum glaubten die meisten Männer eigentlich, Dinge zu können, von denen sie nicht die leiseste Ahnung hatten? Olivia fand, das war mit Erziehung oder Sozialisation nur ungenügend zu erklären. Es musste einen anderen Grund dafür geben. Vielleicht einen evolutionären Vorteil, den man hatte, wenn man sich vordrängelte, um in einen ausweglosen Krieg zu ziehen oder bei einer irrwitzigen Expedition ins Gras zu beißen. Aber worin hätte dieser Vorteil bestehen können? Alle Männer, die bei idiotischen Heldentaten ins Gras bissen, waren für die Evolution schließlich verloren.

»Was ist? Soll ich?«, fragte er und riss Olivia aus ihren Gedanken. »Sag schon, soll ich mir die Kaffeemaschine jetzt mal ansehen, oder nicht?«

Olivia überlegte kurz, ob sie Georg an der Evolutionslotterie teilnehmen lassen sollte. Heute in der Lostrommel: ein Stromschlag, verursacht durch eine defekte Kaffeemaschine. »Nicht nötig«, antwortete sie. »Ich hab sie schon allein kaputt gekriegt. Also, was hast du auf dem Herzen?«

Er seufzte lang und theatralisch, schaute an die Decke und überlegte.

In Wahrheit hatte sie noch eine gute halbe Stunde Zeit, genug also, um in Ruhe mit ihm zu reden. Andererseits war heute ihr Geburtstag. Statt sich die Probleme ihres Ex-Mannes anzuhören, würde sie viel lieber irgendwo einen Becher Kaffee organisieren und damit noch ein Viertelstündchen still am Fenster in der Sonne sitzen.

Viel Sonne hatte dieser Spätsommermorgen zwar nicht zu bieten, aber es war besser als nichts. In jedem Fall besser als ein Gespräch mit dem Ex. »Lass uns lieber ein andermal reden.«

Georg erwachte aus seiner Denkstarre. »Nein. Ist schon gut. Ich frag mich nur, wo ich anfangen soll.« Er seufzte erneut und fläzte sich in den Sessel, als hätte er alle Zeit der Welt. »Es ist leider ein bisschen … kompliziert.«

»Irgendwo solltest du jetzt anfangen«, sagte sie leicht genervt. »Wie schon erwähnt, habe ich gleich einen Termin.«

»Springst du immer so mit deinen Klienten um?«, fragte er spitz.

»Du bist nicht mein Klient. Du bist mein Ex-Mann. Und nach Lage der Dinge behandele ich dich außerordentlich fair.«

»Schon gut.« Er wusste, dass sie recht hatte. »Also. Die Sache ist die: Es läuft momentan nicht gut mit mir und Manisha. Ehrlich gesagt, läuft es schlecht. Manchmal sogar sehr schlecht.«

»Wer ist Manisha? Bist du nicht mit Uschi zusammen?«

»Ihr Name ist nicht Uschi, sondern Ursula. Und du weißt ganz genau, dass sie es nicht mag, Uschi genannt zu werden.«

»Da sie nicht hier ist, wird es sie nicht weiter stören«, erwiderte Olivia ungerührt.

»Und was ist, wenn auch ich es nicht mag, dass du sie Uschi nennst?«, fragte er gereizt.

»Willst du deine fünf Minuten wirklich damit verplempern, Haare zu spalten, oder mir jetzt einfach sagen, was es mit Manisha auf sich hat?«

»Ursula nennt sich neuerdings Manisha«, erklärte Georg. »Das ist ein spiritueller Name aus dem Sanskrit.«

»Klingt auf jeden Fall besser als Uschi.«

»Hör auf, Liv.«

»Okay, ich fasse mal zusammen. Deine Uschi hat sich einen neuen Namen zugelegt, und es gibt Probleme in eurer Beziehung. Letzteres ist, wie wir alle wissen, nichts Neues.«

»Und? Was sagst du dazu?«

»Ich sage genau das, was ich immer sage, wenn du mich nach eurer Beziehung fragst: Ich kann euch nicht beraten, weil ich persönlich zu sehr involviert bin. Ihr müsst eure Probleme also allein lösen oder euch anderweitig psychologische Hilfe suchen.«

»Ich will keine Therapie von dir, sondern nur einen Ratschlag«, sagte er. »Und ich bitte dich auch nicht als Psychologin, sondern als gute Freundin.«

»Als … was?« Hatte sie sich verhört?

»Als gute Freundin.«

»Wir sind geschieden und reden noch hin und wieder miteinander. Aber das macht uns nicht zu guten Freunden, Georg«, stellte Olivia klar. »Außerdem ist der Sinn einer Scheidung nicht, dass man gute Freunde bleibt. Oder wird.«

»Komm schon, Liv, sei nicht so förmlich«, bat er. »Du kannst die Frage, die ich dir stellen will, mit einem einfachen Ja oder Nein beantworten. Ich erwarte nicht mal eine Begründung.«

Sie sah ein, dass es keinen Sinn hatte, weiter zu diskutieren. Er war entschlossen, sich nicht abwimmeln zu lassen. »Also gut«, sagte sie. »Wie lautet deine Frage?«

Er straffte sich. »Findest du, ich sollte Manisha einen Heiratsantrag machen?«

Der Typ hat wirklich Nerven, dachte Olivia. Da kommt er am frühen Morgen unangemeldet in meine Praxis, und statt mir zum Geburtstag zu gratulieren, was nicht unbedingt nötig, aber irgendwie ganz nett gewesen wäre, fragt er mich, ob er seine fünfundzwanzig Jahre jüngere Freundin heiraten soll, jene Freundin, für die er unsere Ehe über Bord geworfen hat. »Du willst sie heiraten, obwohl es gerade schlecht läuft? Ist das eine gute Idee?«

Olivia fragte sich, ob sie Manisha in gewisser Hinsicht dafür dankbar sein sollte, dass sie Georg und seine Probleme zu sich genommen hatte. Aber sollte sie all das jetzt auch noch heiraten?

»Weißt du, ich dachte mir, dass ich ihr mit einem Antrag beweisen kann, wie ernst es mir mit unserer Beziehung ist. Vielleicht habe ich ihr das bislang nicht genug gezeigt.«

»Was meint denn Lilly dazu?«

»Lilly ist siebzehn und hat ihre eigenen Probleme. Außerdem möchte ich mein Lebensglück nicht von den Ansichten meiner Tochter abhängig machen.«

»Hast du sie denn überhaupt gefragt?«

»Was soll das, Liv? Natürlich habe ich sie gefragt.«

Sie sah ihm an, dass er log. Schon immer hatte sie ihm seine Lügen an der Nasenspitze ansehen können. »Du hast sie nicht gefragt.«

»Nein, hab ich nicht«, gab er zu.

»Du willst deine Tochter über eure Zukunftspläne im Unklaren lassen, aber fragst mich um Rat?«

»Ja. Weil wir verheiratet waren. Und weil du mich kennst.«

»Wir waren nicht mal ein Jahr lang verheiratet.«

»Aber wir kennen uns seit sechs Jahren.«

»Wobei wir seit zwei Jahren getrennt sind. Lilly kennt dich also sehr viel länger. Außerdem würde sie sich mit einer neuen Stiefmutter arrangieren müssen, während sich für mich nichts ändert.«

Er winkte ungehalten ab. »Schon gut, schon gut, ich werde sie fragen.«

Olivia nickte zufrieden und stand auf. »Bestens, dann hast du ja jetzt, was du wolltest.«

»Wie jetzt?« Er wirkte verblüfft. »Ich wollte einen Ratschlag von dir.«

»Und den hast du bekommen: Sprich erst einmal mit deiner Tochter.«

»Aber ich wollte doch wissen, wie du über die Sache denkst!«

Sie fragte sich, ob er von ihr eine Absolution erwartete oder ob er sich wünschte, dass sie ihm die Sache ausredete. Immerhin wäre es seine vierte Ehe, drei Versuche waren schon gefloppt. »Sprich mit Lilly. Dann reden wir noch mal in Ruhe, okay?«

Wenig später verhallten Georgs Schritte im Treppenhaus.

Olivia wollte gerade zurück in ihre Wohnung, da hörte sie von oben ein fröhliches Pfeifen, und kurz danach kam der Mann mit der Sense die Treppe heruntergeschlendert.

Sie wunderte sich. »Ist Frau Keller etwa nicht da?«

»Doch. Ich komme gerade von ihr.«

»Das war dann aber ein sehr kurzer Besuch.«

»Jaja, ging alles ganz schnell«, sagte er und spazierte an Olivia vorbei.

Sie sah ihm hinterher und fragte sich erneut, was er von ihrer Nachbarin gewollt haben könnte. »Sind Sie eigentlich ein Verwandter?«

»Nein«, antwortete er knapp und stieg die Stufen hinab.

»Und … wie war noch gleich Ihr Name?«

Er hielt auf dem Treppenabsatz inne und blickte zu ihr hoch. »Ich glaube nicht, dass ich mich vorgestellt habe.«

Sie lächelte einnehmend. »Dann können Sie das ja jetzt nachholen.«

Er lächelte zurück. »Ich würde wirklich gern mit Ihnen plaudern, aber das müssen wir verschieben, denn ich habe heute eine Menge Arbeit zu erledigen. Schönen Tag wünsche ich Ihnen. Genießen Sie ihn. Wer weiß, was heute noch alles passiert.«

Olivia wollte ihn fragen, was er damit meinte, aber die Klingel erinnerte sie lautstark an ihren ersten Termin.

Als sie den Türöffner betätigt hatte und sich wieder zur Treppe wandte, war der Sensenmann verschwunden.

3

Hanna Kirschner. Olivia schätzte sie auf Mitte, Ende vierzig. Eine schlanke, beinahe hager wirkende, gut gekleidete Frau mit widerspenstigen dunkelbraunen Haaren, die sie mit einer hellen Spange zu einem Zopf gebändigt hatte.

Olivia bat ihre Klientin, es sich im Behandlungszimmer bequem zu machen und in Ruhe den Anamnesebogen auszufüllen. Inzwischen wollte sie kurz nachsehen, ob es der alten Frau Keller gut ging. Der merkwürdige Besucher mit der Sense hatte zwar einen sympathischen Eindruck gemacht, aber Olivia wurde dennoch das dumpfe Gefühl nicht los, dass irgendetwas nicht stimmte.

»Muss ich das alles ausfüllen?«, fragte Hanna und blätterte durch den mehrseitigen Anamnesebogen.

Olivia bemerkte, dass sie nicht nur eine ungewöhnlich sanfte Stimme hatte, sondern auch sehr leise sprach.

»Wichtig sind Ihre persönlichen Daten. Und die Angaben zu Vorerkrankungen und zum Konsum von Medikamenten, Alkohol, Zigaretten und so weiter. Alles andere können wir auch im Gespräch klären, wenn es Ihnen lieber ist.«

»Ich bin Selbstzahlerin«, sagte Hanna unvermittelt.

»Das ist kein Problem«, erwiderte Olivia. »Die Preise stehen auf meiner Praxisseite im Internet.«

»Ich weiß«, sagte Hanna. »Ich wollte nur wissen, ob Sie meine Daten an irgendwelche Behörden weitergeben.«

Olivia schüttelte den Kopf. »Ich unterliege der ärztlichen Schweigepflicht. Ihre Daten und alles, was wir besprechen, bleibt unter uns.«

Hanna nickte zufrieden und wandte sich dem Bogen zu.

»Bin gleich wieder da«, sagte Olivia und verließ das Behandlungszimmer, um nach Frau Keller zu sehen.

Sie konnte das Schrillen der alten Türklingel bis auf den Flur hören. Sie wartete. Vergeblich.

Dann klingelte sie erneut. Doch wieder herrschte nur Totenstille.

Sie versuchte es ein drittes Mal.

Als das geräuschvolle Rascheln eines Schlüsselbundes erklang, wollte Olivia schon aufatmen, aber nicht Frau Kellers Tür wurde geöffnet, sondern die des Nachbarn.

»Können Sie vielleicht mal aufhören, hier Sturm zu läuten?«, schimpfte er. »Ganz offensichtlich ist ja niemand da!«

»Sie muss aber da sein«, erwiderte Olivia. »Sie hatte gerade noch Besuch.«

Kopfschüttelnd versperrte der Mann seine Wohnung und verschwand grußlos und polternd im Treppenhaus.

Blödmann, dachte Olivia und horchte an der Tür. Es war nichts zu hören. Sie sah ein, dass es keinen Sinn hatte, noch länger zu warten.

Wenig später saß sie Hanna Kirschner gegenüber und studierte den Anamnesebogen. Verwundert stellte Olivia fest, dass ihre neue Klientin nicht bereits Mitte vierzig war, sondern gerade mal neununddreißig. Olivia durchzuckte die bange Frage, ob auch sie ein paar Jahre älter aussah, als sie in Wirklichkeit war. Rasch schob sie den Gedanken beiseite. Es war okay, an einem Tag wie heute über das eigene Alter nachzudenken. Nicht okay war es, sich davon runterziehen zu lassen.

»Sie leiden unter Schlaflosigkeit«, stellte Olivia fest.

»Ja. Unser Hausarzt meinte, es handelt sich um eine innere Unruhe. Deshalb hat er mir Baldrian verschrieben. Und später auch ein Schlafmittel.«

»Seit wann verspüren Sie diese innere Unruhe?«

»Schon länger«, antwortete Hanna vage. »Aber es ist mit der Zeit schlimmer geworden. Carlo sagt, dass ich einfach nicht mehr so belastbar bin wie früher.«

»Carlo ist ...?« Olivia blätterte im Anamnesebogen.

»Mein Mann«, kam Hanna ihr zuvor.

»Und sehen Sie das auch so wie Ihr Mann?«

Sie zuckte mit den Schultern. »Ja. Vermutlich.«

»Meinen Sie damit, dass Sie die Sache vermutlich ähnlich sehen wie ihr Mann oder dass er vermutlich recht hat?«

»Beides«, antwortete Hanna.

»Hier steht, Sie sind seit vierzehn Jahren verheiratet. Sie haben zwei Töchter, vierzehn und zwölf Jahre alt.«

»Wir kannten uns erst kurz, bevor ich mit Ina schwanger wurde, und haben dann auch gleich geheiratet.«

»War das Ihr Wunsch?«

»Meinen Sie die Schwangerschaft oder die Hochzeit?«

»Beides«, antwortete Olivia.

»Die Schwangerschaft war ein Unfall. Ich weiß nicht, ob ich sonst den Wunsch gehabt hätte, ihn zu heiraten. Aber als er mich gefragt hat, habe ich Ja gesagt. Wie würden Sie das nennen?«

»Sagen Sie es mir«, bat Olivia freundlich.

Hanna überlegte. »Wenn ich Carlo so höre, dann müsste ich eigentlich wunschlos glücklich sein. Wir haben ein großes Haus mit Garten, zwei gesunde Kinder, genug Geld für Urlaube und ein sehr angenehmes Leben.«

»Und? Sind Sie glücklich?«, fragte Olivia.

»Ich bin mir nicht sicher, ob ich glücklich bin«, antwortete Hanna. »Wunschlos glücklich bin ich garantiert nicht. Geht ja auch gar nicht. Ich meine, wenn man keine Wünsche mehr hat, dann wird das Leben doch sinnlos, oder? Es ist, als wäre man glücklich begraben, oder so.«

»Glücklich begraben?«, wiederholte Olivia verwundert.

»Ja, wenn man dauernd wunschlos glücklich ist, sich nach nichts mehr sehnt und nach nichts mehr strebt, dann wird doch alles bedeutungslos. Man friert quasi fest in seinem Glück. Vielleicht mit einem Lächeln auf den Lippen. Aber es ist trotzdem so, als wäre man tot und begraben.«

»Fühlen Sie sich so?«, fragte Olivia. »Glücklich begraben?«

Hanna lachte.

Olivia fiel auf, dass sie ihre makellosen Zähne bislang nicht gezeigt hatte.

»Carlo glaubt, dass mich mein Leben im goldenen Käfig langweilt und ich deshalb auf solche merkwürdigen Gedanken komme. Wenn es nach ihm geht, dann sind auch meine Schlafstörungen nur ein Ausdruck von Langeweile.«

»Das klingt, als würden Sie ihm auch in dieser Hinsicht recht geben«, sagte Olivia. »Finden Sie oft, dass er recht hat?«

Hannas makellose Zähne verschwanden abrupt hinter den sorgfältig geschminkten Lippen. »Ja. Im Grunde schon. Aber er hat ja auch immer recht.«

»Wieso das?«

»Weil die Fakten für ihn sprechen. Was er sagt, stimmt. Zumindest rein faktisch gesehen. Also denke ich, der Irrtum muss bei mir liegen, meine Gefühle sind falsch.«

»Ist das Ihre Ansicht? Oder die Ihres Mannes?«

»Das spielt keine Rolle«, antwortete Hanna mit einer wegwerfenden Handbewegung. »Wenn ich es nicht glauben würde, dann würde er es für uns beide glauben.«

Olivia ließ den letzten Satz auf sich wirken, bevor sie sagte: »Bitte, erzählen Sie mir von Ihrem Mann.«

»Er ist groß, fast zwei Meter. Sportlich. Er fährt Ski. In seiner Jugend hat er Eishockey gespielt. Er ist sehr diszipliniert, geht regelmäßig ins Fitnessstudio. Und sollte einer seiner Anzüge doch mal etwas spannen, dann machen wir alle zusammen eine Familiendiät.«

»Eine Familiendiät«, wiederholte Olivia gedehnt.

»Ja. Er sagt, gelegentliches Fasten ist gut für den Körper, und Verzicht fällt allen leichter, wenn man gemeinsam verzichtet.«

»Haben in Ihrer Familie alle diese Erkenntnis, oder stammt sie nur von Ihrem Mann?«

»Er kann sehr überzeugend sein«, antwortete Hanna vage.

»Was macht er beruflich?«

»Er ist Manager eines Businesshotels.«

»Hier in Berlin?«

Hanna nickte. »Er hat unserer Familie zuliebe auf lukrative Angebote aus dem Ausland verzichtet. Jetzt muss er zwar einmal im Monat in die Zentrale nach Paris, aber sonst ist er meistens da.«

»Sind Sie beide glücklich mit dieser Entscheidung?«

»Wie man es nimmt. Einerseits haben wir es geschafft, den Kindern ein Zuhause zu geben, statt mit ihnen um die Welt zu ziehen. Andererseits glaube ich, dass Carlo gern einen prestigeträchtigeren Job hätte. Ich denke, er hat sich seine Karriere etwas anders vorgestellt.«

»Und wie geht es Ihnen damit?«

Hanna überlegte lange.

»Ich weiß nicht«, sagte sie dann. »Ich glaube, ich habe mich das bislang nie ernsthaft gefragt.«

»Wie wäre es, wenn Sie das tun«, schlug Olivia vor.

»Und was, wenn ich ebenfalls zu der Erkenntnis komme, dass ich mir mein Leben ganz anders vorgestellt habe?«, fragte Hanna skeptisch.

»Ich weiß nicht, was dann wäre«, erwiderte Olivia. »Ich glaube, Sie müssen es einfach ausprobieren. Dann werden wir sehen, was passiert.«

4

»Ah, die Frau Doktor. Ist irgendwas kaputt?«

»Nein, Herr Spengler, alles in Ordnung. Ich wollte Sie nur fragen, ob wir mal kurz nach der alten Frau Keller sehen könnten. Ich war heute schon zweimal an ihrer Tür, aber sie macht nicht auf.«

Der Hausmeister sah die Treppe hinauf, als wäre es die Eiger-Nordwand. »Dann würde ich mal sagen, die gute Frau Keller ist nicht zu Hause.«

Olivia roch den Braten. Vielmehr die Buletten, die auf Spengler warteten. Offenbar wollte er sich die Mittagspause nicht verderben lassen.

»Sie hatte heute Besuch«, erklärte Olivia. »Eigentlich müsste sie da sein.«

»Na bitte!«, frohlockte er. »Wenn sie Besuch hatte, dann geht es ihr gut, und alles ist in bester Ordnung.«

»Aber das war heute Morgen«, insistierte Olivia.

»Na und? Heute Morgen ist ja noch nicht so lange her«, gab Spengler zu bedenken. »Warum glauben Sie eigentlich, dass ihr was passiert sein könnte?«

»Ich dachte, ich hätte eben ein Geräusch aus ihrer Wohnung gehört«, log Olivia. »Es klang, als wäre jemand gestürzt oder so.« Sie sah ihm an, dass er ihr kein Wort glaubte.

»Na gut. Ich schau später mal bei ihr vorbei.« Er schickte sich an, die Tür zu schließen.

»Aber dann könnte es zu spät sein, Herr Spengler. Falls Frau Keller in ihrer Wohnung gestürzt ist, dann braucht sie schnell Hilfe und nicht erst nach Ihrer Mittagspause.«

Spengler zögerte. Sah so aus, als würde er überlegen, wie viel Ärger ihm die Sache einbrocken könnte.

Also goss Olivia mit der Frage »Können Sie das verantworten, Herr Spengler?« noch ein wenig Öl ins Feuer.

Er seufzte und griff nach dem Schlüsselbund. »Schon gut. Gehen wir.«

Auch diesmal halfen Klingeln und Klopfen nicht.

Spengler schloss die Tür mit seinem Zweitschlüssel auf, öffnete sie einen Spalt breit und rief: »Frau Keller? Sind Sie da?«

Keine Reaktion.

»Vielleicht ist sie bewusstlos«, sagte Olivia.

»Ja. Vielleicht liegt sie aber auch splitternackt in der Badewanne und seift sich gerade ein. Das könnte dann für uns alle ein bisschen peinlich werden.«

»Für Sie vielleicht. Für mich nicht«, sagte Olivia und schickte sich an, die Tür ganz zu öffnen.

»Entschuldigung, Frau Doktor, aber ich kann Sie nicht einfach so allein in eine fremde Wohnung lassen.«

»Dann kommen Sie halt mit«, sagte Olivia.

Bevor er etwas erwidern konnte, war sie bereits an ihm vorbei in den Flur spaziert, wo sie nun innehielt, um ihn hereinzuwinken. »Was ist? Kommen Sie nun mit?«

»Wir machen das jetzt aber auf Ihre Verantwortung«, raunte Spengler und betrat zögerlich die Wohnung.

In diesem Moment bemerkte Olivia, dass etwas nicht stimmte. Der Geruch kam aus dem Wohnzimmer. Eine Urinwolke, wie sie einem manchmal entgegenschlug, wenn man sich öffentlichen Toiletten näherte. Nicht schlimm, aber auch nicht angenehm.

Sie betrat das Wohnzimmer. Noch bevor sie den leblosen Körper auf dem Sofa entdeckte, wusste sie, dass Frau Keller das Zeitliche gesegnet hatte. Olivia roch es nicht nur, sie spürte auch deutlich, dass der Tod vor Kurzem in dieses Zimmer gekommen war.

Frau Keller lag friedlich auf ihrem geblümten Sofa, die Augen träumerisch geschlossen, die Hände über dem Bauch verschränkt. Sie trug ein schlichtes dunkles Kleid und war sorgsam frisiert. Es sah aus, als hätte sie sich für einen festlichen Anlass zurechtgemacht. Olivia glaubte sogar, ein zartes Lächeln auf ihrem blassen Gesicht erkennen zu können. Aber vielleicht war das auch nur Einbildung.

Spengler hatte es die Sprache verschlagen. Und vermutlich auch den Appetit, denn er sah blasser aus als Frau Keller. Nervös fummelte er sein Handy aus dem Gürtelholster. Olivia hatte sich schon oft gefragt, warum er es nicht in seine Hosentasche steckte, sondern wie einen Colt am Gürtel trug. War wohl auch so ein Männerding.

Während er vor Nervosität stotternd den Notdienst verständigte, musste sie an den Mann mit der Sense denken. Seltsam, dachte sie. Sehr seltsam.

5

Wieder klingelte es. Als sie die Tür öffnete, sah Olivia eine Sachertorte, auf der eine schneeweiße Kerze brannte. Dann tauchte hinter der Torte Connys lächelndes Gesicht auf. Sie begann zu singen: »Happy birthday toooo you. Happy birthday toooo …« Abrupt verstummte sie. »Hast du etwa geweint? Was ist los?«

»Nur ein bisschen«, antwortete Olivia.

Conny kam rein, zog die Tür hinter sich zu, stellte den Kuchen ab und umarmte ihre Freundin. »Mach dir nichts draus, Liv. So geht es uns allen. Es ist nur eine Zahl. Auch wenn dein Tacho seit heute ein neues Jahrzehnt anzeigt, bist du in Wirklichkeit nur ein Jahr älter geworden. Ich weiß, das ist ein schwacher Trost. Mit fünfzig kannst du dir nicht länger einreden, dass du noch die Hälfte des Lebens vor dir hast. Aber …«

Conny löste sich von ihr, zog einen Umschlag aus der Tasche und präsentierte ihn triumphierend. »Aber du kannst viel dafür tun, diese Tatsache zu verschleiern. Hier drin sind fünf Tage Tirol. Nur du, ich und ein Wellnesshotel mit Schönheitstempel, in dem sie alle schmutzigen Tricks kennen. Und in den Pausen begeben wir uns in die begnadeten Hände blutjunger Masseure. Alles Gute zum Geburtstag, Liv.«

Olivia musste lachen. Sie umarmte Conny. »Danke, Liebes. Ich freu mich darauf, mit dir in Tirol runderneuert zu werden. Aber ich habe nicht geweint, weil ich fünfzig werde, sondern weil im Haus jemand gestorben ist.«

»Oh, mein Gott.« Conny war bestürzt. »Und wer?«

»Frau Keller. Zwei Etagen höher.«

»Und wann?«

»Heute Mittag.«

»An deinem Geburtstag?«, fragte Conny mitfühlend.

Olivia zuckte mit den Schultern. »Sie hat es sich nicht aussuchen können.«

»Wie alt war sie?«

»Ich glaube, schon in ihren Achtzigern.«

»Na immerhin«, sagte Conny.

»Na immerhin? Was soll das heißen?«

»Dass sie immerhin achtzig Jahre Zeit gehabt hat, um all das zu tun, was sie in ihrem Leben tun wollte. Nicht jeder bekommt so viel Zeit.«

Olivia stutzte. So hatte sie den Tod der alten Frau noch gar nicht betrachtet.

»Kanntest du sie gut?«

»Wie man sich eben so kennt, wenn man Nachbar ist.«

»Dafür, dass sie nur eine Nachbarin war, hat dich ihr Tod aber ganz schön mitgenommen.«

»Ich war quasi Augenzeugin«, erwiderte Olivia und erzählte von ihrer Begegnung mit dem Sensenmann und dem, was dann gefolgt war.

Connys Bestürzung wuchs zusehends. »Du hast die alte Frau gefunden?«

»Der Hausmeister war bei mir, aber … ja.«

»Morgens klopft also der Tod an deine Tür, und mittags findest du eine Leiche.«

»Es war zwar nicht der Tod persönlich, sondern nur ein

offenbar verkleideter Mann, aber ja, seltsamer Zufall, oder?«, antwortete Olivia.

»Denkst du, dieser schwarz gekleidete Typ hat was mit dem Tod der alten Frau zu tun?«

»Keine Ahnung. Merkwürdig ist die Sache schon. Ich meine, was kann er bei ihr gewollt haben? Und warum ist er in diesem seltsamen Aufzug unterwegs gewesen? Halloween ist erst in ein paar Monaten.«

»Vielleicht ist er ein Schauspieler, der gerade von einer Probe kam. Vielleicht hat er auch Handzettel für ein besonders originelles Beerdigungsinstitut verteilt. Oder er ist ein Stripper, wer weiß?«

»Ein Stripper? Wer kommt denn auf so eine Idee?«, fragte Olivia und fühlte sich ertappt.

Conny hob die Schultern. »Heutzutage ist das doch nichts Besonderes mehr. Ich hab auch kurz überlegt, ob ich dir zum Geburtstag einen Stripper vorbeischicken soll. Aber da du ja offenbar generell das Interesse an Männern verloren hast, dachte ich, ein Wellnessgutschein wäre dir vermutlich lieber.«

»Du übertreibst«, sagte Olivia. »Ich interessiere mich durchaus noch für Männer, ich bin nur wählerisch geworden.«

»Mag ja sein, aber trotzdem. Das Leben ist kurz«, sagte Conny. »Vielleicht wusste deine Nachbarin das besser als du.«

»Und deshalb hat sie sich einen Stripper bestellt?«

»Warum denn nicht? Sollte ich in dreißig Jahren noch unter den Lebenden sein, dann hoffe ich, ich habe exakt dieselbe Idee«, erwiderte Conny.

»Wenn du dann so schlecht siehst wie die alte Frau Keller,

dann hilft dir auch der schärfste Stripper nichts«, konterte Olivia.

»Egal«, beendete Conny das Thema. »Was hat denn die Polizei gesagt?«

»Welche Polizei?«

»War die Polizei nicht hier, als die alte Frau abgeholt wurde?«

»Nein. Wozu auch? Der Arzt hat festgestellt, dass sie eines natürlichen Todes gestorben ist.«

»Aber dann ist doch alles in bester Ordnung«, befand Conny.

»Genau. Es sei denn, die alte Frau ist Opfer eines besonders heimtückischen und deshalb unerkannten Verbrechens geworden«, unkte Olivia.

»Ein bisschen sehr weit hergeholt, oder?«

Olivia zuckte mit den Schultern.

Ihre Freundin überlegte. »Ich glaube, ich habe eine Idee. Wie wäre es, wenn du mich heute Nachmittag nach Brandenburg begleitest? Ich finde, du könntest einen Tapetenwechsel gebrauchen.«

»Du willst nur nicht allein hinfahren.« Olivia grinste.

»Stimmt genau. Mir gehen meine spießige Tochter und ihr langweiliger Ehemann auf die Nerven. Ich könnte psychologischen Beistand gebrauchen.«

»Okay, ich bin dabei.«

»Wirklich? Wie schön!«

»Sag mir nur noch, ob ich vorher zur Polizei gehen soll.«

Conny wiegte den Kopf hin und her. »Die Sache scheint dir keine Ruhe zu lassen. Also melde es halt, und dann ist auch gut.«

6

Polizeiobermeister Hummels strich sein Formular glatt, wobei er sich Zeit ließ. Dann legte er Olivias Ausweis neben das Papier, kramte einen Kugelschreiber hervor und begann, ihre Personalien aufzunehmen.

»Haben Sie eigentlich keinen Computer?«, fragte sie verwundert.

Hummels hielt inne und hob den Kopf. »Wie bitte?«

»Ein Computer. So ein Ding, das Daten verarbeitet. Würde Ihnen die Arbeit bestimmt erleichtern«, fügte sie freundlich hinzu.

»Gut, dass Sie mich daran erinnern«, erwiderte Hummels gemütlich. »Eigentlich kriegen wir ja jedes Jahr zu Weihnachten die neuesten MacBooks geschenkt. Die alten werfen wir dann immer in den Müll. Aber kürzlich hieß es, die Polizei muss sparen. Seitdem bekommen wir nur noch diese verknitterten Formulare mit ausrangierten Werbekugelschreibern. Aber gut, dass Sie mich drauf ansprechen. Ich werde gleich mal nachfragen, was los ist.«

Aha, ich bin also an einen Witzbold geraten, dachte Liv und erwiderte: »Gibt man Ihnen denn wenigstens noch Dienstwaffen? Oder müssen Sie die Verbrecher fangen, indem Sie Ihnen ein Beinchen stellen?«

Hummels verzog keine Miene. »Wen sollen wir denn überhaupt für Sie fangen?«

»Heute Morgen ist meine Nachbarin gestorben. Kurz zuvor hatte sie Besuch von einem merkwürdigen Unbekannten, der versehentlich zuerst bei mir geklingelt hat«, antwortete Olivia.

»Und?«

»Und ich denke, dieser Mann könnte etwas mit dem Tod meiner Nachbarin zu tun haben.«

»Warum denken Sie das?«

»Er hat sich merkwürdig benommen.«

»Das ist alles? Mehr nicht?«

»Mehr nicht. Aber ich wollte es sicherheitshalber melden. Ich denke, Sie können besser beurteilen, ob an der Sache was dran ist.«

»Ermitteln wir denn schon in der Angelegenheit?«, fragte er.

»Nein. Der Amtsarzt hat festgestellt, dass die alte Dame eines natürlichen Todes gestorben ist. Deshalb ist der Fall offiziell erledigt.«

Polizeiobermeister Hummels rutschte ein Oha heraus. »Aber Sie sind der Meinung, man sollte ihn wieder aufrollen, weil der Amtsarzt was übersehen hat.«

Klang das jetzt ein bisschen patzig?

»Nicht unbedingt«, antwortete Olivia. »Aber ich habe gedacht, die Polizei würde sich vielleicht für meine Beobachtungen interessieren. Es könnte ja da draußen ein Mörder frei herumlaufen, der schon seinen nächsten Mord plant, den er wieder wie einen natürlichen Todesfall aussehen lässt.«

»Interessante Theorie«, sagte Hummels. Es klang wie: Sie haben eine blühende Fantasie, aber keine Ahnung. »Leider haben wir nicht die personellen Möglichkeiten, um jeden Totenschein des Amtsarztes zu überprüfen.«

»Es geht ja auch nicht um jeden, sondern um einen einzelnen«, widersprach Olivia. »Falls es Ihnen aus Kostengründen lieber ist, kann ich aber auch gern auf eigene Faust ermitteln.«

Hummels verzog den Mund, dann wandte er sich wieder seinem Formular zu. »Okay. Wie sah der Mann denn aus?«

»Schlank, groß, etwa eins achtzig, braune Augen. Ich schätze ihn auf Ende dreißig.«

»Haarfarbe?«

»Schwarz.«

»Lange oder kurze Haare?«

»Mittellang, glaube ich, aber das konnte ich nicht genau erkennen. Er trug ein schwarzes Cape und eine Kapuze auf dem Kopf. Eigentlich mehr so eine Art Haube, bei der man nur das Gesicht sehen kann.«

»So wie ... Batman?«, feixte Hummels und grinste über seinen gelungenen Witz.

»Nein. Batman trägt eine Maske mit Fledermausohren«, erwiderte Olivia. »Das wäre mir aufgefallen. Was ich meine, ist eine schlichte schwarze ...«

»Jaja, eine Haube, schon gut«, vollendete Hummels den Satz. »Ist Ihnen sonst noch was aufgefallen?«

»Er hatte eine Sense dabei«, sagte Olivia.

»Eine Sense.«

»Genau.«

»Er trug einen schwarzen Umhang und hatte eine Sense dabei?« Hummels hob den Stift an und ließ ihn unschlüssig über dem Blatt schweben.

»Ich weiß, dass das komisch klingt«, sagte Olivia. »Aber dieser Mann wäre nicht der erste geistig verwirrte Todesengel, der alte Menschen heimlich ins Jenseits befördert.«

Hummels runzelte die Stirn. »Hat er denn einen verwirrten Eindruck auf Sie gemacht?«

»Nein. Überhaupt nicht. Aber das muss nichts heißen. Erstens haben wir nur kurz miteinander gesprochen. Und zweitens können sich Psychopathen oft sehr gut verstellen.«

Der Polizeiobermeister machte Notizen. »Sonst noch was?«

Olivia schüttelte den Kopf.

»Gut.« Er drehte das Formular zu ihr. »Bitte hier unterschreiben.«

»Und was passiert jetzt?«, fragte sie, während sie den Stift ansetzte.

»Ich werde die Sache intern weiterleiten. Die Kollegen sollen mal nachsehen, ob Ihr Sensenmann aktenkundig ist.«

7

Connys Mini Cooper rollte durch die spätsommerliche Landschaft. Es war ein bisschen zu frisch, um mit offenem Verdeck zu fahren. Leider. Olivia liebte es, die Natur an sich vorbeiziehen zu lassen und dabei den Fahrtwind zu spüren. Hier draußen war das Grün des Sommers bereits mit Gelb gemischt. Es sah aus, als hätte die Landschaft den Herbst in den Knochen.

Olivias Handy klingelte. Sie zog es hervor, zögerte.

»Was ist?«, fragte Conny.

»Das ist Georg«, sagte Olivia und überlegte, ob sie Lust hatte, sich seine Beziehungsprobleme anzuhören. Lieber nicht, dachte sie.

»Dein Ex-Mann will dir zum Geburtstag gratulieren«, sagte Conny. »Ist doch nett, dass er an dich denkt.«

»Er war heute Morgen schon bei mir und hat nicht dran gedacht«, erwiderte Olivia.

»Oh.«

Sie nahm das Gespräch nun doch an. »Ja?«

»Du denkst bestimmt, dass ich deinen Geburtstag vergessen habe, aber dem ist natürlich nicht so«, tönte Georg. »Ich wollte nur heute Morgen nicht die Themen vermischen, und deshalb …«

Kurz entschlossen drückte sie das Gespräch weg.

»Was war denn das?«, fragte Conny.

»Statt sich dafür zu entschuldigen, dass er heute Morgen vergessen hat, mir zu gratulieren, erzählt er mir Märchen. Das kann ich jetzt echt nicht gebrauchen.«

Wieder klingelte das Handy. »Ja?«

»Ich glaube, wir wurden getrennt«, sagte Georg.

»Wurden wir nicht. Ich hab aufgelegt«, erwiderte Olivia.

»Oh«, sagte er. »Warum?«

Sie gab ihm ein paar Sekunden, damit er sein Versäumnis erkannte, aber es zwar zwecklos. Er wartete tatsächlich auf eine Erklärung. »Ich leg jetzt wieder auf«, sagte sie. »Sing mir was auf die Mailbox, wenn du willst.«

Wieder drückte sie das Gespräch weg, wieder klingelte es kurz danach. Diesmal ließ sie es klingeln.

Wenig später fuhren sie durch ein Dorf mit niedrigen Häusern, die fein säuberlich an der Hauptstraße aufgereiht waren. Olivia kam das Bild einer Warteschlange in den Sinn. Am Ortsausgang nahmen sie einen holprigen Feldweg, der zu einem einsamen Gehöft führte.

Schließlich rollte der Wagen auf das grasüberwucherte Kopfsteinpflaster eines großen Innenhofes und kam neben einer baufälligen Scheune zum Stehen.

»Da wären wir«, sagte Conny. »Willkommen am Arsch der Welt.«

»Wieso? Ist doch schön hier«, log Olivia. »Irgendwie …«

»Schäbig und trostlos?«, schlug Conny vor.

»Idyllisch, wollte ich sagen.«

»Wenn es hier so wahnsinnig idyllisch ist, warum hauen dann alle ab?«

»Gibt ja auch welche, die hier heimisch werden wollen«, konterte Olivia.

»Ja. Und da sind sie auch schon«, sagte Conny. »Unsere Öko-Hipster.«

Camilla und Arne erschienen am Eingang des windschiefen Fachwerkhauses und winkten. Conny hatte recht, die beiden waren sofort als Städter zu erkennen. Ihre Klamotten stammten jedenfalls nicht von einem der Textildiscounter, die Olivia auf dem Hinweg in beinahe jedem Einkaufspark gesehen hatte. Außerdem trug Arne seinen ökologisch korrekten Baumwollpullover wie eine Auszeichnung, die er sich im Kampf um eine bessere Welt verdient hatte. Mit neu glänzenden Gummistiefeln stolzierte er auf den Wagen zu, während Camilla ihm folgte und mit beiden Händen ihren enormen Babybauch wiegte. Die Szene erinnerte an einen miserablen Spätwestern.

»Solange sie glücklich sind, ist doch alles in bester Ordnung«, sagte Olivia.

»Das stimmt«, erwiderte Conny. »Wobei sie leider der festen Überzeugung sind, den einzig wahren Weg zur Glückseligkeit gefunden zu haben. Und das nervt ein bisschen.«

»Du übertreibst.«

»Überhaupt nicht. Lass dir mal von ihnen erklären, was sie alles tun, um die Welt zu retten. Danach fühlst du dich wie das größte Klimaschwein unter der Sonne.«

»Wirklich? So schlimm?«, fragte Olivia ungläubig.

Bevor ihre Freundin antworten konnte, öffnete Arne die Beifahrertür, und Camillas rosiges Gesicht erschien.

»Immer rein in die gute Stube. Ich habe uns zur Feier des Tages einen Kuchen gebacken.« Sie öffnete die Arme, um Olivia zu begrüßen. »Alles Gute zum Geburtstag, Tante Olivia.«

Als sie vor fast dreißig Jahren Camillas Patentante wurde,

hatte Olivia nicht im Traum daran gedacht, dass der Titel »Tante« sie auch mit fünfzig noch verfolgen würde. »Wir haben auch Kuchen dabei«, sagte sie. »Sachertorte. Hat deine Mutter mir heute geschenkt.«

»Danke, das ist wirklich gut gemeint«, sagte Arne spitz. »Aber wir essen keinen Zucker.«

»Siehste«, raunte Conny. »Geht schon los.«

Wenig später saßen sie in der dunklen Stube des Hauses an einem schweren Tisch aus schwarz gebeiztem Holz.

Conny und Liv hätten liebend gern Sachertorte gegessen, hatten sich aber zu Camillas ungesüßtem Apfelkuchen überreden lassen. Er schmeckte wie altes Graubrot und ließ sich auch mit dem zuckerfreien Fencheltee, den es dazu gab, nur schwer runterbekommen.

Als aus dem Untergeschoss plötzlich Geräusche zu hören waren, erklärte Arne, dass sich ein Gutachter im Keller umsehen würde. »Die Wände sind etwas feucht, aber das wussten wir schon bei der Vertragsunterzeichnung. Der Verkäufer hat uns zugesagt, dass er sich an den Kosten für die Trockenlegung beteiligt.«

»Wie nett von ihm«, sagte Conny. Es klang wie: Ja, glaubt ihr denn an Märchen?

»Keine Sorge, das steht im Kaufvertrag«, fügte Camilla hinzu. »Arne hat drauf bestanden.«

»Hier draußen regeln wir solche Sachen eigentlich mit einem Handschlag«, erklärte Arne großspurig. »Heinrich hat ja auch gleich angeboten, dass wir jederzeit im Dorfkrug nach ihm fragen können, wenn was ist …«

»Heinrich ist der Vorbesitzer«, erklärte Camilla. »Er hat das Anwesen eine Weile allein bewirtschaftet. Aber jetzt will er zu seiner Tochter nach Zwickau ziehen.«

»Was unser Glück war«, ergänzte Arne. »Ein Hof mit so viel Potenzial ist ein seltenes Schnäppchen.«

Conny warf Olivia einen erstaunten Blick zu. Er schien zu fragen: Wieso kann ein Kulturwissenschaftler, der Berlin-Kreuzberg praktisch nie verlassen hat, das Potenzial eines Brandenburger Resthofes beurteilen?

»Wir wollten heute sowieso in den Dorfkrug, um nach Heinrich zu fragen. Wir dachten, wir könnten da später auch eine Kleinigkeit essen«, sagte Camilla. »Oder soll ich uns lieber mein veganes Gulasch warm machen?«

»Bloß nicht«, rutschte es Conny raus.

»Deine Mutter will nur sagen, ihr sollt euch keine Umstände machen«, übersetzte Olivia wohlmeinend.

»Genau, ihr habt ja mit dem Haus schon genug zu tun«, pflichtete Conny ihr scheinheilig bei.

»Ach, das mit dem Keller ist bestimmt keine große Sache«, winkte Arne wichtigtuerisch ab. »Das Haus verfügt über eine ganz ausgezeichnete Bausubstanz.«

»Das steht übrigens genauso im Gutachten«, beeilte Camilla sich zu erwähnen, um einer kritischen Bemerkung ihrer Mutter zuvorzukommen.

Ein lautes Knarren war zu hören, die Kellertür wurde aufgedrückt, und der Gutachter erschien, ein müder Mittfünfziger mit Lederstiefeln, die aussahen, als würde er sie seit dem Dreißigjährigen Krieg tragen.

»Tja«, sagte er bedauernd. »Das sieht leider gar nicht gut aus. Haben Sie schon mal darüber nachgedacht, das Haus abreißen zu lassen?«

8

Im Dorfkrug war noch nicht viel los, aber das würde sich bald ändern. Das schwere Parfum gutbürgerlicher Küche lag in der Luft, und auf vielen Tischen standen »Reserviert«-Schilder.

Unter einer Glasglocke, die neben dem Zapfhahn stand, stapelten sich Dutzende von Buletten. Olivia bemerkte, dass Camillas ökologisch korrekter Kuchen ihr große Lust auf extrem unkorrektes Essen gemacht hatte. Arne hingegen umrundete die Fleischklopse, als wären es Handgranaten.

»Hallo, Meister«, begrüßte er den Wirt.

»Guten Abend«, erwiderte der Angesprochene höflich. Sah nicht so aus, als würden die beiden spontan dicke Freunde werden.

»Wir suchen Heinrich. Ist der heute da?«

»Kommt drauf an. Welchen Heinrich suchen Sie denn? Gibt mehrere in der Gegend.«

»Den Heinrich, dem der Hof im Mühleneck gehört hat«, antwortete Arne.

Der Wirt stutzte. »Hieß der auch Heinrich?«

»Ich glaube, da vorn ist er«, raunte Camilla ihrem Mann zu und zeigte auf den großen Stammtisch, an dem nur ein einziger Gast saß.

»Schon okay«, sagte Arne. »Wir haben ihn gefunden.«

Der Wirt folgte Arnes Blick, dann zuckte er mit den Schultern. »Wenn Sie das sagen, dann wird das wohl stimmen. Wollen Sie denn auch was trinken?«

»Ja. Und was essen«, ergänzte Conny prompt. Sie hatte sich wohl ebenso wie Olivia vom Anblick der Buletten inspirieren lassen.

»Alles klar. Bin gleich bei Ihnen.«

Der einsame Gast am Stammtisch wäre lieber einsam geblieben, doch bevor er widersprechen konnte, hatten sie sich zu ihm gesetzt.

Arne und Camilla wirkten nach dem Urteil des Gutachters zutiefst verunsichert, aber sie versuchten tapfer, es sich nicht anmerken zu lassen. Liv hoffte für sie, dass sich die Sache bald in Wohlgefallen auflösen würde, aber es blieb der leise Verdacht, dass etwas nicht stimmte.

Der Stammtischgast bestätigte diese Befürchtung, indem er sagte: »Heinrich ist nur mein Künstlername. Ich heiße Günther. Günther Höfer.«

»Das ist 'n Witz, oder?«, sagte Arne tonlos.

»Du auch noch 'n Bier, Günther?«, fragte der Wirt, der in diesem Moment an den Tisch kam, um die Bestellung aufzunehmen. Während er die Wünsche seiner Gäste notierte, wurde Arnes Gesicht weiß wie die Wand. Eigentlich sogar noch etwas weißer, weil der Dorfkrug schon länger nicht mehr renoviert worden war.

Camilla sah ihren Mann an, als erhoffte sie sich von ihm eine Erklärung, doch Arne schwieg.

Olivia warf einen Blick zu Conny, die ebenfalls besorgt schien, aber die Ruhe bewahrte und die einzig richtige Frage stellte: »Haben Sie den beiden denn nun diesen Bauernhof verkauft oder nicht?«

Günther schüttelte den Kopf. »Ganz bestimmt nicht.«

»Wie kommt es dann, dass die beiden das glauben?«

Er zog seine schmalen Schultern hoch. »Keine Ahnung. Ich bin nur engagiert worden, um Interessenten den Hof zu zeigen.«

»Engagiert?«, flüsterte Camilla, den Tränen nahe.

Günther nickte. »Ja, man kann mich buchen. Ich trete sonst bei Mittelaltermärkten und Burgfesten auf. Als Heinrich, der Bauer.«

»Heinrich, der Bauer?«, wiederholte Camilla mit brüchiger Stimme.

»Müssen Sie eigentlich alles wiederholen, was ich sage?«, fragte Günther.

Camilla schüttelte fassungslos den Kopf. »Und wir haben geglaubt, dieser Hof würde Ihnen gehören.«

»Ja. Das merke ich gerade. Aber ich sollte nur für Lokalkolorit sorgen. So hat mich der Makler gebrieft. Logisch, er wollte Land und Leute in ein gutes Licht rücken, um die Bruchbude zu verkaufen. Ist ja auch nicht verboten. Klappern gehört zum Handwerk. Aber ich wusste nicht, dass er Ihnen so dreiste Lügen aufgetischt hat. Hätten Sie mich nur mal direkt gefragt.«

»Das hätten wir sehr gern getan«, erwiderte Camilla. »Aber der Makler hat behauptet, dass Sie mit dem Verkauf nichts zu tun haben wollen, und uns indirekt damit gedroht, dass der Verkauf platzt, wenn wir hinter seinem Rücken mit Ihnen Kontakt aufnehmen. Wir dachten, er hatte Angst um seine Provision.«

»Sehr clever«, sagte Günther. »Der Typ war sowieso verdammt gerissen.«

»Ich verstehe das nicht. Sie haben uns angeboten, dass wir uns mit Ihnen jederzeit hier treffen können, falls es

Probleme mit dem Hof gibt«, sagte Arne mit leiser Verzweiflung.

»Das wüsste ich aber«, antwortete Günther.

»›Man sieht sich‹, haben Sie bei der Verabschiedung gesagt«, beharrte Arne. »Daran kann ich mich noch ganz genau erinnern.«

»Stimmt«, gab Günther zu. »Ich meinte damit, dass wir uns hier im Dorf sicher mal über den Weg laufen, falls Sie sich hier niederlassen. Alles andere muss Ihnen der Makler erzählt haben.«

Arne schien in Gedanken versunken, wahrscheinlich ließ er die Gespräche mit dem Makler Revue passieren. Vermutlich hatte Günther die Wahrheit gesagt. Und auch Camilla schien zu begreifen, dass sie wohl ein paar größere Probleme hatten als einen feuchten Keller in einem abbruchreifen Haus.

Als der Wirt Teller mit dampfenden Speisen auftrug, liefen Camilla dicke Tränen über die Wangen, während Arne apathisch und mit hängenden Schultern vor sich hin starrte.

»Stimmt was nicht?«, fragte der Wirt und blickte besorgt in die Runde.

»Dieser Makler mit den zurückgegelten Haaren hat den beiden lauter Lügen erzählt, zum Beispiel dass ich der Besitzer vom Mühleneck-Hof bin.«

»Warum das?«, fragte der Wirt.

»Na, um Vertrauen zu erwecken«, antwortete Günther. »Und um zu vertuschen, dass das Objekt schon seit Jahren leer steht.«

Camilla Augen weiteten sich. »Was?«

»Stimmt leider«, bestätigte der Wirt. »Niemand will diesen Hof.«

»Und wissen Sie zufällig auch, warum?«, fragte Conny.

»Klar. Das Haus ist Schrott, und das Land taugt nichts«, antwortete Günther. »Ich hoffe mal, Sie haben nicht viel dafür bezahlt.«

»Das Land taugt nichts? Was heißt das?«

»Sind nur Gerüchte«, sagte der Wirt. »Aber zu DDR-Zeiten sollen da draußen Giftstoffe vergraben worden sein. So genau weiß das keiner. Das Grundwasser in der Gegend ist okay, aber falls da wirklich Giftfässer liegen, dann können die jederzeit durchrosten oder beim Beackern angekratzt werden. Deshalb haben alle Bauern aus der Gegend ihre Finger von dem Land gelassen. Nicht mal geschenkt wollte es einer nehmen. Tut mir sehr leid, aber …«

»Toll. Uns tut es auch sehr leid«, unterbrach Arne wütend. »Und warum hat uns das vorher niemand gesagt?«

Ein kurzes, betretenes Schweigen, dann fragte der Wirt: »Haben Sie denn gefragt? Ich meine, sind Sie schon jemals zuvor bei mir im Dorfkrug gewesen?«

Niedergeschlagen schüttelte Arne den Kopf.

»Und warum nicht? Ich meine, Sie kaufen einen Bauernhof und wollen hier leben, interessieren sich aber nicht dafür, ob Ihnen mein Bier schmeckt?«

Arnes Schultern sackten noch ein Stück tiefer herab. »Wir wollten autark sein«, sagte er kleinlaut.

»Schöne Idee, funktioniert nur hier draußen so gar nicht«, erwiderte der Wirt. »Sie sind nur autark, solange alles rund läuft. Aber wenn der erste Schnee fällt oder ein Sturm Ihnen das Dach abdeckt, dann müssen Sie um Hilfe fragen. Wenn Sie vorher mit den Leuten im Dorf geredet hätten, dann wären Sie jetzt nicht stolze Besitzer einer Bruchbude.«

Günther nickte zustimmend. »Da hat er leider recht.«

»Aber jetzt essen Sie erst mal was«, sagte der Wirt. »Danach sieht die Welt schon wieder anders aus. Guten Appetit.« Er wollte sich abwenden.

»Wissen Sie zufällig, wo wir diesen Makler finden können?«, fragte Conny.

Der Wirt sah Günther an, doch der zuckte mit den Schultern. »Der Kerl hat mich angerufen, wenn er mich brauchte, und immer bar bezahlt. Aber es gibt doch bestimmt einen Kaufvertrag. Da müsste die Adresse doch drinstehen.«

Conny sah zu Camilla und Arne.

»Er hat sein Büro in Berlin. Wo genau, kann ich später nachschauen«, sagte Arne entmutigt.

»Ist so ein Trend in den letzten Jahren«, meinte der Wirt. »Dass Berliner zu uns aufs Land kommen, um andere Berliner, die ebenfalls zu uns aufs Land kommen, übern Tisch zu ziehen.«

9

Olivia öffnete die Wohnungstür und stutzte.

Vor ihr stand nicht Hanna Kirschner, deren Sitzung gleich beginnen würde, sondern der Mann, den sie vor zwei Tagen der Polizei gemeldet hatte. Sie erkannte ihn nicht sofort, weil er heute weder sein schwarzes Cape trug noch die Sense bei sich hatte. Vor ihr stand ein sonnengebräunter, lässig gekleideter Enddreißiger mit leicht gewelltem Haar und einem gewinnenden Lächeln.

»Guten Morgen«, sagte Olivia gedehnt. Sie befürchtete, dass der attraktive Sensenmann nicht gekommen war, um mit ihr über Psychologie zu plaudern.

»Die Polizei hat sich bei mir gemeldet«, begann er und bestätigte ihre Vorahnung. »Die wollten wissen, was es mit meinem Besuch bei Elisabeth Keller auf sich hatte.« Er musterte sie mit einem prüfenden Blick.

»Und was habe ich damit zu tun?«, fragte Olivia.

»Jemand muss den Verdacht geäußert haben, dass ich ein psychopathischer Serienkiller bin oder so was Ähnliches.«

Sie spürte ein leises Unbehagen. »Und?«

»Das waren nicht zufällig Sie, oder?«

Es klang nicht wie eine Drohung. Er schien ehrlich interessiert an ihrer Antwort. Sie beschloss deshalb, ihr mulmiges Gefühl zu ignorieren und ihm die Wahrheit zu sagen. »Doch. Das war ich. Ich wollte Ihnen keine Schwierigkeiten machen, aber ich muss zugeben, ich war an diesem Tag etwas beunruhigt.«

»Beunruhigt? Etwa meinetwegen?«

»Ja. Sie sahen seltsam aus in Ihrer Verkleidung, und da habe ich mich gefragt, ob Ihr Besuch und der Tod der alten Dame irgendwie miteinander in Verbindung stehen.« Was rede ich da eigentlich für einen Quatsch, dachte Olivia. Ich klinge wie eine drittklassige Fernsehkommissarin.

Ihre Antwort schien ihn zu amüsieren. »Interessant. Und wie genau stehen Ihrer Meinung nach mein Besuch und der Tod von Frau Keller in Verbindung?«

»Ich weiß nicht. Es war nur so ein Gefühl. Nennen Sie es meinetwegen eine Vorahnung. Sie waren komisch angezogen und nicht sehr mitteilsam. Außerdem wollten Sie mir Ihren Namen nicht verraten. Mir kam das alles seltsam vor. Deshalb dachte ich, es wäre besser, die Polizei zu informieren.«

»Sehen Sie, und genau so entstehen Vorurteile gegen Menschen mit Migrationshistorie«, sagte er und nickte ernst.

»Ich habe Sie nicht vorverurteilt«, verteidigte sich Olivia.

»Doch, das haben Sie. Sie haben der Polizei gesagt, dass ich die alte Frau wahrscheinlich ermordet habe.«

»Das stimmt so nicht«, begehrte Olivia auf. »Ich habe lediglich gesagt, dass es Menschen gibt, die … nun ja … möglicherweise …« Sie überlegte, wie sie diplomatisch ausdrücken könnte, dass sie ihn durchaus eines Mordes verdächtigt hatte.

Er ließ sie eine Weile zappeln, dann sagte er: »Sie haben mich außerdem einen ›Todesengel‹ genannt.«

»Nein. Das ganz sicher nicht.« Olivia überlegte. Oder doch? »Hab ich das? Wirklich?«

Er nickte. »Ist Ihnen eigentlich klar, was Ihnen genau jetzt alles zustoßen könnte, wenn ich wirklich ein Todesengel wäre und herausgefunden hätte, dass Sie mich bei der Polizei verpfiffen haben?«

»Durchaus«, erwiderte Olivia und stellte sich vor, wie Spengler sie tot auf dem Sofa finden und mit seinem Handy-Colt den Notarzt rufen würde. Der Gedanke jagte ihr einen eiskalten Schauer über den Rücken. Da war es fast noch angenehmer, von einem attraktiven Sensenmann gemeuchelt zu werden. Sie bemühte sich, ihr Unbehagen zu überspielen.

»Haben Sie sich denn rein gar nichts dabei gedacht?«, fragte er.

»Ehrlich gesagt, habe ich gedacht, dass die Polizei Sie entweder einsperrt oder laufen lässt. Ich konnte jedenfalls nicht ahnen, dass die Ihnen in allen Einzelheiten verraten, was ich gesagt habe.«

Er lachte. »Die Polizei hat kaum was gesagt. Ich hab mir das meiste zusammengereimt.«

Sie seufzte leise. »Jedenfalls sind Sie auf freiem Fuß. Ich weiß also jetzt, dass ich mich geirrt habe. Und es tut mir leid, dass ich Sie verdächtigt habe.«

»Wieso glauben Sie, sich geirrt zu haben?«, fragte er herausfordernd.

»Weil Sie sonst nicht hier stehen würden, sondern im Gefängnis säßen?«, vermutete Olivia.

»Stimmt. Entweder das, oder ich habe die Polizei nach Strich und Faden belogen. Als Psychologin wissen Sie bestimmt, dass Psychopathen sich sehr gut verstellen können.«

Sie sah ihn an und überlegte, ob sich hinter diesen freundlichen Augen tatsächlich eine mordende Bestie verbarg. Schwer zu sagen. Dem charismatischen Serienkiller Ted Bundy hatte man seine mörderischen Absichten bestimmt auch nicht angesehen. Sonst hätten ihm nicht Hunderte von Frauen Liebesbriefe in den Todestrakt geschrieben.

Er riss sie aus ihren dunklen Gedanken, indem er ihr die Hand reichte. »Zino Angelopoulos. Der freundliche Sensenmann von nebenan. Das heißt, eigentlich wohne ich gar nicht in der Gegend. Ich hatte heute nur im Haus gegenüber zu tun.«

»Freut mich«, sagte Olivia erleichtert und erwiderte seinen Händedruck. »Tut mir wirklich leid, dass ich Sie verdächtigt habe. Es war nur ...«

»Schon gut«, unterbrach er. »Halb so wild. Als Grieche ist man Kummer gewohnt. Unsere kriminelle Energie geht ja angeblich so weit, dass wir auch dann noch Rente für unsere Großeltern kassieren, wenn die längst tot sind. Ich meine, da ist es bis zum Mord an unschuldigen alten Damen nun wirklich nicht weit.«

Olivia musste lächeln.

»Die Wahrheit ist, ich kannte den verstorbenen Mann von Frau Keller. Er hat mich schon vor Jahren um den gestrigen Besuch gebeten. Ich sollte seiner Frau eine wichtige Nachricht überbringen. Deshalb war ich bei ihr.«

»Sie sind mir keine Rechenschaft schuldig«, sagte Olivia.

»Ich weiß. Ich möchte es Ihnen nur erklären, damit Sie nicht wieder zur Polizei laufen, wenn Sie mich beim nächsten Mal dabei erwischen, wie ich jemanden ins Jenseits befördere.«

Sie musste grinsen. »Wird nicht wieder passieren. Versprochen.«

»Das freut mich. Na gut, also dann. Ich will Sie nicht länger aufhalten. Schönen Tag noch.«

Als er bereits auf der Treppe war, sagte sie: »Da wir gerade davon sprechen … Eine Frage hätte ich da noch.«

»Aber klar. Immer raus damit.«

»Wozu das Cape und die Sense?«

»Keine Ahnung. Das müssen Sie Frau Kellers Mann fragen. Es war seine Idee, dass ich die Sachen trage. Vielleicht war es ein geheimes Zeichen zwischen den beiden, wer weiß?«

»Ein Zeichen? Wofür?«, fragte Olivia.

Er zog die Schultern hoch. »Wie gesagt, ich weiß es nicht. Und wir werden es wohl nie erfahren. Dieses Geheimnis haben die beiden mit ins Grab genommen.«

Olivia nickte nachdenklich.

»Möchten Sie sonst noch etwas wissen?«, fragte er höflich. »Sonst würde ich drüben mal nachsehen, ob alles nach Plan läuft.«

»Lassen Sie sich nicht aufhalten«, sagte Olivia.

Er lächelte. »War sehr nett, mit Ihnen zu plaudern. Vielleicht bis bald. Auf Wiedersehen.«

Olivia nickte. »Wiedersehen.« Sie schloss die Tür, hielt inne und überlegte.

Dann ging sie ins Behandlungszimmer und sah hinaus. Vor dem gegenüberliegenden Haus parkte ein Krankenwagen. Ein Rettungssanitäter war dabei, die Hecktüren zu schließen. Ohne Eile kletterte er hinters Steuer, ließ den Motor an und fädelte sich in den laufenden Verkehr ein.

Hinter dem Wagen kamen nun zwei Männer zum Vorschein, die einen mausgrauen Sarg, der an eine Skibox erinnerte, auf ein Transportgestell hievten und ihn damit zu einem großen schwarzen Van schoben, auf dem das dezente Emblem einer Bestattungsfirma zu sehen war.

Olivia beobachtete, wie die Männer den Sarg mit wenigen

geübten Handgriffen in den Frachtraum des Transporters luden. Dann rollte auch dieser Wagen in gemächlichem Tempo davon.

Sie wollte sich gerade abwenden, da sah sie, dass Zino Angelopoulos hinter dem Wagen stand. Er schaute zu ihr hoch und winkte freundlich. Beinahe sah es aus, als hätte er nur darauf gewartet, von ihr bemerkt zu werden.

Irritiert hob sie die Hand und winkte zurück.

10

Das durchdringende Geräusch der Türklingel ließ sie zusammenzucken. »Einen Moment, ich komme!«, rief sie und schloss rasch die Vorhänge.

Hanna Kirschner bemerkte, dass Olivia aufgewühlt wirkte. »Geht es Ihnen gut?«

»Ja. Danke, alles bestens«, log Olivia. »Und wie geht es Ihnen? Ich habe, ehrlich gesagt, nicht erwartet, Sie schon so bald wiederzusehen.«

»Mir geht es auch gut«, sagte Hanna. »Das Gespräch mit Ihnen war sehr angenehm. Es ist schön, mit jemandem reden zu können.«

»Das freut mich«, erwiderte Olivia und schloss die Tür.

»Aber sosehr ich es auch mochte, mit Ihnen zu reden, leider kann ich nicht wiederkommen«, fuhr Hanna fort.

»Was sagen Sie da? Hab ich mich gerade verhört?«

»Nein.« Hanna schüttelte bedauernd den Kopf. »Ich bin nur hier, um mich zu verabschieden.«

»Aber … wo ist das Problem?« Olivia deutete auf einen der Besuchersessel im Eingangsbereich.

Hanna setzte sich auf die Vorderkante des Sessels. Sah aus, als wäre sie auf dem Sprung. »Carlo findet, dass unsere erste Sitzung ein totaler Misserfolg war. Er sieht keinen Sinn darin, dass wir weitermachen.«

»Er sieht keinen … Wie bitte?« Nur mit Mühe gelang es

Olivia, sich zu beherrschen. Nicht genug damit, dass Hannas Ehemann seiner Frau Vorschriften machte, er war auch noch so anmaßend, über Olivias Arbeit zu urteilen.

»Carlo sagt, dass es das Ziel der Therapie sein muss, meine Schlafstörungen in den Griff zu kriegen. Ob ich glücklich bin oder nicht, steht seiner Ansicht nach dabei überhaupt nicht zur Debatte. Wobei ich Ihnen sagen soll, dass er sich beim besten Willen nicht erklären kann, wie eine Frau, die nicht nur einen Gärtner und eine Haushaltshilfe hat, sondern der es auch sonst an nichts fehlt, unglücklich sein soll.«

Olivia brauchte einen Moment, um tief durchzuatmen. Es reichte zwar nicht, um den Ärger über Hannas Mann wegzuatmen, genügte aber, um einen klaren Kopf zu bekommen. »Hatten Sie denn trotzdem Gelegenheit, über die Frage nachzudenken, die Sie sich bei unserer letzten Sitzung gestellt haben?«, fragte sie freundlich.

Hanna sah sie an und schien zu überlegen, ob es überhaupt angebracht war, auf diese Frage zu antworten. Immerhin hatte ihr Mann ja bereits beschlossen, dass das Glück oder Unglück seiner Frau nicht Gegenstand der Therapie sein dürfe.

Olivia wartete dennoch geduldig auf Hannas Antwort.

Die nickte schließlich zaghaft. »Ich weiß, dass es uns materiell sehr gut geht und wir uns außerdem glücklich schätzen können, gesund zu sein. Aber das heißt ja nicht automatisch, dass man glücklich ist.«

»Heißt das, Sie würden sich als eher nicht glücklich bezeichnen?«, fragte Olivia.

»Ehrlich gesagt, glaube ich, dass bei meinem Glück noch Luft nach oben ist. Aber was soll ich machen? Carlo hat ja recht, wenn er sagt, dass mein Problem ein ganz anderes ist.

Da sprechen die Fakten wieder einmal für ihn. Der Punkt ist, dass ich an Schlaflosigkeit leide. Ob ich zudem unglücklich bin, steht auf einem anderen Blatt.«

»Vielleicht hängt das eine mit dem anderen zusammen«, sagte Olivia.

»Das habe ich mir auch schon gedacht, aber darauf hat er ebenfalls eine Antwort«, erwiderte Hanna.

Klar hat er die, dachte Olivia und atmete gleichmäßig.

»Carlo sagt, dass sich unsere Leben seit fast fünfzehn Jahren in den immer gleichen Bahnen bewegen. Meine Schlafprobleme sind aber erst ein paar Monate alt. Würde es da einen Zusammenhang geben, dann müsste ich schon viel länger darunter leiden.«

»Was haben Sie erwidert?«

»Nichts. Ich muss zugeben, das leuchtet mir ein.«

»Es wäre denkbar, dass es dennoch einen Zusammenhang gibt. Manche Probleme können sich über einen längeren Zeitraum aufstauen, bevor sie zu Beeinträchtigungen führen. Eigentlich sind solche schleichenden Prozesse sogar eher der Normalfall.«

Hanna überlegte, dann nickte sie. »Stimmt. Das leuchtet mir ebenfalls ein.«

»Gut. Dann schlage ich vor, Sie reden noch einmal mit Ihrem Mann.«

»Das kann ich gern machen.« Hanna stutzte. »Und worüber?«

»Darüber, dass er Ihnen mehr als eine Stunde Zeit geben sollte, um nach den Ursachen für Ihre Schlaflosigkeit zu forschen.«

Hanna zog bedauernd die Schultern hoch. »Ich fürchte, das bringt nichts. Carlo ist eher nicht so der geduldige Typ.

Wenn etwas nicht so funktioniert, wie er sich das vorstellt, dann ändert er es, und zwar sofort. Auf diese Weise hat er Karriere gemacht. Er sagt immer, sein Hotel ist wie eine gut geölte Maschine, bei der alle Zahnräder perfekt ineinandergreifen. Sobald eines der Räder nicht richtig funktioniert, wechselt er es einfach aus.«

»Finden Sie, dass auch eine Familie wie eine gut geölte Maschine funktionieren sollte?«, fragte Olivia.

Hanna schien überrascht. »Klar. Wie denn sonst?«

»Vielleicht nicht ganz so perfekt?«, schlug Olivia vor. »Mir ist klar, dass Familien Strukturen brauchen, aber ich höre selten, dass Menschen ihre Beziehungen mit gut geölten Maschinen vergleichen. Viele denken beim Thema Familie eher an Chaos und Unordnung.«

Hanna verzog das Gesicht, als hätten die Begriffe einen bitteren Beigeschmack. »Carlo verabscheut Chaos. Er sagt, ohne ein Mindestmaß an Ordnung und Disziplin ist unser Zusammenleben überhaupt nicht möglich.«

»Haben Sie deshalb das Gefühl, dass Sie die gut geölte Familienmaschine Ihres Mannes bremsen?«

Sie lachte. »Selbstverständlich habe ich das, sonst säße ich ja nicht hier.«

»Heißt das, Sie sind hauptsächlich nur Ihrem Mann zuliebe gekommen?«

»Nein, ich selbst möchte ja auch wieder funktionieren, also …« Sie suchte nach einem passenderen Ausdruck.

»Sie meinen, Sie möchten ein funktionierendes Teil der Maschine werden?«, schlug Olivia vor.

»Ja. So könnte man es ausdrücken.«

»Womit wir wieder an dem Punkt wären, dass Ihr Mann vielleicht doch etwas mehr Geduld mit Ihnen haben sollte.«

Hanna zog überfordert die Schultern hoch. »Und was mache ich jetzt?«

»Sie könnten versuchen, ihm die Situation zu erklären«, schlug Olivia vor.

»Könnten Sie das nicht machen?«, fragte Hanna. »Ich habe gerade das Gefühl, dass Sie meine Gedanken und Gefühle besser ausdrücken können, als ich es selbst kann.«

Olivia überlegte. »Wie wäre es, wenn Sie beide mal gemeinsam vorbeikämen?«, schlug sie vor. »Vielleicht kann ich helfen, falls es Verständigungsprobleme gibt.«

Hanna entblößte ihre weißen Zähne. »Ja! Das ist eine sehr gute Idee.«

»Gut, reden Sie mit ihm, und dann sehen wir uns vielleicht bald zu dritt wieder.« Das war vermutlich eine Schnapsidee, dachte Olivia, lächelte aber zuversichtlich.

11

Conny und Heiko bewohnten eine gemütliche Landhausvilla in Dahlem. Vor fast dreißig Jahren hatten sie das Haus mit der damals nur wenige Monate alten Camilla bezogen. Seitdem war es ihr Familiensitz und damit der Dreh- und Angelpunkt ihres gemeinsamen Lebens.

Von Zeit zu Zeit hatte Olivia ihre beste Freundin beneidet. Um das malerische Haus mit dem großen, wundervollen Garten, in dem Conny jede freie Minute verbrachte. Und um ihr Glück, Mutter einer wundervollen Tochter und Ehefrau eines angesehenen Intellektuellen zu sein.

Conny hatte das große Los gezogen. Einerseits. Andererseits hatte sie eine Menge dafür aufgegeben.

Ihr heutiger Mann war ihr Professor an der Uni gewesen. Olivia und Conny, schon damals beste Freundinnen, hatten gemeinsam Psychologie studiert, als Conny in eine Amour fou mit dem blendend aussehenden und sehr begehrten Junggesellen Professor Heiko Buch geschlittert war. Immerhin beruhte das Schlittern auf Gegenseitigkeit. Auch Heiko war ganz hingerissen von der jungen und quirligen Studentin.

Conny hängte ihr Studium an den Nagel, um fortan nebenberuflich als Übersetzerin zu arbeiten. Hauptberuflich wurde sie Mutter und Professorengattin, was niemand der damals Zweiundzwanzigjährigen zugetraut hätte.

Man dachte, sie würde vor allem bei offiziellen Anlässen an der Seite eines fast zwanzig Jahre älteren und äußerst kultivierten Professors keine gute Figur machen. Doch Conny überraschte nicht nur sich selbst, sondern auch alle anderen.

Sie war eine hinreißende Gastgeberin. Wortgewandt, witzig, schlagfertig und originell, dabei bodenständig genug, um die ehrenwerte Gesellschaft, in der sie sich nun bewegte, nicht zu verschrecken. Eine perfekte junge, schöne Hausfrau und Mutter mit Esprit.

Es dauerte gut zehn Jahre, bis Professor Buch bemerkte, dass seine junge und schöne Studentin gut zehn Jahre älter geworden war und es eine neue Generation von blutjungen und schönen Studentinnen gab, die ihn ganz frisch und unverbraucht und damit ganz anders als seine Ehefrau anhimmelten, obwohl er inzwischen die fünfzig überschritten hatte.

Es folgten ein paar unschöne Affären, die Conny ihm mit gleicher Münze heimzahlte. Nach diversen Verwerfungen und Verletzungen stellte sich Ernüchterung in der Buch'schen Landhausvilla ein, und beide beschlossen, um ihre Ehe zu kämpfen, schon allein, um Camillas Pubertät nicht zu gefährden. Und obwohl die Aufräumarbeiten von Erfolg gekrönt waren, so blieb doch der schale Nachgeschmack, dass sie den Zauber der ersten Jahre unwiederbringlich verzockt hatten.

Der Zauber landete zusammen mit den zahllosen Affären und Eifersuchtsszenen in einer Rumpelkammer namens Vergangenheit, wo er gut verpackt vor sich hin träumte, keinen Schaden anrichten konnte, aber auch nicht mehr von Nutzen war.

Nur ab und zu blitzte noch die Sehnsucht nach jenem Paradies auf, das sie verloren hatten. Einmal saß Heiko mit einer Neunzehnjährigen im Nachtzug nach Madrid, wild entschlossen, in Spanien ein neues Leben anzufangen. Ein anderes Mal tauchte Conny für mehrere Tage unter, weil sie ihre Chancen für eine Zukunft mit einem verheirateten Mann ausloten wollte.

Am Ende blieben nicht nur die alten Beziehungskartons in der Rumpelkammer, es wurden sogar noch einige neue hinzugestellt.

Immerhin, in den letzten Jahren verbesserte sich die Situation. Heiko, inzwischen achtundsechzig, hatte vor zwei Jahren seinen Lehrstuhl gegen einen Eames-Chair getauscht, der im Wohnzimmer stand und von Bücherwänden umgeben war. Lesend verbrachte er nun dort seine Tage, während Conny im Garten werkelte oder sich um ihren eigenen Kram kümmerte.

Es war vielleicht nicht das Paradies, aber wenn man sich auf der Welt umsah, dann konnte man es wahrlich schlechter treffen. Und in diesem Punkt waren sich die beiden immerhin einig.

»Hallo, Heiko«, sagte Olivia, als sie das Wohnzimmer betrat. Die Haustür war selten verschlossen, und sie ging schon so lange hier ein und aus, dass sie zur Familie gehörte und unangekündigt hereinplatzen durfte.

»Conny ist im Garten«, sagte Heiko, ohne von seiner Lektüre aufzusehen.

Sie bemerkte, dass die ersten Altersflecken durch sein schütter werdendes Haar schimmerten. Noch ein, zwei Wimpernschläge, dann wäre der beneidenswerte Junggeselle von einst ein alter Mann.

Conny saß auf den Stufen der Terrasse, neben sich eine Tasse Kaffee. Die Luft war frisch, aber nicht kalt.

Olivia setzte sich zu ihrer Freundin.

»Gut, dass du kommst. Du kannst mir bei einer Entscheidung helfen. Ich habe mich nämlich gerade gefragt, ob ich meinen Mann eines Tages zusammen mit seinem Eames-Chair begraben werde. Ich glaube, er möchte lieber neben diesem Ding verrotten als neben mir.«

Olivia musste lachen. »Hat er dich wieder geärgert?«

»Allerdings«, antwortete Conny. »Er vergräbt sich immer tiefer in seine Bücher, hört mir nicht zu, und wenn doch, dann kriegt er nur die Hälfte mit. Als ich ihm von der Sache mit Camilla und Arne erzählt habe, hat er mir einen Artikel über kognitive Dissonanz empfohlen. Als könnte man die Probleme unserer Tochter mit psychologischer Fachliteratur aus der Welt schaffen.«

»Vielleicht ist das seine Art, die Probleme eurer Tochter zu verarbeiten.«

»Jetzt nimm ihn nicht auch noch in Schutz«, sagte Conny.

»Okay. Krieg ich denn wenigstens einen Kaffee?«

Conny nickte.

»Gibt's Neuigkeiten, oder warum hast du angerufen?«

Wieder ein Nicken. »Ich hab den Makler aufgetrieben. Eberhardt von Rieke. Sein Büro ist in Moabit, und immerhin hat er sich bereit erklärt, mit uns zu reden.«

»Du meinst, mit dir und Heiko«, sagte Olivia.

»Nein. Mit … uns beiden«, stellte Conny klar. »Professor Buch ist mir da keine Hilfe.«

»Ich bestimmt auch nicht«, sagte Olivia.

»Doch. Ich brauch dich da, Liv. Du musst verhindern, dass ich dem Kerl an die Gurgel gehe.«

12

Die Menschen im Park waren fest entschlossen, keinen einzigen Sonnenstrahl auszulassen. Vor dem kleinen Café saßen sie in Jacken und Mänteln wie beim Après-Ski und nippten an ihren Tassen. Die Luft war klar und frisch. Auf dem See schwammen ein paar Enten, und ein Jogger drehte stoisch seine Runden.

Georg hatte Olivia am Telefon gesagt, dass er etwas Wichtiges mit ihr besprechen müsse. Sie hatte sich breitschlagen lassen, allerdings nur unter der Bedingung, dass sie nicht über Beziehungsprobleme reden würden.

Jetzt saßen sie an einem der Bistrotische mit Blick auf den See und warteten auf die Bedienung.

»Danke, dass du dir die Zeit genommen hast«, sagte er. »Bevor ich zum eigentlichen Thema komme, wollte ich dir noch was geben.«

Er fischte ein Päckchen aus seinem Pilotenkoffer und legte es auf den Tisch. »Nachträglich herzlichen Glückwunsch zum Geburtstag, Liv. Alles, alles Gute.«

»Danke, aber das wäre wirklich nicht nötig gewesen«, sagte Olivia. Es war keine Floskel. Georg hätte es sich wirklich sparen können, sie schon wieder daran zu erinnern, dass sie sich über ihn geärgert hatte.

»Es ist nur eine Kleinigkeit, aber ich dachte, es könnte dir gefallen.«

Olivia sah ihm an, dass er erwartete, sie würde es gleich auspacken. Sie tat ihm den Gefallen. Zum Vorschein kam ein Buch.

»*Hundert Jahre Einsamkeit*«, las sie.

»Ich glaube, das könntest du mögen. Ich hab es kürzlich gelesen und finde es ganz toll. Du kennst es doch hoffentlich noch nicht, oder?«

»Doch«, sagte Olivia. »Ich hab es dir vor ein paar Jahren zu Weihnachten geschenkt, weil ich es auch ganz toll fand.«

Sie sah, dass er grübelte.

»Zusammen mit dem Spanischkurs, den du unbedingt machen wolltest, dann aber aus Zeitgründen absagen musstest«, fügte Olivia hinzu.

Sein Gesicht hellte sich auf. »Ach ja. Stimmt.«

»Freut mich, dass dir das Buch auch gefallen hat.«

»Blöd, dass ich das vergessen habe.«

Kann man durchaus so sagen, dachte sie, sagte aber: »Es ist die Geste, die zählt. Vielen Dank, Georg.«

»Soll ich es vielleicht umtauschen?«, fragte er.

»Wenn eine Widmung drinsteht, dann kann man es nicht umtauschen«, erwiderte Olivia und freute sich schon auf seine Reaktion. So wie sie ihn kannte, hatte er einen Umtausch einkalkuliert und deshalb keine Widmung hineingeschrieben.

»Also, ich könnte es schon noch umtauschen«, sagte er gedehnt.

»Nicht nötig«, erwiderte sie und ließ das Buch in ihrer Handtasche verschwinden. »Wenn keine Widmung drinsteht, kann ich es dir ja bei nächster Gelegenheit zurückschenken.«

»Guten Tag. Was darf es denn sein?«, fragte der Kellner, der in diesem Moment an den Tisch trat.

»Was möchtest du trinken?«, übersetzte Georg fürsorglich.

»Einen Cappuccino, bitte«, antwortete Olivia.

»Und für Sie?«

»Für mich bitte auch einen Cappuccino.«

»Zwei Cappuccino, kommen sofort«, sagte der Kellner und verabschiedete sich mit einem Kopfnicken, um zum nächsten Tisch zu eilen.

»Worüber wolltest du denn jetzt mit mir reden?«

»Über Lilly. Ich habe dich beim Wort genommen und mit ihr über meine Hochzeitspläne gesprochen. Leider hat meine Tochter exakt so überreagiert, wie von mir befürchtet. Kurz gesagt, bringt sie nicht das geringste Verständnis dafür auf, dass ich Manisha heiraten will.«

»Und hat sie das irgendwie begründet?«

»Sie findet, dass ich damit noch so lange warten kann, bis sie aus dem Haus ist, was ihrer Meinung nach in nicht mal zwei Jahren der Fall sein wird, denn sie ist ja schon sechzehn und will exakt am Tag ihrer Volljährigkeit in ihrer eigenen Wohnung leben. Wenn es nach ihr geht, dann soll diese Wohnung übrigens auf einem anderen Kontinent liegen. Sie denkt an Kapstadt, Melbourne oder New York.«

»Hat sie gesagt, wo genau ihre Bedenken hinsichtlich der Hochzeit liegen?«

»Ja, ihrer Meinung nach haben wir drei schon genug Probleme. Sie sagt, die lassen sich nicht dadurch lösen, dass wir neue Rollenbilder ausprobieren.«

»Hat sie das tatsächlich so formuliert?«, fragte Olivia beeindruckt.

Georg nickte. »Außerdem findet sie es peinlich, dass ihre neue Stiefmutter vom Alter her auch ihre große Schwester sein könnte.«

»Womit sie ja nicht ganz unrecht hat«, kommentierte Olivia.

»Dass du dich wieder auf ihre Seite schlägst, überrascht mich nicht. Das war ja schon früher so.«

»Oder sie hat einen guten Draht zu mir, weil du dich nur selten auf ihre Seite schlägst«, konterte Olivia.

Georg verzog den Mund. »Du weißt, dass ich meine Tochter über alles liebe. Es gibt wirklich nichts, das ich nicht für sie tun würde.«

»Ja, das weiß ich. Ich weiß aber auch, dass da jetzt noch ein Aber kommt.«

Georg lehnte sich zurück und verschränkte die Arme vor der Brust. Das sah etwas unvorteilhaft aus, weil sein Kaschmirmantel am Bauch spannte. Er bemerkte es und ließ die Arme wieder sinken. »Dann weißt du ja bestimmt schon, was ich sagen will, oder?«, fragte er spitz.

»Zumindest ungefähr«, antwortete Olivia und wunderte sich, dass ihm das nicht klar war. Hatte er sie nicht vor ein paar Tagen genau deshalb um Rat gefragt? Weil sie ihn so gut kannte? Besser noch als seine Tochter oder seine künftige Ehefrau?

»Dann leg mal los«, sagte Georg herausfordernd.

Sie sah ihm an, dass er am liebsten gleich wieder die Arme vor der Brust verschränkt hätte, um ihr zu zeigen, wie sehr er es missbilligte, als Vater infrage gestellt zu werden. Mit Rücksicht auf seine Extrapfunde ließ er es aber bleiben.

»Es stimmt, du liebst Lilly und würdest alles für sie tun«, wiederholte Olivia. »Aber du willst auch nicht dein persönliches Glück hinter das deiner Tochter zurückstellen, denn schließlich hast du selbst auch nur ein Leben und obendrein nicht ewig Zeit. Und auch du willst deine guten Jahre in vollen Zügen genießen.«

Georg ließ entgeistert die Arme sinken. »Wow. Stimmt. Ich hätte es sogar ziemlich genauso gesagt«, gab er verblüfft zu.

»Ist es denn so wichtig für dein Lebensglück, dass ihr möglichst schnell heiratet? Ich meine, ihr habt es doch bislang auch ohne Trauschein geschafft. Vielleicht braucht Lilly einfach nur etwas Zeit, um dir und Uschi ihren Segen zu geben.«

»Sie heißt nicht Uschi, sondern …«

»Manisha, ich weiß«, seufzte Olivia. »Lass uns nicht über deine Verlobte reden, sondern über deine Tochter.«

»Sehr richtig, und genau hier kommst du ins Spiel«, sagte Georg. »Lilly ist nach unserem Krach zu einer Freundin gezogen und weigert sich, nach Hause zu kommen. Ich könnte sie zwar zwingen, aber das ist vermutlich …«

»… keine gute Idee«, vollendete Olivia den Satz.

»Genau. Deshalb dachte ich, du könntest vielleicht mal mit ihr reden. Auf dich hört sie doch.«

»Und was soll ich ihr sagen?«

»Dass sie wieder nach Hause kommen soll, dann können wir alles in Ruhe besprechen.«

»Was denn besprechen? Dass du die Sache mit der Hochzeit nicht ohne ihre Zustimmung durchziehst?«

»Kommt überhaupt nicht infrage«, erwiderte Georg barsch. »Du hast doch eben selbst gesagt, dass auch ich nur ein Leben habe.«

»Ja, aber wenn du prinzipiell keine Zugeständnisse machen willst, dann könnt ihr euch die Diskussionen auch sparen, weil sie genau so enden wird wie euer letzter Streit, nämlich damit, dass Lilly ihre Sachen packt.«

Er sah zum See, wo die Enten übers Wasser glitten und der einsame Jogger immer noch seine Runden drehte. »Gut. Sag

Lilly, ich verspreche ihr, dass ich nichts gegen ihren Willen unternehme. Aber sie muss sich meinen Standpunkt noch einmal ganz in Ruhe anhören.«

»Das klingt fair«, sagte Olivia, während der Kellner ihnen den Cappuccino servierte.

»Das heißt, du sprichst mit ihr?«, hakte Georg nach.

»Ja. Ich ruf sie an.«

»Ich schick dir sicherheitshalber die Adresse von Dana. Bei der ist sie gerade.« Georg fischte sein Handy aus der Tasche, warf einen Blick aufs Display und verzog das Gesicht. »Mist. Ich muss sofort los.« Er griff nach seinem Pilotenkoffer, legte einen Schein auf den Tisch und hob zum Abschied die Hand. »Sorry.«

Olivia erwiderte seinen Gruß. »Schon okay.«

»Danke«, sagte er und machte sich auf den Weg.

Olivia sah ihm nach, wie er mit wehendem Mantel durch den herbstlichen Park eilte.

13

Sie richtete ihren Stuhl zum See hin aus, nahm ihre Tasse in die Hand, wärmte die Hände daran und genoss den Augenblick. Wie um sie für diesen guten Plan zu belohnen, kam in diesem Moment die Sonne hinter den Wolken hervor.

Als die Tasse leer war, schob Olivia sie auf die andere Seite des Tisches und zog den unberührten Cappuccino von Georg zu sich heran.

Ihre Kaffeemaschine war immer noch defekt. Also musste sie Gelegenheiten wie diese nutzen – und sich außerdem langsam mal um eine Reparatur kümmern.

Als sie sich wieder zum See wenden wollte, versperrte ein Mann ihr die Aussicht. Zino Angelopoulos.

»Ach, Sie schon wieder«, sagte Olivia freundlich. »Was ist los? Haben Sie mal wieder zufällig in der Gegend zu tun?«

»Kann ich Sie vielleicht kurz sprechen?«, fragte er.

»Bitte.« Olivia deutete auf den freien Platz an ihrem Tisch.

Er setzte sich und stellte die leere Tasse beiseite. »Einerseits habe ich tatsächlich hier was zu erledigen. Andererseits hatte ich nach unserem Gespräch heute Morgen das Gefühl, dass wir beide ganz gut miteinander reden können. Ich hatte deshalb sowieso vor, Sie anzurufen. Es ist also nicht nur ein glücklicher Zufall, dass ich Sie hier treffe, sondern beinahe … Schicksal.«

Nanu? Was war das? Wollte er sie etwa anbaggern? Doch

Olivia strich die Frage gleich wieder aus ihrem Gedankenprotokoll. »Okay. Was kann ich für Sie tun?«

»Wie schon gesagt, ich interessiere mich brennend für Psychologie. Und ich würde mich gern mal mit Ihnen über einen Freund unterhalten, der psychologische Hilfe bräuchte.«

»Ein Freund. Aha.«

»Ja, nur ein Freund«, wiegelte er ab.

»Ein guter Freund?«

»Schon. Ein sehr guter Freund.«

»Okay. Warum schicken Sie Ihren guten Freund nicht einfach mal bei mir vorbei? Wir lernen uns kennen, reden völlig unverbindlich über seine Probleme, und dann sehen wir weiter.«

»Das geht leider nicht. Er ist sehr eigen. Wenn *ich* mit ihm rede, ist das okay, aber von anderen Menschen nimmt er prinzipiell keine Ratschläge an.«

»Verstehe«, sagte Olivia. »Und was genau erwarten Sie von mir?«

»So eine Art Supervision«, antwortete Zino. »Sie könnten mir helfen, meinem Freund zu helfen. Natürlich nicht umsonst. Ich bezahle Ihnen unsere Gespräche ganz normal, so als wären es Therapiestunden. Und zeitlich bin ich völlig flexibel. Ich zahle sogar im Voraus, wenn Sie möchten.«

Olivia musste lächeln. »Wollen Sie mir noch verraten, was für Probleme Ihr Freund hat, oder haben Sie auch schon eine Diagnose?«

»Es geht hier nicht um meine Diagnose, sondern um die eines Gerichts«, antwortete Zino. »Die möchten, dass mein Freund sich Hilfe sucht, weil er aggressive Verhaltensweisen an den Tag legt. Angeblich.«

»Angeblich«, wiederholte Olivia.

»Ja.« Zino nickte. »Er schwört, er hat nie angefangen. Es waren immer die anderen, die Streit gesucht haben.«

Olivia bemerkte nicht zum ersten Mal, dass Zino zu einem der Nachbartische blickte. Sie folgte seinem Blick und sah einen Geschäftsmann, der bei einer Tasse Kaffee Unterlagen studierte. »Ein Bekannter?«, fragte sie beiläufig.

»Gewissermaßen«, antwortete Zino. »Ist gleich so weit.«

»Was ist gleich so weit?«, fragte sie, während sie ihr Handy entriegelte, um durch ihren Kalender zu scrollen und nach einem freien Termin zu suchen.

Er ließ ihre Frage unbeantwortet. »Wie wäre es mit morgen? Wir könnten uns um 16 Uhr treffen.«

Sie scrollte zurück und stellte erstaunt fest, dass sie tatsächlich so kurzfristig Zeit für ihn hatte. Seltsam, sie hätte schwören können, dass der Termin vergeben war, konnte sich aber nicht erinnern, an wen. »Einverstanden«, sagte sie. »Morgen, 16 Uhr.«

Er lächelte. »Bestens. Vielen Dank.« Wieder schaute er zum Nachbartisch, wieder folgte sie seinem Blick.

Der Mann, der gerade noch in seine Unterlagen vertieft gewesen war, sackte plötzlich in sich zusammen, als hätte man die Luft aus ihm herausgelassen. Sein Kopf fiel zur Seite, wie in Zeitlupe rutschte sein Körper vom Stuhl und glitt auf den feinkörnigen weißen Kies, der den Boden bedeckte.

Olivia schnellte von ihrem Stuhl hoch, während die meisten der Anwesenden noch nichts bemerkt zu haben schienen.

»Alles okay. Ich mach das schon«, sagte Zino und stand auf.

Olivia, die ihr Handy noch griffbereit hatte, wählte den Notruf.

Während sich am anderen Ende eine Frauenstimme meldete, sah Olivia, wie Zino dem bewusstlosen Mann eine Hand auf die Stirn legte. Sie fragte sich, wozu das gut sein sollte. Die Geste wirkte einerseits zwar beruhigend, andererseits sah es so aus, als wäre der Mann gerade dabei, seine letzten Atemzüge zu tun. Wäre es nicht besser, rasch mit einer Herzmassage oder anderen Wiederbelebungsmaßnahmen zu beginnen?

»Hallo, hören Sie mich?« Die Frau vom Rettungsnotdienst klang ungehalten. »Hallo? Mit wem spreche ich denn, bitte?«

Olivia nannte ihren Namen und beschrieb in knappen Worten, was passiert war und wo sie sich befand.

»Alles klar. Wir sind unterwegs«, sagte die Stimme am anderen Ende der Leitung.

Zino hockte immer noch neben dem bewusstlosen Mann, hatte inzwischen die Hand von seiner Stirn genommen.

Olivia beendete das Gespräch und ging zu ihm. »Der Arzt ist gleich da.«

»Er braucht keinen Arzt mehr«, sagte Zino. »Er hat diese Welt bereits verlassen.«

»Was?« Olivia sah ihn entgeistert an.

»Der Mann ist tot. Er schwebt gerade auf die andere Seite.«

»Aber … woher wollen Sie das wissen?«

»Glauben Sie mir, ich weiß es«, antwortete er.

Der Kellner kam vorbei und bemerkte den am Boden liegenden Mann. »Oh. Geht es ihm nicht gut? Soll ich ein paar Eiswürfel bringen?«

»Danke, nein, er braucht keine Eiswürfel«, sagte Zino.

Der Kellner schien froh, dass der bewusstlose Mann ihm keine Arbeit machte, und eilte davon.

»Und was sollen wir jetzt tun?«, fragte Olivia entgeistert.

»Nichts«, antwortete Zino. »Ich sage doch, der Mann ist tot. Mehr wird auch der Notarzt nicht herausfinden.«

»Sollen wir nicht wenigstens versuchen, ihn wiederzubeleben?«

Zino schüttelte den Kopf. »Er hatte gerade einen apokalyptischen Schlaganfall. Am allerwenigsten hilft ihm jetzt, dass ihn jemand wiederbelebt, damit er sich durch fünf Jahre Reha kämpft, um am Ende immer noch ein Häufchen Elend zu sein. Glauben Sie mir, dieser Mann möchte genau da bleiben, wo er jetzt gerade ist.«

Olivia sah zu Boden, wo der Tote ein Nickerchen zu machen schien. Er wirkte friedlich und entspannt. Das Leben kann seltsam sein, dachte sie. Noch vor einer Minute war der Mann in seine Unterlagen vertieft gewesen. Hätte er gewusst, dass er sich in der Schlussminute seines Lebens befand, wäre er vermutlich so klug gewesen, ein letztes Mal den Kopf zu heben, um die ihn umgebende Schönheit in sich aufzunehmen. Stattdessen war er vermutlich damit beschäftigt gewesen, einen Termin vorzubereiten, an dem er nun nicht mehr teilnehmen würde.

Zino riss sie aus ihren Gedanken. »Okay. Ich muss weiter. Wir sehen uns ja morgen.«

»Wollen Sie nicht auf den Notarzt warten?«, fragte Olivia.

»Wozu? Der Arzt kommt ja nicht meinetwegen. Und sein Patient läuft ihm ganz bestimmt nicht weg.« Er machte sich auf den Weg durch den Park und war wenig später in einer ockergelben Lindenallee verschwunden.

14

»Und? Findest du ihn attraktiv?«, fragte Conny und ließ die Schlösser ihres Mini Cooper zuschnappen.

Olivia stutzte. »Du hast schon mitbekommen, dass in meiner Erzählung eine Leiche vorkam?«

»Klar hab ich das«, erwiderte Conny und suchte nach einer Hausnummer. »Und was ist damit?«

»Ich erzähle dir also von einem traumatisierenden Erlebnis im Park, bei dem es um einen Toten und einen dramatischen Notfalleinsatz geht, und das Einzige, was dich interessiert, ist, ob ich diesen geheimnisvollen Herrn Angelopoulos attraktiv finde.«

»Aha. Du hältst ihn also für geheimnisvoll. Das klingt doch schon mal spannend«, sagte Conny und spazierte die Straße hoch.

»Ich sage das nur deshalb, weil er ganz offensichtlich Geheimnisse hat«, erwiderte Olivia.

»Du musst mir das nicht erklären, Liv. Und dich schon gar nicht dafür rechtfertigen. Ich finde geheimnisvolle Männer auch spannend.«

»Ich meine aber nicht, dass ich ihn in erotischer Hinsicht geheimnisvoll finde«, stellte Olivia klar.

»Das hast jetzt du gesagt«, entgegnete Conny forsch. »Ich habe nämlich überhaupt nicht davon gesprochen, dass er in erotischer Hinsicht geheimnisvoll sein könnte.«

»Aber ich doch auch nicht«, entgegnete Olivia mit leiser Verzweiflung.

Conny lachte. »Dieser Kerl scheint dir ganz schön den Kopf verdreht zu haben.«

»Ich geb's auf«, erwiderte Olivia. »Denk, was du willst.«

»Mach ich doch sowieso«, sagte Conny. »Interessieren würde es mich trotzdem.«

»Was?«

»Na, ob du ihn attraktiv findest. Ich meine, so, wie du ihn beschrieben hast, muss er wie ein griechischer Gott aussehen.«

Olivia stutzte, dann sagte sie: »Das stimmt«, und war selbst überrascht, dass ihr das noch nicht aufgefallen war.

»Was? Dass er wie ein griechischer Gott aussieht?«

»Ja. Das kommt tatsächlich hin.«

»Wow. Echt jetzt?«

»Ja. Er ist attraktiv. Groß, schlank, braun gebrannt ...«

»Na bitte, du findest ihn also attraktiv. Endlich.«

»Selbst wenn. Ich bin sicher, dass sein Interesse an mir sich auf meine Fähigkeiten als Psychologin beschränkt.«

»Weshalb du dich sicherheitshalber gar nicht erst damit beschäftigst, dass er dich auch als Frau interessant finden könnte.«

»Wie schon gesagt, denk, was du willst.«

»Wie schon gesagt, mach ich«, erwiderte Conny. »Und falls du weiterhin kein Interesse hast, dann kannst du mich gern mal mit ihm bekannt machen.«

»Okay. Kein Problem«, sagte Olivia leichthin.

»Überleg es dir gut«, riet Conny. »Eine solche Chance bekommt man nicht oft. Als deine beste Freundin rate ich dir, sie zu ergreifen.«

»Was denn für eine Chance?«

»Na, ganz offensichtlich steht er doch auf dich. Oder glaubst du wirklich, dass ihr euch zufällig andauernd über den Weg lauft?«

»Nicht?«

»Nein! Garantiert nicht.«

»Du meinst, er hat das alles arrangiert?«

»Möglich. Warum nicht?«

»Interessant.« Olivia wirkte amüsiert. »Und nur, um meine Aufmerksamkeit zu erregen, sorgt er dafür, dass ich ständig über Leichen stolpere, wenn wir uns ganz zufällig über den Weg laufen.«

»Nun mach aber mal einen Punkt, Liv. Für einen Pechvogel, der im Park einen tödlichen Schlaganfall erleidet, kannst du deinen schönen Griechen nun wirklich nicht verantwortlich machen.«

»Er ist nicht mein schöner Grieche.«

Abrupt blieb Conny vor einem Handyladen stehen. Irritiert blickte sie zwischen der Hausnummer und dem Zettel in ihrer Hand hin und her.

»Was ist?«, fragte Olivia.

»Hier hat angeblich der Makler sein Ladenlokal. Nur, wo soll das sein?«

»Ist es vielleicht im Hinterhof?« Olivia sah sich um, aber weit und breit war keine Einfahrt zu sehen.

Dann entdeckte sie ein Schild, das hinter einem Werbeaufsteller für eine Handyflatrate versteckt war: *Maklerbüro Eberhardt von Rieke, bitte im Laden fragen*. Sie zeigte auf das Schild. »Er scheint sich die Räume mit dem Handyshop zu teilen.«

»Das fängt ja gut an«, sagte Conny und betrat den Laden.

15

Schwer zu sagen, ob Eberhardt von Rieke tatsächlich ein Maklerbüro betrieb oder ob es sich nur um die Illusion eines Maklerbüros handelte. Der schwarz gekleidete Endfünfziger mit den zurückgegelten Haaren und der Ausstrahlung eines Mentalisten residierte in einem schmucklosen Hinterzimmer mit angejahrten Büromöbeln.

Nur ein MacBook und ein großformatiges Panoramabild mit der Skyline von Berlin ließen erahnen, dass dieser Raum etwas anderes war als die Rumpelkammer des Handyshops.

»Eigentlich empfange ich hier ja keine Kundschaft«, erklärte er und stellte zwei Klappstühle vor seinen Schreibtisch, damit Conny und Olivia nicht stehen mussten. »Außerdem habe ich wenig Zeit. Kommen Sie also bitte gleich zur Sache.«

Olivia bemerkte, dass Eberhardt von Rieke direkt vor dem Berlin-Panorama Platz nahm, was für sich gesehen ein recht mondänes Bild ergab. Wer mit ihm videotelefonierte, musste glauben, dass er in einem Glaspalast über den Dächern von Berlin residierte. Und bestimmt war genau das beabsichtigt.

»Sie haben meiner Tochter und ihrem Mann einen Hof in der Uckermark verkauft«, begann Conny.

»Gut möglich«, antwortete von Rieke. »Falls Sie hier sind, um sich zu bedanken, keine Ursache, gern geschehen.«

»Mich bedanken? Nein, im Gegenteil. Das Haus ist Schrott

und das Land vermutlich vergiftet. Es soll dort illegaler Müll vergraben sein.«

»Sagt wer?«, fragte er unbeeindruckt.

»Das mit dem Müll haben uns die Einheimischen gesteckt. Und wie es um die Bruchbude steht, verrät Ihnen dieses Gutachten«, erklärte Conny und schob die Mappe über den Schreibtisch.

Er warf einen Blick hinein. »Ach, diesen Hof meinen Sie. Ein wunderschönes Objekt in absoluter Toplage.« Er blätterte, überflog die Seiten, blätterte weiter. Dann schob er die Mappe zurück. »Sie haben das falsche Gutachten. Meins sagt was ganz anderes.«

»Ich weiß«, erwiderte Conny. »Und ich weiß auch, warum. Ich habe da nämlich mal ein bisschen recherchiert.«

»Interessant. Und was ist dabei herausgekommen?«

»Dass unser Gutachten von einem Sachverständigen stammt, während man Ihres bei einem windigen Ungarn im Internet bestellen kann. War der Kerl überhaupt schon mal in der Uckermark?«

»Also, ich muss doch sehr bitten. Doktor Laszlo ist ein seriöser und absolut vertrauenswürdiger Partner, der schon seit Jahrzehnten in Ungarn als Gutachter tätig ist. Und selbstverständlich hat er das Objekt genau unter die Lupe genommen.«

Olivia sah, dass Conny an der Teflonbeschichtung des Maklers abzuschmieren drohte, und sprang ihrer Freundin bei. »Wenn beide Gutachter seriös arbeiten, wie kann es dann sein, dass sie zu völlig verschiedenen Ergebnissen kommen?«

»Diese Frage ist leicht zu beantworten«, erwiderte er. »Ihr Gutachter interpretiert seine Ergebnisse anders als Doktor Laszlo. Nicht weiter überraschend.«

»Doch, eigentlich schon. Es handelt sich ja nicht um Gedichte, sondern um Gutachten, die auf Fakten beruhen. Die sollten objektiv sein und keine Frage der Interpretation«, beharrte Olivia.

»Tja. Leider ist die Welt nicht perfekt. Und da es nicht nur eine Wahrheit gibt, sondern viele, ist alles eine Frage der Interpretation«, erwiderte der Makler. »Das gilt übrigens nicht nur für die Uckermark, sondern auch für den Rest des Planeten. Wann sind sich die Experten schon mal einig? Geben Sie doch spaßeshalber ein weiteres Gutachten in Auftrag. Ich wette, Sie werden eine dritte Meinung bekommen, die weder mit der von Doktor Laszlo noch mit der Ihres eigenen Gutachters übereinstimmt.«

»Das bezweifle ich«, sagte Conny.

»Ich gehe hohe Wetten darauf ein«, konterte Eberhardt von Rieke und lächelte siegessicher.

»Ach ja? Gesetzt den Fall, ein weiteres Gutachten würde das Ergebnis unseres Gutachtens bestätigen, wären Sie dann bereit, das zu akzeptieren?«, fragte Conny.

»Worauf wollen Sie hinaus?«

»Meine Tochter und ihr Mann möchten den Kauf des Hofes rückabwickeln, und das ohne ein langes juristisches Tauziehen.«

»Aber klar. Kein Problem«, erwiderte er. »Ich bin zwar weiterhin davon überzeugt, dass dieses Objekt enormes Potenzial hat, aber wenn Sie den Hof unbedingt loswerden wollen, dann werde ich Ihnen nicht im Weg stehen.«

Connys Miene hellte sich auf. »Sie geben uns einfach so das Geld zurück?«

»Natürlich nicht den vollen Kaufpreis«, erwiderte der Makler. »Bevor Sie mir Ihr Gutachten gezeigt haben, hätte ich das vielleicht sogar getan. Aber jetzt habe ich Grund zu der Annahme, dass es gravierende Mängel an dem Objekt geben könnte.«

»Wie bitte? Haben Sie nicht gerade gesagt, dass man auf die Meinung von Experten wenig geben darf?«

»Schon, aber das ändert ja nichts an der Tatsache, dass Expertenmeinungen uns beeinflussen. Ich meine, wenn Sie nicht der festen Überzeugung wären, dass Ihr Gutachter recht hat, dann säßen Sie ja gar nicht hier.«

»Aber Sie haben doch eben noch die Meinung von Doktor Laszlo vertreten«, warf Olivia ein.

»Stimmt, aber da war ich ja auch noch der Verkäufer des Objekts«, erwiderte der Makler. »Als Käufer würde ich eher Ihrem Gutachten vertrauen.«

»Sie suchen sich einfach die Expertenmeinung aus, die Ihnen am besten in den Kram passt?«, fragte Conny ungläubig.

»Aber klar«, entgegnete der Makler. »So machen Sie es doch auch. Würden Sie Doktor Laszlo vertrauen, dann wären Sie nicht hier, um den Kauf rückabzuwickeln.«

Olivia und Conny tauschten ratlose Blicke.

Eberhardt von Rieke legte zwei Visitenkarten auf den Schreibtisch. Dicker Karton mit erhabener Schrift, passend zu dem Berlin-Panoramabild hinter ihm. »Rufen Sie mich an«, sagte er freundlich. »Dann machen wir umgehend einen Termin für die Besichtigung Ihres Hofes. Was Sie da erzählt haben, klingt interessant. Ich habe das Gefühl, ich könnte da ein Schnäppchen machen.«

16

Olivia überquerte die Straße und nippte an ihrem Cappuccino. Es gab schräg gegenüber einen Barista mit Bob-Marley-Gedächtnismütze, der perfekten Kaffee in zwei Dutzend Varianten zubereitete. Sie überlegte deshalb bereits, die kaputte Kapselmaschine zu entsorgen und ihren Kaffee immer in dem hippen Laden zu kaufen. Dort konnte sie ihren geliebten Hafermilch-Cappuccino zudem nach Lust und Laune mit einem Stück Gebäck oder einem Müsli zu einem kompletten Frühstück erweitern. Früher hatte sie manchmal nur gefrühstückt, damit im Kühlschrank nichts vergammelte. Es kam ihr deshalb wie eine neu gewonnene Freiheit vor, ganz spontan entscheiden zu können.

Der einzige Nachteil ihrer neuen Frühstücksroutine war, dass sie dafür die Straße überqueren musste. Es war einfacher, sich vom Bett in die Küche zu schleppen und wenig später mit frischem Kaffee wieder zurück ins Bett.

Zudem konnte es ökologisch nicht korrekt sein, eine Kapselmaschine zu entsorgen, die womöglich nur eine kleine Macke hatte. Andererseits galten die Dinger ja sowieso als Klimakiller, weil sie viel zu viel Müll produzierten. Es war gewissermaßen ebenso verwerflich, das Ding wegzuwerfen wie es zu behalten.

Vor dem Haus bemerkte sie einen Mann, der bei ihr klingelte. »Guten Morgen. Ich glaube, Sie möchten zu mir.«

Er drehte sich zu ihr um. Ein großer, schlanker und sportlicher Mittvierziger, der einen unfreundlichen Eindruck auf sie machte. »Sind Sie Dr. Bentele?«

Sie nickte. »Und Sie müssen Carlo Kirschner sein.«

»Der bin ich«, verkündete er förmlich. »Sie kennen ja meine Frau.«

»Genau. Wo ist sie eigentlich?«, fragte Olivia.

»Sie kommt nicht«, antwortete er knapp. »Können wir kurz reden?«

Olivia hatte schon befürchtet, dass Hannas Mann ein Gespräch zu dritt für überflüssig halten könnte. Umso erfreuter war sie gewesen, als Hanna Kirschner den heutigen Termin vereinbart hatte. Nun war Carlo Kirschner also doch allein gekommen.

»Gern. Sollen wir in meine Praxis gehen?« Sie fischte den Schlüssel aus der Tasche.

»Das wird nicht nötig sein. Es dauert nicht lange.«

Sie hätte einen Spaziergang vorschlagen können, hatte aber keine Lust, ihr Frühstück um den Block zu tragen. Deshalb zeigte sie auf eine Bank. »Dann setzen wir uns doch einen Augenblick«, schlug sie vor und setzte sich.

Er folgte ihr, blieb aber stehen.

Sie nahm einen Schluck Kaffee, stellte den Becher neben sich, legte die Tüte mit dem Bagel daneben und fragte sich, ob er nur deshalb stehen blieb, damit sie zu ihm aufsehen musste.

»Dr. Bentele, ich weiß es wirklich sehr zu schätzen, dass Sie versucht haben, Hanna zu helfen«, begann er.

»Von einem Versuch kann kaum die Rede sein«, erwiderte Olivia. »Mit nur einer Sitzung …«

»Entschuldigung, aber lassen Sie mich bitte ausreden«,

unterbrach er höflich, aber bestimmt. »Ich weiß, dass Sie mit Hanna über weitere Sitzungen gesprochen haben, und ich kenne Ihren Standpunkt. Ich würde Ihnen aber gern auch meine Sicht der Dinge schildern.«

Wie nett, dachte Olivia. Er fällt mir ins Wort, um mir zu erklären, warum er meinen Job für überflüssig hält. Und führt sich dabei auf wie ein Feldwebel.

Sie lehnte sich zurück, schlug die Beine übereinander, griff nach dem Kaffeebecher und machte es sich bequem.

Es amüsierte sie, dass er für einen kurzen Moment irritiert wirkte. Wenn er im Job oder in seiner Familie etwas zu verkünden hatte, dann hingen vermutlich alle an seinen Lippen. Es wunderte ihn sichtlich, dass sie das nicht tat.

»Also, wie gesagt, vielen Dank für Ihre Bemühungen«, begann er erneut. »Ich bin sicher, Sie möchten Hanna ebenso helfen, wie ich es will. Wir sind nur leider verschiedener Meinung, was die Methoden betrifft.«

Er wartete auf eine Reaktion, aber Olivia hatte keine Lust, ihm diesen Gefallen zu tun. Stattdessen nahm sie einen Schluck Cappuccino, nickte ihm aufmunternd zu und bedeutete ihm damit, dass er weitersprechen durfte.

»Sehen Sie, ich kenne meine Frau seit fünfzehn Jahren und bin deshalb logischerweise mit ihren Schwächen und Stärken sehr viel besser vertraut, als Sie es nach nur einem kurzen Gespräch sein können. Verstehen Sie mich bitte nicht falsch. Das ist kein Vorwurf, sondern schlicht Fakt.«

Olivia erinnerte sich, dass Hanna die Begeisterung ihres Mannes für Fakten bereits erwähnt hatte.

»Hanna kommt aus einem sehr konservativen Elternhaus. Als Tochter eines evangelischen Pfarrers hat sie eine behütete, aber auch strenge Kindheit gehabt. Deshalb ist sie auch streng zu sich selbst. Manchmal zu streng, wie ich finde. Die Schlafstörungen rühren meiner Meinung nach nur daher, dass sie sich zu viel Druck macht. Dabei ist das völlig unnötig. Ich sage ihr ständig, dass sie niemandem etwas beweisen muss.«

Komisch. Aus Hannas Mund hatte das irgendwie anders geklungen, dachte Olivia.

»Was meine Frau jedenfalls nicht gebrauchen kann, sind verwirrende Fragen nach ihrem Gemütszustand. Ich hatte gehofft, dass Sie ihr Entspannungsübungen zeigen würden oder mentales Training. Stattdessen hat gleich die erste Sitzung die Situation deutlich verschlimmert. Hanna hat in der Nacht danach überhaupt nicht geschlafen, weil sie darüber nachgrübeln musste, ob sie nun glücklich ist oder nicht.«

»Das tut mir leid …«, sagte Olivia und wunderte sich nicht, als er ihr sofort wieder ins Wort fiel.

»Wie gesagt, ich stelle Ihre guten Absichten überhaupt nicht infrage, aber ich denke, es ist einfach besser für alle Beteiligten, wenn wir dieses kleine Experiment sofort beenden.«

Er wartete auf ihre Zustimmung, vermutlich kam eine andere Reaktion für ihn sowieso nicht in die Tüte.

Olivia wusste, dass es keinen Sinn hatte, ihn von seinen selbst gebastelten Fakten abzubringen. Zumal er sich die Mühe gemacht hatte, sie persönlich vorbeizubringen.

»Okay«, sagte sie deshalb leichthin. »Das ist zwar schade, aber offenbar nicht zu ändern. Grüßen Sie bitte Ihre Frau von mir.«

Er wirkte unschlüssig. Vermutlich hatte er mit Gegenwehr gerechnet. »Okay … Dann also danke für Ihr Verständnis.« Es klang beinahe wie eine Frage. Er schien sich nicht ganz sicher zu sein, ob sie Verständnis für seine Argumentation hatte.

»Ich habe weder Verständnis für Ihre Meinung, noch teile ich sie«, erklärte Olivia. »Ich akzeptiere sie nur, weil ich leider keine andere Wahl habe.«

Seine Mundwinkel sackten herab. Zugleich straffte sich sein Oberkörper. Es ärgerte und enttäuschte ihn sichtlich, dass er zum Schluss seines logisch nicht zu beanstandenden Vortrags Kritik kassierte und nicht Olivias wohlwollende Zustimmung.

»Wie dem auch sei. Ich wünsche Ihnen noch einen schönen Tag«, brachte er widerwillig hervor.

»Wünsche ich Ihnen auch«, sagte sie sonnig und machte keine Anstalten aufzustehen.

Ein letztes Nicken, dann spazierte er davon.

Sie sah ihm hinterher. Als er um die Ecke gebogen war, beschloss sie, im Freien zu frühstücken. Hätte er ihr etwas früher abgesagt, wäre sie gleich im Café geblieben.

Sie riss die Tüte mit dem Bagel auf, nahm ihn heraus und biss hinein.

Als sie gerade ein zweites Mal abbeißen wollte, ließen das Quietschen von Reifen und das Splittern von Glas sie erschrocken zusammenzucken.

17

Sie sprang auf und sah hinüber zum Café, wo der Unfall passiert war und sich ein Bild des Grauens bot.

Ein Autofahrer hatte einen Fahrradkurier übersehen. Der junge Mann lag nun gekrümmt und reglos auf der Motorhaube der silberfarbenen Limousine, die über und über mit Blut bedeckt war. Es rann die gerissene Windschutzscheibe herab, tropfte von den Kotflügeln auf den Asphalt und sammelte sich dort in großen Lachen. Olivia kam das Wort Massaker in den Sinn.

Die Gäste des Cafés, die draußen gesessen hatten, waren aufgesprungen. Olivia konnte das Entsetzen in den Gesichtern sehen. Auch der Fahrer des Wagens war starr vor Schreck. Kerzengerade und völlig reglos hockte er hinter der über und über mit Blut bedeckten Scheibe.

»Bestimmt kennen Sie den Zuschauereffekt«, sagte eine freundliche Stimme. »Je mehr Menschen Zeugen eines Unfalls werden, desto geringer ist die Wahrscheinlichkeit, dass jemand eingreift oder Hilfe leistet. Pluralistische Ignoranz. Jeder tut, was alle anderen tun. In diesem Fall also nichts.«

Stimmt. Kenn ich, dachte Olivia und zog mechanisch ihr Handy aus der Tasche, um den Notruf zu wählen.

»Nicht nötig. Ist schon erledigt«, sagte die Stimme.

Sie warf einen Blick zur Seite. Zino Angelopoulos, aufgeräumt und gut aussehend, in der Hand einen frischen Kaffee aus dem Laden gegenüber.

»Keine Sorge«, sagte er und deutete mit dem Pappbecher auf die andere Straßenseite. »Dem Jungen geht's gut. Er hat nur ein paar Schrammen abbekommen.«

»Ein paar Schrammen?«, wiederholte Olivia fassungslos. »Der arme Kerl schwimmt in seinem eigenen Blut.«

Zino schüttelte den Kopf. »Halb so wild. Da. Sehen Sie. Er bewegt sich schon wieder.«

In der Tat regte sich nun die Hand des vermeintlich mausetoten Kuriers. Mühsam und wie in Zeitlupe streifte er die Gurte seines klotzigen Rucksacks ab, um sich wie in Zeitlupe aufzusetzen und verwundert umzuschauen.

Die Gäste des Cafés wichen erschrocken zurück. Manche wendeten sich ab, weil sie den schrecklichen Anblick des blutüberströmten Mannes nicht ertragen konnten. Andere wirkten zwar angewidert, konnten aber nicht aufhören hinzusehen. So gruselig die Szene auch war, so faszinierend wirkte der Zombiekurier, der nun langsam von der Motorhaube herunterkletterte, indem er sich vorsichtig auf dem Hosenboden Stück für Stück durch das Blut schob, bis er schließlich auf wackeligen Beinen vor dem Kühlergrill stand. Sich gegen den Wagen stützend, übergab der junge Mann sich kurz und heftig.

»Wie ist das möglich?«, fragte Olivia. »Er muss doch literweise Blut verloren haben.«

»Das hat er auch«, antwortete Zino. »Ist aber zum Glück nicht seins. Es sind Blutkonserven. Der Rucksack war bis oben hin voll damit.«

Nachdem er seinen Magen entleert hatte, ging es dem jungen Mann sichtlich besser.

Olivia sah, wie die Gäste aufatmeten. Sie spürte, dass auch ihre eigene Anspannung nachließ.

»Sehen Sie, es geht ihm den Umständen entsprechend gut«, sagte Zino. »Und bestimmt geht es ihm sogar richtig blendend, wenn die Versicherung von Carlo Kirschner ihm Schmerzensgeld gezahlt hat. Ich wette, dann kann er seinen Kurierjob locker für ein ganzes Jahr an den Nagel hängen. Ist heute also sein Glückstag.«

Glückstag ist vielleicht nicht ganz der richtige Begriff, wenn man gerade dem Tod von der Schippe gesprungen ist, dachte Olivia. Doch hatte sie nicht gerade den Namen Carlo Kirschner gehört?

In der Tat stieg der Mann, mit dem sie eben noch gesprochen hatte, nun aus dem Unfallfahrzeug. Carlo Kirschner, den sie zuvor hinter der blutverschmierten Scheibe nicht hatte erkennen können, war so leichenblass, dass Olivia nicht verwundert gewesen wäre, wenn auch er sich zuerst einmal übergeben hätte.

Vermutlich vergaß er es nur, weil er wie alle anderen nicht verstehen konnte, dass der Kurier keine tödlichen Verletzungen erlitten hatte. Ratlos betrachtete er das Blut, das von seinem Wagen tropfte. Es war ihm sichtlich unbegreiflich, dass der Kurier noch lebte, obwohl er so unfassbar viel davon verloren haben musste.

Der Kurierfahrer wankte an seinem völlig demolierten Fahrrad vorbei. Jemand eilte ihm mit einer Decke entgegen. Der kreidebleiche Carlo Kirschner folgte den beiden auf wackeligen Beinen. Olivia sah, wie die drei von der Menschentraube verschluckt wurden.

Von fern waren nun Sirenen zu hören.

»Wieso kennen Sie Carlo Kirschner?«, fragte sie.

»Weil ich seine Frau kürzlich kennengelernt habe«, antwortete Zino. »Wir sind uns zufällig an Ihrer Haustür begegnet und haben festgestellt, dass wir eine gemeinsame Bekannte haben, nämlich Sie.«

»Dass Sie jetzt hier sind, ist also wieder nur ein Zufall?«, fragte Olivia ungläubig.

»Nein. Diesmal nicht«, erwiderte er. »Ich bin hier, um Sie zu fragen, ob wir unsere Verabredung vorverlegen können. Ich meine, Sie haben doch jetzt Zeit, da der Termin mit Hanna und ihrem Mann ausfällt.«

»Und woher wissen Sie das nun wieder? Er hat erst vor ein paar Minuten abgesagt.«

»Hanna hat mir erzählt, was er vorhat. Sie bedauert die Absage übrigens und hätte gern weitergemacht.«

Was er sagte, klang einleuchtend. Trotzdem wurde Olivia das Gefühl nicht los, dass er ihr etwas verschwieg.

»Also, was halten Sie von meinem Vorschlag?«, fragte Zino. »Ich hätte Zeit.«

»Einverstanden«, sagte sie. »Gehen wir in meine Praxis.«

18

Vom Fenster war zu sehen, wie sich Rettungskräfte und Polizei um den verunfallten Kurier und Carlo Kirschner kümmerten. Zino beobachtete die Szene, während Olivia einen Krug Wasser bereitstellte und es sich dann in ihrem Sessel bequem machte. Ihr gegenüber stand ein zweiter Sessel, denn die meisten Klienten bevorzugten es, im Sitzen zu reden. Wer es gern bequemer mochte, konnte sich aber auch auf die Chaiselongue schräg gegenüber legen.

»Ich möchte vorab eine Sache klarstellen«, sagte Olivia. »Ich bin gern bereit, mit Ihnen über Ihren Freund zu sprechen, aber es gibt eine Bedingung.«

Er drehte sich zu ihr um. »Und die wäre?«

»Sie müssen mir versprechen, ehrlich zu sein.«

»Ach so. Klar. Kein Problem. Bin ich sowieso immer«, sagte er und setzte sich ihr gegenüber.

»Bestens.«

Er lächelte. »Glauben Sie etwa, dass ich Ihnen Märchen erzähle?«

Allerdings glaubte Olivia das. Dennoch wiegte sie nun den Kopf hin und her, als wäre sie sich ihrer Antwort nicht sicher. »Nun, ich gebe zu, ich habe mich in der Tat gefragt, ob es Ihren Freund wirklich gibt oder ob in Wahrheit Sie es sind, der Schwierigkeiten mit dem Gesetz hat.«

Sein Lächeln erstarb. »Ach. Interessant.«

»Und?«

»Und was?«

»Gibt es diesen geheimnisvollen Freund, oder gibt es ihn nicht?«

Er zögerte kurz. »Nein. Da haben Sie mich jetzt erwischt. Es geht um mich.«

»Haben Sie nicht gerade gesagt, dass Sie immer ehrlich sind?«

»Hab ich das?«

»Ja, das haben Sie.«

»Aha. Dann war womöglich auch das gelogen«, gab er zu.

»Haben Sie mir denn sonst immer die Wahrheit erzählt?«

Er schien zu überlegen, es konnte aber auch sein, dass er Zeit gewinnen wollte. »Ähm … nein. Eher nicht.«

»Und wie viel von dem, was Sie mir erzählt haben, war gelogen?«

»Ich würde tippen, das meiste.«

»Für jemanden, der im Grunde seines Herzen immer ehrlich ist, bleiben Sie relativ selten bei der Wahrheit«, befand Olivia.

»Das stimmt, aber es ist nicht meine Schuld. Ich würde ja gern immer ehrlich sein, aber die wenigsten Menschen möchten die Wahrheit hören. Besonders dann, wenn die Wahrheit unangenehm ist.«

Sie musste lächeln. »Meinen Sie Menschen wie mich?«

Sein Schweigen genügte ihr als Antwort. »Danke für Ihre Einschätzung«, fügte sie hinzu.

»Grämen Sie sich nicht«, sagte er. »Sie sind kein Einzelfall. Die meisten Menschen pflegen ihre Lügen mit Hingabe.«

»Ich weiß«, sagte sie. »Können wir es trotzdem mit der Wahrheit versuchen?«

»Gut. Einverstanden.«

»Okay, dann noch einmal. Woher wussten Sie, dass der Kurier unverletzt war?«

»Ich habe es … gesehen.«

»Wie das? Da war überall Blut. Niemand konnte erkennen, dass es nicht von dem Radfahrer war.«

»Ich schon. Ich kann sehen, ob jemand tot ist oder bald sterben wird. Das ist mein Beruf.«

»Interessant. Und was ist das für ein Beruf, in dem man so etwas lernt?«

»Im weitesten Sinne könnte man sagen, ich bin im Bestattungswesen.«

»Und was genau machen Sie im Bestattungswesen?«

»Sagen wir, ich kümmere mich um die letzten Dinge.«

Sie musste grinsen. Er antwortete zwar jetzt ehrlich, blieb dabei aber äußerst vage. »Das klingt ja beinahe poetisch.«

»Danke.«

»Könnten Sie sich vielleicht trotzdem etwas klarer ausdrücken?«

»Tue ich das denn nicht?« Er schien ehrlich erstaunt.

»Nicht wirklich. Erklären Sie mir doch mal, was genau es mit diesen letzten Dingen auf sich hat.«

Er goss sich Wasser ein und trank. »Sie sind ganz schön hartnäckig, wissen Sie das?«

»Ja, aber es ist mein Job, Fragen zu stellen.«

Er nahm noch einen Schluck und überlegte. »Versprechen Sie mir, dass Sie es niemandem erzählen, wenn ich Ihnen die ganze Wahrheit sage?«

»Keine Sorge, ich bin an die ärztliche Schweigepflicht gebunden«, sagte Olivia.

»Schwören Sie bei allem, was Ihnen heilig ist?«

»Was soll das sein?«, fragte sie. »Ich bin nicht besonders gläubig, falls Sie das meinen.«

Er schüttelte verständnislos den Kopf. »Jeder Mensch glaubt an etwas. Wenn nicht an ein höheres Wesen, dann eben an Freundschaft oder an Geld oder an Liebe. Glauben Sie an die Liebe?«

Die Frage versetzte Olivia einen Stich. Einen dünnen Nadelstich, mitten durch die Brust. Sie atmete tief ein, nippte rasch an ihrem Wasser und antwortete vage mit einer Gegenfrage. »Glaubt nicht jeder Mensch an die Liebe?«

Er durchschaute das Manöver. »Was soll das heißen? Glauben Sie nun an die Liebe oder nicht?«

»Sagen wir mal so: Ich bin in keiner Beziehung, habe keine Kinder und kein besonders inniges Verhältnis zu meinen Eltern. Die Liebe ist also momentan kein großes Thema in meinem Leben.«

Er versuchte in ihren Augen zu lesen, was gerade in ihr vorging. »War die Liebe denn mal ein großes Thema in Ihrem Leben?«

Wieder diese lange, spitze Nadel, wieder ein tiefer Stich ins Herz. Sie spürte, dass ihr die Tränen kamen. Schnell schluckte sie die Wut und die Trauer herunter und spülte mit einem großen Schluck Wasser nach.

Zu spät. Er hatte gesehen, dass die Frage ihr naheging. »Sie haben eine große Liebe verloren, stimmt's? Denken Sie, es könnte vielleicht sogar die Liebe Ihres Lebens gewesen sein?«

Wie konnte er das nur wissen? Sie hatte mit keiner Menschenseele über Liam gesprochen. Diese Liebe ruhte tief in ihrem Herzen. Wie ein kostbarer Sarkophag im Zentrum einer Pyramide. Sie hatte sich entschlossen, sich später einmal damit zu befassen. Eines Tages. Irgendwann. Vielleicht. Deshalb lag der Mantel des Schweigens darüber. Nicht einmal Conny wusste davon.

Es muss ein Zufall sein, dachte sie. Nur ein weiterer seltsamer Zufall. »Warum genügt es nicht, wenn ich Ihnen verspreche, dass Ihr Geheimnis bei mir in sicheren Händen ist?«, fragte sie und überlegte, ob sie gerade ein wenig verzweifelt klang.

Es schien auch ihm aufgefallen zu sein. »Schon okay. Lassen wir das«, sagte er. »Es war nicht meine Absicht, Sie zu etwas zu drängen.«

»Dann ist ja gut.« Sie war froh, ihre schmerzenden Gedanken beiseiteschieben zu können. »Heißt das, ich erfahre nun die Wahrheit über Zino Angelopoulos?«

»Ja, wobei Sie sich das gut überlegen sollten. Wie gesagt, die Wahrheit kann sehr unangenehm sein.«

»Ich denke, damit komme ich klar«, sagte sie.

»Gut. Also dann. Die Wahrheit ist, ich kümmere mich nicht nur um die letzten Dinge der Menschen, ich bin gewissermaßen selbst das Letzte dieser letzten Dinge.«

»Das war schon wieder Poesie. Hatten Sie nicht versprochen, sich klarer auszudrücken?«

»Stimmt.« Er überlegte. »Ist es deutlicher, wenn ich sage, dass mein Job darin besteht, Menschen auf die andere Seite zu bringen?«

»Auf die andere Seite?«, fragte sie ratlos.

»Ja. Ich sorge dafür, dass sie ihre Mitfahrgelegenheit bekommen, und winke ihnen freundlich hinterher.«

Olivia zuckte mit den Schultern. »Ich habe nicht die leiseste Ahnung, wovon Sie reden.«

Er seufzte geschafft. »Okay. Die Sache ist folgende. Zino

Angelopoulos ist nicht mein richtiger Name. Ich bin der, der die Toten in den Hades bringt.«

Olivia verschlug es die Sprache.

»Klarer kann ich es nun wirklich nicht ausdrücken«, fügte er hinzu.

»Sie bringen die … was?« Sie zog die Stirn kraus.

»Das ist nicht poetisch gemeint«, sagte er. »Ich bringe die Toten wirklich in den Hades.«

»Dann sind Sie also der Tod höchstpersönlich, oder wie?«

»Zum Glück«, sagte er und lächelte erleichtert. »Jetzt habe ich mich endlich klar ausgedrückt.«

19

Sie spürte ein flaues Gefühl im Magen.

»Geht es Ihnen nicht gut?«, fragte er besorgt. »Sie sind plötzlich ganz blass geworden.«

»Wundert Sie das?« Sie bemühte sich, ihr Unbehagen zu überspielen. »Und passiert es Ihnen nicht ständig, dass die Menschen blass werden, wenn Sie plötzlich dem Tod höchstpersönlich gegenüberstehen? Wie war das zum Beispiel, als Sie Frau Keller auf die andere Seite gebracht haben? Die hatte doch bestimmt Angst, oder?«

»Nein, überhaupt nicht«, sagte er. »Kein bisschen.«

Er musterte sie eingehend. Dann schien er zu begreifen. »Ich verstehe. Sie denken immer noch, dass ich beim Sterben nachhelfe. Aber da liegen Sie falsch. Ich bin kein Mörder.«

»Das habe ich auch nicht behauptet …«

»Aber gedacht. Ich sehe Ihnen an, dass Sie Angst vor mir haben.«

Olivia versuchte zu lächeln. Es gelang einigermaßen. Ja, sie spürte tatsächlich einen Anflug von Angst. Das lag aber nicht daran, dass sie ihn für einen Mörder hielt. Vielmehr hatte sie eben der Gedanke durchzuckt, dass der Mann, der vor ihr saß, ein echter Todesengel sein könnte. Keine Ahnung, wie sie darauf gekommen war, aber die Vorstellung hatte ein Gemisch aus Angst und Aufregung in ihr hochgewirbelt. »Ich glaube, Sie müssen mir einfach etwas genauer erklären, wer Sie sind und was Sie tun«, sagte sie.

Er nickte. »Ob Sie es glauben oder nicht, aber sterben können die Menschen ganz allein. Ich bin nur kurz vor Schluss da, öffne die Tür, mache das Licht an und wünsche eine gute Reise. Mehr nicht.«

»Das klingt nach Wellnessbehandlung«, sagte Olivia. »Aber was ist mit all den Menschen, die nicht sterben wollen? Meines Wissens sterben nur wenige freiwillig.«

»Das stimmt allerdings«, antwortete Zino. »Die meisten sind nicht gut vorbereitet, wenn ihre Zeit gekommen ist. Manche brauchen einen zweiten oder dritten Anlauf, um ins Licht zu gehen. Manche machen auf halbem Weg kehrt und kommen zurück. Oder sie werden gegen ihren Willen ins Leben zurückgezerrt. Wäre gestern sofort ein Arzt zur Stelle gewesen, dann würde auch der Mann im Park noch leben. Wie schon gesagt, Spaß hätte er zwar keinen an seinem Leben, aber er wäre noch hier.«

»Und Frau Keller?«

»Sie wollte gehen. Sie hat auf mich gewartet. Und es stimmt, dass ihr Mann mich an seinem Todestag gebeten hat, auch sie zu besuchen, wenn es an der Zeit ist. Ich sollte mich als Sensenmann verkleiden, weil Frau Keller als strenge Katholikin eine sehr klare Vorstellung vom Aussehen des Todes hatte. Also habe ich den beiden diesen Gefallen getan.«

»Verkleiden? Wieso denn als Sensenmann verkleiden? Ich denke, Sie sind der Sensenmann.«

»Bin ich, aber ich bin nicht allein. Früher habe ich gedacht, dass ich exklusiv zuständig bin. Aber inzwischen weiß ich, dass es auf der Welt sehr viele Sensenmänner und -frauen gibt. Shinigami in Japan, Santa Muerte in Lateinamerika oder

Osiris in Ägypten. Jede Kultur hat ihren eigenen Tod. Und dazu kommen noch die selbst ernannten Todesengel. Leute wie Pinochet, Idi Amin, Mao, Hitler, Stalin, Mussolini, Franco oder Pol Pot. Die Welt ist voll von Diktatoren, Despoten, Massenmördern, Nahrungsmittelspekulanten und Waffenhändlern, die nichts anderes im Sinn haben, als Tod und Verderben zu säen. Manchmal denke ich, die Geschichte der Menschheit ist ein einziges Hauen und Stechen geworden, und es wird ständig schlimmer. In der Antike ging es auch oft brutal zu, aber die Welt war noch nicht so verdorben und verworren wie heute.«

»Wie kommen Sie denn jetzt auf die Antike?«

»Ganz einfach, die Antike war mein Ding. Sozusagen meine Blütezeit. Kennen Sie das nicht? Jeder Mensch hat so eine Phase. Den Sommer oder das Jahr, in dem wir uns zu voller Pracht entfalten. Im Nachhinein fühlt es sich an, als wären wir da zum ersten Mal wirklich am Leben gewesen.«

Interessante Gedanken, die der Tod sich da über das Leben machte, dachte Olivia und überlegte, wann sie dieses Gefühl gehabt hatte. War das womöglich Ende der Achtziger gewesen? Und hatten eine Hochsteckfrisur und der Song *Tainted Love* eine Rolle dabei gespielt?

Sie erschrak. Bedeutete das etwa, sie hatte sich seit dem erfolgreichsten Song des schlechtesten Synthie-Pop-Duos aller Zeiten nicht mehr so lebendig gefühlt wie damals? Rasch schüttelte sie den Gedanken ab.

»Die Antike liegt ein paar Tausend Jahre zurück«, sagte sie sachlich.

»Ich weiß. Aber danke für die Info.«

»Wie kann das Ihre große Zeit gewesen sein? Wollen Sie behaupten, dass Sie ein paar Tausend Jahre alt sind?«

Er nickte. »So ist es.«

»Verstehe. Da haben Sie sich aber gut gehalten«, sagte Olivia und biss sich auf die Unterlippe. Überflüssige und unprofessionelle Bemerkung.

Er grinste. »War das ein Kompliment?«

»Ich wundere mich nur«, wiegelte sie ab. »Wie haben Sie es geschafft, so alt zu werden und dabei so jung auszusehen?«

»Liegt wohl daran, dass ich kein Sterblicher bin.«

»Sondern?«

»Ein Gott.«

»Ein Gott. Soso.«

»Ja, ein Gott. Thanatos, der Gott des Todes, Sohn der Nyx und des Erebos. Bruder der Keren und Moiren, des Moros, des Hypnos, des ...«

»Sekunde«, unterbrach Olivia. »Sagten Sie gerade, dass Sie der Gott des Todes sind?«

»So ist es.«

»Thanatos.«

»Korrekt.«

»Der Thanatos aus der griechischen Mythologie?«

»Genau der bin ich.«

»Faszinierend«, sagte Olivia und fragte sich, ob die Therapie eines psychopathischen Serienkillers nicht doch einfacher gewesen wäre. »Ein Gott, so wie Zeus und Demeter und Poseidon und all die anderen Götter auf dem Olymp?«

»Erstens gibt es auf dem Olymp längst keine Götter mehr. Und zweitens war ich nie ein olympischer Gott. Meine Familie gehört quasi zum kleinen Landadel. Wir waren nicht für die Heldentaten zuständig, sondern für die einfachen Arbeiten. Aber ich will mich nicht beklagen. Immerhin hab ich einen Job. Zeus und den Seinen ist nichts geblieben außer ihren Erinnerungen an die glorreiche Vergangenheit.«

»Ich bin beeindruckt«, sagte Olivia, und das war sie wirklich.

»Trotzdem glauben Sie mir nicht«, sagte er, als hätte er ihre Gedanken gelesen.

»Doch«, log sie prompt.

Er schüttelte tadelnd den Kopf. »Wenn Sie von mir verlangen, dass ich ehrlich bin, dann müssen Sie es auch sein, Doktor Bentele.«

»Ich weiß. Und die Wahrheit ist, ich glaube, dass es nicht nur eine einzige gültige Version der Realität gibt. Was Sie mir gerade erzählt haben, ist Ihre Sicht der Dinge, und damit ist es Ihre Wahrheit.«

»Versuchen Sie mir gerade schonend beizubringen, dass ich nicht alle Tassen im Schrank habe?«

»Nein«, log sie nachdrücklich.

20

»Aber dennoch glauben Sie mir nicht«, beharrte er.

»Gut, ich gebe zu, dass ich Ihre Geschichte ein wenig ungewöhnlich finde«, erklärte Olivia. »Ehrlich gesagt, kommen nicht jeden Tag griechische Götter in meine Praxis.«

»Kann ich nachvollziehen«, sagte Zino. »Schon im alten Griechenland haben die Menschen ungläubig reagiert, wenn ich irgendwo aufgetaucht bin. Ich vermute, das war damals so ähnlich wie heute, wenn einem Chris Hemsworth über den Weg läuft und man ein Selfie mit ihm machen darf.«

»Sie meinen, Sie waren so eine Art Rockstar?«

Er lachte. »Nein. Wenn der Tod vorbeikommt, dann kriegt er selten Applaus. Aber die olympischen Götter waren Stars. Die Menschen bewunderten sie und erzählten sich von ihren Heldentaten.«

»Was waren das für Heldentaten?«

»Die Olympier haben gern mit ihren Superkräften angegeben und sich dafür feiern lassen. Die meisten von ihnen waren totale Partypeople.«

Amüsante Vorstellung, dachte Olivia. Griechische Götter, die antike Partys aufmischten. »Und wie muss ich mir das vorstellen? Um Mitternacht eröffnet ein Gott das Showprogramm, indem er Blitze schleudert?«

Er blickte sie verdutzt an. »Wie kommen Sie denn jetzt darauf?«

Sie stutzte. »Nur so.«

»Mehr fällt Ihnen nicht ein, wenn Sie an einen griechischen Gott denken? Nur: Blitze schleudern?«

»Griechische Götter können das doch, oder etwa nicht?«

»Zeus konnte es. Und nur Zeus«, sagte er knapp.

»Sie können keine Blitze schleudern?«

»Nein.«

»Schade. Das hätte ich gern mal gesehen.«

»Jaja. So toll ist das nun auch wieder nicht.« Er wirkte urplötzlich verstimmt.

»Doch, finde ich schon«, entgegnete sie sonnig.

Er zog unwirsch die Schultern hoch. Sah aus, als wollte er mit ihrem schlechten Geschmack nichts zu tun haben.

»Kann es sein, dass Sie eifersüchtig auf Zeus sind?«

»Na und? Selbst wenn. Was ist so schlimm daran?«

»Was genau ärgert Sie denn an ihm?«

»Dass er immer im Mittelpunkt stehen muss. Solange ich denken kann, dreht sich alles um ihn. Und obwohl er längst abgedankt hat, werden noch immer Restaurants und Dobermänner nach ihm benannt, während ich schon froh sein kann, wenn sich mal ein Beerdigungsinstitut mit meinem Namen schmückt.«

Interessante Reaktion, dachte sie. »Und das macht Sie wütend, richtig?«

»Weiß nicht, warum fragen Sie?« Er gab sich selbst die Antwort. »Ach so, Sie denken, mein kleines Wutproblem könnte mit Zeus zusammenhängen.«

»Was halten Sie von der Idee? Wäre das möglich?«

»Möglich ist alles, aber ich bin sicher, es gibt andere Sachen, die mich sehr viel mehr auf die Palme bringen als mein Großcousin.«

»Zeus ist Ihr Großcousin?« Olivia war verblüfft.

»Ja. Seine Großmutter und meine Mutter waren Schwestern.«

»Interessante Familie«, befand Olivia. Langsam machte ihr die Sache Spaß. Mal sehen, wohin dieses Gespräch noch führte. »Sagen Sie, wenn Sie unsterblich sind, sind Sie dann eigentlich auch unverwundbar?«

»Selbstverständlich«, sagte er. »Es wäre ja auch ein bisschen seltsam, wenn der Gott des Todes plötzlich bei einem Unfall ums Leben käme.«

Sie musste lachen.

Seine Miene hellte sich auf. »Wissen Sie was? Ich zeige es Ihnen. Eine kleine Partyeinlage, sozusagen als Ersatz fürs Blitzeschleudern.«

Olivia war verwirrt. »Wovon reden Sie?«

»Ich werde für Sie aus dem Fenster springen«, verkündete er. »Wobei, besser noch, ich stürze mich gleich vom Dach. Gibt es eine Möglichkeit, irgendwie aufs Dach zu kommen?«

»Nein«, sagte Olivia erschrocken.

»Keine Sorge, es wird mir nichts passieren. Ich bin wirklich unverwundbar.«

»Das glaube ich Ihnen«, sagte Olivia und sah vor ihrem geistigen Auge bereits den zerschmetterten Leib ihres Klienten auf dem Bürgersteig liegen. »Es ist nur so, dass mich der Unfall vorhin schon genug Nerven gekostet hat. Könnten wir den Beweis Ihrer Unverwundbarkeit also vielleicht auf einen anderen Tag verschieben?«

»Klar. Kein Problem.« Er klang enttäuscht. »War ja nur so eine Idee, um Ihnen zu zeigen, dass Zeus nicht der einzige interessante Gott ist.«

»Wie gesagt, es muss nicht unbedingt heute sein«, vertröstete sie ihn. Da nicht zu übersehen war, dass er seinem Großcousin gern das Wasser reichen würde, erkundigte sie sich: »Aber welche interessanten Fähigkeiten hat man denn als Gott des Todes sonst noch?«

»Ach, da gibt es einiges«, antwortete Zino. »Ich kann zum Beispiel durch den Äther reisen.«

Mit dieser Information konnte Liv nun gar nichts anfangen.

»Der Äther ist der oberste Teil des Himmels«, erklärte er. »Jeder Ort auf der Welt ist durch diesen höchsten Himmel mit jedem anderen Ort der Erde verbunden. Nur wir Götter können den Äther betreten und durch ihn binnen eines Lidschlags überallhin gelangen.«

»Das ist ja praktisch«, sagte Olivia und dachte, dass sie mit einer solchen Superkraft öfter mal Kaffeepause an einem Traumstrand machen würde.

Er nickte. »Allerdings. Vor allem in meinem Job. Die Leute wollen ja nicht ewig auf den Tod warten. Wer sich damit abgefunden hat, dass ich vorbeikomme, der möchte es dann auch einigermaßen schnell hinter sich bringen. Wäre blöd, wenn ich dann im Stau stünde oder meinen Zug verpasse.«

»Ja. Das leuchtet ein«, sagte Olivia. »Heißt das, Sie könnten jetzt einfach so verschwinden?«

»Verschwinden kann ich sowieso jederzeit«, antwortete Zino. »Dafür muss ich nicht durch den Äther reisen, ich brauche dazu nur meine Tarnkappe.«

Olivia war beeindruckt von der Fantasie ihres Klienten. »Und die haben Sie sowieso immer dabei, vermute ich.«

Er nickte. »Die brauche ich ebenfalls für meinen Job. Es sollen mich ja nach Möglichkeit nur die sehen, deren Zeit gekommen ist. Wenn Angehörige, Ärzte oder Priester auftauchen …«

»Dann machen Sie sich unsichtbar«, vollendete Olivia den Satz.

Er nickte, sah zum Fenster und tat überrascht.

Reflexhaft folgte sie seinem Blick, aber da war nichts. »Was ist denn?«, fragte sie.

Keine Antwort. Als sie sich wieder zu ihm umdrehte, war er verschwunden.

»Herr Angelopoulos?« Vorsichtig reckte sie sich seitwärts und schaute, ob er sich hinter dem Sessel versteckt hatte, aber da war er nicht.

»Ich bin beeindruckt«, sagte sie und beugte sich herab, um unter die Chaiselongue zu lugen, aber auch dort war ihr neuer Klient nicht zu sehen.

Hatte er es geschafft, blitzschnell und lautlos das Zimmer zu verlassen? Sie stand auf, ging zur Tür und drückte die Klinke herunter. Ein unüberhörbares Knarren. Auch wenn man sich bemühte, war es praktisch unmöglich, die Tür geräuschlos zu öffnen. Sie lugte dennoch in den Gang. »Herr Angelopoulos?«

»Ich bin hier«, sagte er.

Sie drehte sich um und sah, wie er hinter der Sessellehne hervorlugte.

»Ob Sie es glauben oder nicht, ich habe mich nicht von der Stelle bewegt.«

Sie schloss die Tür und gab sich unbeeindruckt. »Guter Trick. Kann ich den auch lernen? Ich kenne viele Gelegenheiten, bei denen ich mich gern unsichtbar machen würde.«

»Ich kann Sie ja mal mitnehmen, wenn ich unterwegs bin«, sagte Zino. »Aber ein andermal. Ich muss jetzt leider los.«

Olivia sah auf die Uhr. »Wieso? Wir haben noch Zeit.«

»Ich weiß, aber ich muss zu einem Termin. Ich bezahle trotzdem für die komplette Stunde. Ist das okay?« Er legte eine Münze auf den Beistelltisch mit dem Wasserkrug.

»Darum geht es nicht. Das Gericht hat Ihnen eine Therapie empfohlen, damit Sie daran teilnehmen. Wenn ich später eine Beurteilung schreibe, dann macht es keinen guten Eindruck, wenn da steht, dass Sie eine Sitzung vorzeitig abgebrochen haben, weil Sie einen privaten Termin wahrnehmen wollten.« Sie nahm die Münze vom Tisch und warf einen Blick darauf. »Was ist das?«

»Eine Silberdrachme. Für Ihre Dienste.«

»Sie sieht alt aus.«

»Sie ist alt.«

Sie legte die Münze zurück auf den Beistelltisch. »Sie können mir das Honorar überweisen.«

»Okay«, erwiderte Zino und steckte die Münze wieder ein. »Es handelt sich übrigens nicht um einen privaten Termin. Ich muss zu einer Gesprächsgruppe. Angeblich habe ich nicht nur ein Aggressionsproblem, ich trinke auch zu viel. Deshalb soll ich meinen Umgang mit Alkohol hinterfragen.«

Plötzlich fiel Liv ein, dass sie vergessen hatte, ihn einen Anamnesebogen ausfüllen zu lassen. »Wäre wirklich nett gewesen, wenn Sie das erwähnt hätten. Sucht und aggressives Verhalten gehören nämlich oft zusammen.«

»Ich weiß. Zum Glück bin ich weder aggressiv noch süchtig«, erwiderte er sonnig.

»Ist diese Suchttherapie ebenfalls vom Gericht angeregt worden?«

»Ja. Hab ich vergessen, das zu erwähnen?«

Sie gab ihm einen Anamnesebogen. »Sie können ihn mitnehmen und zu Hause ausfüllen, damit Sie nicht zu spät zu Ihrer Gesprächsgruppe kommen.«

»Danke.« Er steckte das Papier ein und stand auf. »Dann bis bald.«

»Viel Erfolg mit Ihrer Gesprächsgruppe.«

»Danke.«

Als er die Jacke überstreifte, bemerkte sie seinen muskulösen Oberkörper. Er registrierte ihren Blick. »Was ist? Hab ich da was?«

»Nein, alles bestens«, antwortete sie und fühlte sich mal wieder ertappt.

21

»Ich glaube, es ist kein Zufall, dass er dich gebeten hat, ihm zu helfen«, sagte Conny, während sie ihren Mini Cooper durch ein Wirrwarr von Nebenstraßen steuerte, um einen Stau zu umfahren. »Er will dich näher kennenlernen.«

»Da irrst du dich«, sagte Olivia. »So wie ich das sehe, braucht er tatsächlich meine Hilfe als Psychologin.«

»Ach ja? Erzähl doch mal.«

»Du weißt, dass ich das nicht machen kann, Conny. Er ist mein Klient.«

»Na und? Ich bin deine beste Freundin.«

»Er hat mir das Versprechen abgenommen, dass ich sein Geheimnis nicht ausplaudere.«

»Sein … was?« Conny machte große Augen. »Was denn für ein Geheimnis?«

Olivia presste die Lippen zusammen.

»Na danke. Jetzt bin ich erst recht neugierig«, sagte Conny. »Dein Klient sieht also nicht nur rasend gut aus, er ist auch noch viel geheimnisvoller, als du bislang angenommen hast.«

»Wie gesagt, er hat mich gebeten, nicht darüber zu reden.«

»Er wollte sagen, dass du nicht privat darüber reden sollst.«

»Wie meinst du das?«

»Ich bin sicher, dass es etwas ganz anderes wäre, wenn du dich bei einer kompetenten Gesprächspartnerin rückversicherst und eine zweite professionelle Meinung einholst.«

»Du meinst eine Supervision?«

»Genau. Du könntest mir alles erzählen und unser Gespräch als Supervision verbuchen.«

»Du willst meine kompetente Gesprächspartnerin sein?«

»Aber hallo.«

»Obwohl du weder als Psychologin praktizierst noch eine Ausbildung hast?«

»Sei nicht so kleinlich, Liv. Ich hab auch ein paar Semester Psychologie studiert, und ich bin seit Jahren mit einem Psychologen verheiratet, der mich immer nach meiner Meinung zu seinen Fällen gefragt hat. Das reicht doch wohl als Reputation, oder?«

Olivia überlegte, während Conny sich durch die Nebenstraßen arbeitete und ihre Freundin aus den Augenwinkeln beobachtete. »Komm, Liv. Gibt dir 'n Ruck. Erzähl schon, was so geheimnisvoll an ihm ist.«

Olivia nickte. »Du behältst es für dich.«

»Logisch.«

»Also gut. Zino Angelopoulos hält sich für einen griechischen Gott. Genauer gesagt für Thanatos, den Gott des Todes.«

»Der Thanatos aus der griechischen Mythologie?«

»Das habe ich ihn auch gefragt«, antwortete Olivia. »Und ja, für ebenden hält er sich.«

Conny überlegte. »Interessant. Vielleicht steht dein Zino auf Rollenspiele.«

»Erstens ist er nicht mein Zino. Und zweitens, wie kommst du darauf?«

»Das kam mir nur gerade so in den Sinn. Wunschdenken, vermute ich.«

»Conny, wenn ich dich ernst nehmen soll, dann musst

du bei unserer Supervision deine persönlichen erotischen Fantasien außen vor lassen.«

»Okay. Werde ich versuchen. Konntest du herausfinden, ob er ein Sixpack hat?«

»Was?«

»Du hast doch bestimmt einen Blick riskiert, oder?«

»Hast du nicht mitbekommen, was ich gerade über deine erotischen Fantasien gesagt habe?«

»Hab ich.«

»Trotzdem interessiert dich sein Körper offenbar sehr viel mehr als seine Psyche.«

»Da liegst du falsch«, sagte Conny. »Ich habe das nur gefragt, weil ein Sixpack dafür sprechen würde, dass er die Wahrheit sagt. Schau dir mal antike Skulpturen an. Fast alle männlichen Götter hatten Sixpacks.«

»Na und? Cristiano Ronaldo hat auch ein Sixpack. Ist er deshalb ein Gott?«

»Selbstverständlich ist Cristiano Ronaldo ein Gott. Wenn Millionen Fans dich anbeten, dann bist du hundertprozentig ein Gott. Was denkst denn du?«

»Gut, aber im Gegensatz zu meinem Klienten würde Ronaldo nicht von sich behaupten, dass er unsterblich und unverwundbar ist.«

»Da wäre ich mir nicht so sicher«, erwiderte Conny. »Ich befürchte sogar, unsterblich zu sein, ist ein weit verbreiteter Irrglaube unter Männern. Sonst würden nicht so viele ihr Leben aufs Spiel setzen, um Frauen, Freunde, Kollegen oder ein paar Instagram-Follower zu beeindrucken. Ist dir schon mal aufgefallen, wie viele Bungeejumper, Extrembergsteiger, Klippenspringer und Drachenflieger es gibt?«

»Heißt das, du hältst es für normal, wenn sich jemand aus

dem Fenster stürzen will, um zu beweisen, dass er unverwundbar ist?«

»Leute springen mit einem Fetzen Stoff, den sie Gleitschirm nennen, von Wolkenkratzern, um Clicks zu sammeln. Ich finde die Idee deines griechischen Gottes gar nicht so verrückt. Vielleicht ist er Artist.«

»Du nimmst mich nicht ernst.«

»Doch, Liz. Tue ich. Unbedingt. Aber die wirklich wichtige Frage ist doch, ob Herr Angelopoulos nur eine blühende Fantasie oder ein ernstes Problem hat.«

»Er wollte aus dem Fenster springen«, beharrte Olivia.

»Aber er hat es nicht getan«, erwiderte Conny.

»Nein.«

»Also ist er keine Gefahr für sich selbst.«

»Das ist noch nicht raus. Er wäre womöglich gesprungen, wenn ich ihn gelassen hätte.«

»Immerhin hat er sich daran hindern lassen, das ist es, was zählt.«

»Vielleicht war es nur ein Zufall. Oder Glück, weil er eine andere Idee hatte, um mir zu beweisen, dass er die Wahrheit sagt.«

»Aha. Und wie hat er das angestellt?«

»Er hat sich unsichtbar gemacht.«

»Unsichtbar.«

»Ja.«

»Er ist vor deinen Augen verschwunden?«

»Nicht direkt. Er hat mich abgelenkt, und weg war er.«

»Du denkst also, es war ein Zaubertrick?«

»Was sonst?«

»Schade.« Conny zirkelte sich immer tiefer in das Gewirr von Straßen und Nebenstraßen und entfernte sich dabei immer weiter von der Hauptverkehrsader. »Ich suche nämlich schon seit Jahren nach einer Möglichkeit, Heiko unsichtbar zu machen. Wenigstens vorübergehend, wenn er mir mal wieder auf die Nerven geht.«

»Okay, das reicht. Du hattest deinen Spaß«, sagte Olivia. »Reden wir von was anderem.«

»Nein! Wieso denn das? Man wird doch wohl noch einen Witz machen dürfen.«

»Mir kommt es so vor, als wäre diese gesamte Supervision ein Witz für dich.«

»Jetzt sei doch nicht so verbissen, Liv. Dein neuer Klient scheint weder für sich noch für andere eine Gefahr darzustellen. Das ist doch eine gute Nachricht.«

»Und was macht dich da so sicher?«

»Erstens: Obwohl du ihn angeschwärzt hast, ist er nicht wütend auf dich. Er ist sogar bei dir vorbeigekommen, um mit dir zu reden und Missverständnisse auszuräumen. Zweitens: Die Polizei hat ihm auf den Zahn gefühlt, und offenbar sind deine Verdächtigungen völlig unbegründet. Es spricht also drittens nichts dagegen, dass dein Klient nur ein sehr attraktiver und zuvorkommender Kerl ist.«

»Der sich für den Gott des Todes hält«, ergänzte Olivia. »Und dem ein Gericht außerdem ein Anti-Aggressions-Training und eine Suchtberatung empfohlen hat.«

»Na und? Das kommt in den besten Familien vor. Du weißt so gut wie ich, dass dieses Gericht schwerere Geschütze aufgefahren hätte, wenn dein Klient unzurechnungsfähig wäre.«

Stimmt, da war was dran. Olivia dachte nach. »Okay, was soll ich deiner Meinung nach tun?«

»Ihn ernst nehmen. Wenn er wirklich der Gott des Todes

ist, dann kann er dir Antworten auf einige der größten und ältesten Fragen der Menschheit geben.«

»Du machst dich schon wieder lustig.«

»Überhaupt nicht. Du sagst doch selbst immer, dass es nicht eine einzige gültige Version der Realität gibt. Also lass dich auf ihn ein und finde heraus, was an seiner Geschichte dran ist.«

Olivia schüttelte ungläubig den Kopf. »Hört sich fast so an, als würdest du denken, es könnte ein Funken Wahrheit darin stecken.«

»Was weiß ich schon?«, antwortete Conny. »Steckt ein Funken Wahrheit in Mythen und Legenden? Ja, vielleicht. Es kann aber ebenso gut sein, dass seine Geschichte frei erfunden ist, um ein kritisches Lebensereignis zu verdrängen. Aber so oder so, je besser du ihn verstehst, desto größer ist deine Chance, dass dir seine wahren Beweggründe klar werden. Und am Ende zählt nicht die Methode, sondern das Ergebnis. Ist übrigens auch ein Satz von dir.«

Olivia sah zur Seite und musterte ihre Freundin mit nachdenklicher Miene.

»Was ist?«, fragte Conny. »Hängt da was? Doch nicht etwa mein Hals, oder?«

Olivia musste lachen. »Ich schaue dich an, weil ich beeindruckt bin. Vielleicht wird aus dir ja doch noch eine ganz ordentliche Supervisorin.«

»Als die muss ich dir allerdings noch mal kurz auf den Zahn fühlen.«

»Nur zu.«

»Kann es sein, dass du nicht ganz objektiv bist, was deinen neuen Klienten betrifft?«

»Wie meinst du das?«

»Es ist nur so ein Gefühl, aber ich frage mich, ob dich dieser Fall irgendwie persönlich betrifft.«

»Wenn du schon wieder darauf hinauswillst, dass ich mich in ihn verguckt habe, dann liegst du falsch.«

»Was ist es dann?«, fragte Conny.

Olivia schwieg verbissen.

»Irgendwas ist anders als sonst. Komm schon, Liv. Mir kannst du nichts vormachen, dafür kennen wir uns zu lange.«

Schweigen.

»Okay. Wenn du nicht darüber reden willst, dann werde ich das natürlich auch akzeptieren.«

Olivia sah ihre beste Freundin an, dann gab sie sich einen Ruck. »Die Sitzung hat mich an ein Erlebnis erinnert, über das ich noch nie gesprochen habe.«

»Noch nie? Nicht einmal mit mir?«

»Nicht einmal mit dir«, bestätigte Olivia.

»Warum nicht?«

»Das habe ich mich auch schon gefragt. Ich weiß es nicht. Vielleicht wollte ich allein damit klarkommen.«

»Okay. Was war das für ein Erlebnis?«

»Es ging um einen Mann.«

»Du hast mir einen Mann verheimlicht?«, fragte Conny mit gespielter Empörung. »Das ist ja unerhört. Vor allem, weil es nicht so viele Männer in deinem Leben gibt. Und du weißt, wie sehr ich Klatsch und Tratsch liebe.«

Olivia lächelte. »Ja. Sorry.«

»Hab ich wenigstens mal seinen Namen gehört?«

»Er hieß Liam. Liam Wilson.«

Conny überlegte, dann schüttelte sie den Kopf.

»Wie gesagt, ich wollte die Geschichte für mich behalten. Sie ist mir damals sehr nahegegangen.«

»Damals?«

»Vor ungefähr zwei Jahren.«

Conny stutzte. Ein fragender Blick. »Vor zwei Jahren, sagst du?«

»Ja.«

»Hat diese Geschichte zufällig etwas damit zu tun, dass du seit ziemlich genau zwei Jahren praktisch keinen Mann mehr in dein Leben lässt?«

»Das stimmt doch gar nicht«, sagte Olivia. Es klang nicht sehr überzeugend, das merkte sie selbst. »Ja. Schon möglich«, fügte sie kleinlaut hinzu.

22

»Hoppla!«, sagte Conny und trat auf die Bremse, denn ein Mann und eine Frau liefen eilig und ohne auf den Verkehr zu achten über die Straße.

Er hob dankend die Hand, was Olivia ein Stück tiefer in den Sitz rutschen ließ.

Conny bemerkte es. »Ist was?«

»Das war er«, flüsterte Olivia, während das Paar auf der anderen Straßenseite in einer griechischen Taverne verschwand.

»Wer?«

»Zino Angelopoulos.«

»Wow. Du hast mir nur gesagt, dass er gut aussieht.«

»Ja. Findest du das etwa nicht?«

»Er sieht überirdisch gut aus. Würde ich nicht im Hades landen, dürfte er mich sofort abschleppen. Ist sie seine Freundin?«

»Nein, das ist Hanna Kirschner. Bis heute Morgen ebenfalls eine Klientin von mir«, erklärte Olivia und rutschte wieder ein Stück nach oben.

Conny und sie spähten zum Eingang der Taverne, weshalb sie nicht bemerkten, dass Zino Angelopoulos wie aus dem Nichts neben dem Wagen auftauchte.

»Na, das ist ja mal ein Zufall. Wie nett. Was machen Sie denn hier?«

Olivia blickte perplex zwischen Zino und dem Taverneneingang hin und her. »Sind Sie nicht gerade da drüben reingegangen?«

»Bin ich«, erwiderte Zino. »Aber jetzt bin ich hier. Ich habe Ihnen doch vom Ätherreisen erzählt.«

Conny öffnete das Verdeck ihres Mini Coopers, um Zino ihr strahlendes Lächeln zu zeigen. »Ich bin übrigens Conny«, flötete sie.

»Freut mich, Conny. Ich bin Zino.«

»Ich weiß.« Conny strahlte ihn an. »Ich hab schon viel von dir gehört.«

Angelopoulos warf Olivia einen kurzen Blick zu, den auch Conny bemerkte. »Keine Sorge. Deine Geheimnisse sind bei uns absolut sicher.«

»Bei … uns?«, wiederholte er irritiert.

Olivia hüstelte verlegen.

»Liv hat mir von eurer heutigen Sitzung erzählt«, erklärte Conny. »Aber das hatte einen professionellen Hintergrund. Ich bin ihre Supervisorin. Deshalb bleibt auch alles, was du ihr erzählt hast, unter uns. Ich schweige ebenfalls wie ein Grab.«

»Wie ein Grab, soso«, wiederholte Zino amüsiert.

»Ja, genau«, lachte Conny und knuffte Olivia in die Seite, damit ihre Freundin auch mal was sagte.

Ein kurzes, peinliches Schweigen entstand.

»Conny und ich kennen uns schon sehr viele Jahre«, erklärte Olivia. »Ich habe sonst niemandem von unserer Sitzung erzählt.«

»Aha.« Er nickte bedächtig. »Verstehe.«

Was auch immer er damit meint, dachte Olivia.

»Fein, dann wäre ja auch das geklärt«, sprang Conny ihrer

Freundin bei. »Auf Liv und mich kann man sich in dieser Hinsicht hundertprozentig verlassen.« Conny wirkte jetzt regelrecht aufgekratzt. »Aber wollen wir nicht einfach alle Du zueinander sagen? Ich meine, da wir jetzt Geheimnisse miteinander teilen, müssen wir uns doch nicht mehr siezen.« Es war nicht zu übersehen, dass sie mit ihm flirtete.

Er stieg darauf ein. »Ich glaube, bislang sind nur meine Geheimnisse gelüftet worden.«

»Wenn du meine Geheimnisse entblättern möchtest, frag mich einfach«, erwiderte Conny großherzig. »Ich verrate sie dir gern alle … Also, vielleicht nicht alle, aber die meisten.« Es klang, als würde sie sich sowieso gern von ihm entblättern lassen.

»Tja, wenn das so ist«, sagte er. »Dann spricht ja eigentlich nichts dagegen, dass wir uns duzen.«

Beide sahen Olivia an, die jetzt gern erklärt hätte, dass sie das formelle Sie bevorzugte, weil eine gewisse Nähe zwischen Therapeut und Klient zwar wünschenswert war, ein fast freundschaftlicher Umgang aber auch zu Problemen führen konnte. Sie musste jedoch einsehen, dass sich die professionelle Distanz zu ihrem Klienten nach der Plauderei mit Conny sowieso weitgehend erledigt hatte. »Also gut, meinetwegen. Duzen wir uns halt«, sagte sie. »Ich bin Olivia.«

»Gute Freunde dürfen auch Liv zu ihr sagen«, fügte Conny spendabel hinzu.

Ein kurzer Blick von Olivia warnte sie davor, den Bogen nicht zu überspannen.

»Wie schön«, sagte Zino. »Freut mich, dass wir jetzt alle per Du sind. Wollen wir das da drüben feiern? Der Wirt heißt Konstantinos und ist ein Freund von mir.«

»Gute Idee!«, frohlockte Conny.

»Lieber nicht«, bremste Olivia unsicher.

»Warum nicht?«, fragte Conny entgeistert.

»Weil wir bestimmt stören würden?«, mutmaßte Olivia und warf Conny einen weiteren warnenden Blick zu.

»Bei der Selbsthilfegruppe?«, mischte Zino sich nun ein.

»Selbsthilfegruppe?«, wiederholte Olivia stirnrunzelnd. »Welche Selbsthilfegruppe?«

»Keine Sorge, ihr stört da ganz und gar nicht. Wir sind immer offen für neue Leute.«

»Moment mal. Heißt das, die Selbsthilfegruppe trifft sich da drüben?«

»Bei Konstantinos, genau.«

»Ihr trefft euch in einer Taverne?«

»Ja. Die Küche ist fantastisch.«

»Nehmen denn nicht auch Alkoholiker an eurer Gruppe teil?«

»Da es sich um eine Gesprächsgruppe für Menschen mit Suchtproblemen handelt, gehe ich mal schwer davon aus«, antwortete Zino. »Warum fragst du?«

»Weil es vielleicht keine gute Idee ist, dass sich Suchtkranke in einer Kneipe treffen«, erklärte Olivia.

»Eine Taverne ist keine Kneipe«, erwiderte Zino. »Und ein Mensch mit Suchtproblemen ist nicht automatisch suchtkrank. Du müsstest das eigentlich wissen. Außerdem können die Leute trinken, was sie wollen. Zum Beispiel Konstantinos' leckere hausgemachte Limonade.«

Olivia blickte Hilfe suchend zu Conny, aber die fand Zino und seine Argumentation in jeder Hinsicht bestechend, weshalb sie mit den Schultern zuckte. »Was hast du dagegen, Liv? Ich finde, das klingt fair.«

Olivia seufzte. »Aber besteht nicht die Gefahr, dass die Teilnehmer verführt werden?«

»Aber sicher«, antwortete Zino. »Das kann einem aber auch im Supermarkt und in jeder Tankstelle passieren. Da lass ich mich lieber von Konstantinos und seinem vollmundigen Retsina verführen.«

Olivia suchte nach Anzeichen von Ironie in seinem Gesicht. Aber da war nichts zu erkennen.

»Was ist?«, fuhr er fort. »Wollen wir uns zusammen ein Glas genehmigen? Dazu ein paar Sardellen, gebratenes Gemüse, ein bisschen Brot, Zaziki ...«

»Das klingt toll«, warb Conny für den Plan und schaute erwartungsvoll zu Olivia.

Doch die schüttelte den Kopf. »Danke. Aber lieber ein andermal. Wir haben noch was zu erledigen.«

»Schade«, sagte Zino.

»Ja, wirklich sehr schade«, stimmte Conny zu. Es kam aus tiefstem Herzen, das hörte man.

»Vielleicht könnt ihr ja später vorbeischauen«, schlug Zino vor. »Wir sind bestimmt noch eine ganze Weile hier.«

»Ja!«, sagte Conny. »Das ist eine gute Idee!« Und bevor Olivia etwas entgegnen konnte, fügte sie hinzu: »Also dann, bis später.«

»Fein. Bis später«, sagte Zino.

Connys Blicke klebten an ihm, bis sich die Tür der Taverne geschlossen hatte.

»Willst du ihm hinterherrennen und ihn fragen, ob er dir ein Autogramm gibt?«, schlug Olivia vor.

»Wenn ich auch noch seine Telefonnummer kriege, dann sofort«, antwortete Conny ungerührt.

Schweigen.

»Kann es sein, dass du gerade ein bisschen angefressen bist?«, setzte Conny nach.

»Allerdings bin ich das«, erwiderte Olivia. »Du hast meinem Klienten von unserer Supervision erzählt, obwohl du mir versprochen hattest, die Sache für dich zu behalten. Das war unprofessionell.«

»Warum?«

»Es hätte sein Vertrauen in mich erschüttern können.«

»Hat es aber nicht«, gab Conny zurück. »Im Gegenteil. Wir sind jetzt alle per Du, und er will sich später noch vertrauensvoll mit uns treffen.«

»Du hast dich wie ein Teenager aufgeführt«, setzte Olivia nach.

»Ach ja? Und du benimmst dich manchmal wie eine alte Jungfer. Es kommt mir vor, als hättest du dir selbst verboten, Spaß zu haben.«

»Du übertreibst«, sagte Olivia leise.

»Nein, Liv. Du bist es, die übertreibt«, erwiderte Conny und startete den Motor.

23

»Lilly ist nicht da.« Dana umklammerte ihr Smartphone wie ein Gebetbuch und ließ beide Daumen über das Display fliegen.

»Weißt du, wo ich sie finden kann?«, fragte Olivia.

»Keine Ahnung«, antwortete Dana, ohne auch nur für einen Sekundenbruchteil das Handydisplay aus den Augen zu lassen.

»Ihr Vater hat mir erzählt, dass sie vorübergehend bei dir wohnt«, erklärte Olivia und überlegte, ob sie sich darüber ärgern sollte, von Lillys Freundin wie Luft behandelt zu werden.

»Nice«, sagte Dana.

»Was soll das heißen? Nice.«

»Dass meine Fans mich feiern.« Wieder die fliegenden Daumen, immer noch kein Blick zu Olivia.

»Das finde ich toll«, log Olivia. »Könntest du dich trotzdem bitte kurz mal auf unser Gespräch konzentrieren? Dauert auch nur eine Minute.«

Dana seufzte genervt. Ihre Schultern sackten herab, als sie das Smartphone sinken ließ und Olivia endlich eines Blickes würdigte. »Was ist denn so wichtig? Meine Follower warten.«

»Und ich dachte, deine beste Freundin wäre dir wichtiger als ein paar Follower«, stichelte Olivia.

»Ein paar?« Dana lachte spöttisch. »Es sind etwas mehr als vierzehntausend.«

»Du hast vierzehntausend Follower?« Olivia war perplex. Außerdem dachte sie mit Schrecken daran, dass sie ihre Praxishomepage mal wieder aktualisieren müsste. »Wie hast du denn das angestellt?«

Ein lässiges Schulterzucken. »Alle lieben meine Styling Hacks«, erklärte Dana mit leisem Triumph in der Stimme.

Schon oft hatte Olivia sich gefragt, wie erfolgreiche Influencerinnen es anstellten, Massen von Followern mit völlig öden Styling- und Schminktipps zu fesseln. Das Geheimnis lag vermutlich darin, dass es kein Geheimnis gab. Früher hatten langweilige Zeitschriften mit diesen Tipps Geld verdient, heute machten das pfiffige Kids mithilfe einer Webcam mal eben nach der Schule.

»Folgst du mir eigentlich auch?«, fragte Dana.

Olivia biss sich auf die Unterlippe.

Wieder flogen Danas Daumen über das Display. »Hey! Warum nicht?«, fragte sie vorwurfsvoll.

Deine tollen Styling Hacks interessieren mich nicht die Bohne, hätte Olivia gern gesagt. Weil sie höflich sein wollte, spielte sie jedoch die Ahnungslose. »Ich weiß nicht. Wo kann ich dich denn überhaupt finden?«

»Auf allen wichtigen Kanälen«, antwortete Dana. »Ich bin *Da Bell.* – Verstehst du?«

Toll. Dana Bellstedt nannte sich im Internet also *Da Bell.* Olivia fragte sich, was es da zu verstehen gab. »Ich glaube schon. *Da* für Dana und *Bell* für Bellstedt?«

»Eben nicht«, erwiderte Dana. »Man spricht es nämlich Englisch aus. Also eher wie die coole Variante von *The Bell.* Das heißt ›die Glocke‹ und …«

»Ja. Danke. Ich spreche auch ein bisschen Englisch«, unterbrach Olivia pikiert.

»Meine Styling Hacks beginnen nämlich immer mit einem Glockenton. Das ist mein Markenzeichen«, fuhr Dana ungerührt fort.

Wie originell, wollte Olivia spotten, verkniff sich aber auch das. »Okay, das klingt cool. Bei Gelegenheit schau ich mir deine Seite mal an«, versprach sie lustlos. »Jetzt aber zu Lilly. Ich hab …«

»Gib mir mal dein Handy«, unterbrach Dana. »Ich mach das eben schnell.«

»Was denn?«, fragte Olivia und zog ihr Smartphone aus der Tasche.

Dana nahm es ihr aus der Hand und hielt ihr das Display vors Gesicht, um das Gerät zu entriegeln. »Na, ich adde dich und like mich in deinem Namen, dann haben wir das gleich erledigt«, sagte sie und ließ ihre Daumen über das Display fliegen.

Olivia schwieg, bis Dana ihr das Handy mit dem Hinweis »Du musst mal wieder ein Update machen« zurückgab. Ratlos betrachtete sie ihr Handy. Konnte sich das Ding nicht selbst updaten? Und wieso war oben rechts auf dem Display plötzlich ein Welpe zu sehen, der in Endlosschleife hechelte? »Was ist denn das da?«

»Süß, oder?«, antwortete Dana.

»Geht so«, sagte Olivia.

»Von mir für dich, damit deine Startseite nicht ganz so trostlos aussieht. Gern geschehen.«

Olivia wollte keine Zeit damit vergeuden, sich über ihre neue, völlig alberne Startseite zu beschweren. Also steckte sie ihr Smartphone wortlos ein. »Noch mal zu Lilly …«

»Die wohnt seit gestern bei ihrem Freund«, sagte Dana ungehalten. »In Kreuzberg, glaub ich.«

»Hast du die Adresse?«

»Nein. Aber ruf sie doch einfach an.«

»Hab ich versucht, aber sie geht nicht ran.«

»Dann vermute ich mal, sie will nicht mit dir reden«, erwiderte Dana kaltschnäuzig.

»Muss sie ja auch nicht«, sagte Olivia. »Ich möchte ihr nur eine Nachricht von ihrem Vater überbringen. Das ist schon alles.«

»Texte ihr, schick ihr eine Sprachnachricht oder schreib ihr eine Mail«, schlug Dana vor. Es klang wie: Was auch immer du tust, lass mich da raus.

»Könntest du sie nicht bitten, mich mal anzurufen?«

Dana stöhnte genervt, wieder sackten ihre Schultern herab.

»Ich meine, immerhin ist sie deine Freundin«, fügte Olivia hinzu. »Ich bin sicher, auch du willst, dass es ihr gut geht.«

»Lilly kann zwar ganz gut auf sich selbst aufpassen, aber von mir aus, ich gebe ihr Bescheid«, erklärte Dana generös und mit sichtlichem Widerwillen.

Wirklich erstaunlich, wie unkommunikativ man werden konnte, wenn man den ganzen Tag damit verbrachte, online kommunikativ zu sein, dachte Olivia.

»Sonst noch was?« fragte Dana barsch.

»Nein, das war es auch schon. Vielen Dank.« Olivia drehte sich auf dem Absatz um. »Schönen Tag noch und viel Vergnügen mit deinen Followern.«

»Danke. Und denk dran, hin und wieder meine Styles zu liken«, rief Dana ihr nach.

»Werde ich machen«, versprach Olivia.

»Aber nicht vergessen«, mahnte Dana. »Und ... Unter uns gesagt, kannst du einige meiner Tipps wirklich gut gebrauchen.«

»Findest du?«, fragte Olivia verunsichert.

»Allerdings.« Dana musterte ihr Gegenüber und verzog dabei das Gesicht, als würde der Anblick ihr große Sorgen bereiten. »Sorry, aber du musst mit deinem Outfit wirklich dringend was machen. Wenn man dich so ansieht, könnte man denken, du bist fünfzig oder so.«

Olivia überlegte, ob sie wenigstens einen Teil dieser Aussage als Kompliment verstehen könnte, aber es gelang ihr nicht.

»Egal«, sagte Dana. »Das kriegen wir hin. Komm einfach auf meine Seite und lass dich inspirieren.« Sie lächelte gewinnend. »Und natürlich immer fleißig liken.«

»Versprochen«, sagte Olivia und dachte: ganz sicher nicht.

24

»Das ging schnell«, frohlockte Conny, die im Wagen gewartet hatte. »Auf geht's zu Konstantinos.«

Olivia, die in Gedanken noch bei Lilly war, nickte geistesabwesend.

»Alles okay?«, fragte Conny. »Du bist hoffentlich nicht immer noch sauer auf mich?«

Olivia schüttelte den Kopf. »Nein. Alles okay.«

»Gut.« Conny startete den Wagen.

Nachdem sie eine Weile schweigend durch die Stadt gefahren waren, meldete sich Olivias Handy. Eine Sprachnachricht von Lilly: »Hi Liv, Dana hat mir erzählt, dass du mich sprechen wolltest. Ist gerade ein bisschen ungünstig, aber ich melde mich bei dir, sobald ich Zeit habe. Sag Paps, dass er sich keine Sorgen um mich machen muss, es geht mir gut. Aber ich glaube, dass wir momentan alle etwas Abstand gebrauchen können. Grüß ihn bitte von mir. Und seine Uschi meinetwegen auch. Ciao.«

Immerhin hört sie ihre Nachrichten ab, dachte Olivia und diktierte eine Sprachnachricht für Lilly ins Handy. »Danke für deine Rückmeldung. Ich wollte dir auch nur kurz sagen, dass dein Vater bereit ist, die Hochzeit abzusagen, vorausgesetzt, du kommst wieder nach Hause. Er bittet dich nur, dir noch einmal in Ruhe seinen Standpunkt erklären zu dürfen. Mehr nicht.« Olivia überlegte kurz, ob sie Partei ergreifen sollte, und entschied sich dagegen, tat es dann aber doch, indem sie hinzufügte: »Wenn du mich fragst, dann klingt das fair. Ruf ihn doch einfach mal an. Vielleicht findet ihr ja eine Lösung.«

Sie beendete die Sprachnachricht, verschickte sie und ärgerte sich im selben Moment darüber, dass sie Partei ergriffen hatte. Eigentlich wollte sie es sich abgewöhnen, ungefragt Ratschläge zu erteilen. Man bekam fast nie Dank dafür, sondern fast immer Vorwürfe.

»Machst du dir Sorgen um Lilly?«, fragte Conny.

Olivia überlegte. Im Grunde ging sie der Streit von Georg und Lilly nichts an. Dennoch war die Sache ihr nicht gleichgültig. Dafür war die Erinnerung an jene Familie, die sie mal gewesen waren, noch zu frisch. Machte sie sich deshalb Sorgen um die beiden? – Eher nicht. Spürte sie dennoch eine gewisse Verantwortung? – Ja, das vielleicht schon. Trotzdem wollte sie nicht zwischen die Fronten geraten, was nach Lage der Dinge im Handumdrehen passieren konnte. Georg hatte schon immer ein Talent dafür gehabt, anderen Leuten die Lösung seiner persönlichen Probleme aufzuhalsen.

Bevor Olivia antworten konnte, klingelte Connys Handy. Sie aktivierte die Freisprecheinrichtung. »Hallo?«

»Guten Tag, hier ist Schwester Grazia von der *Klinik zur Himmelspforte* im Westend«, sagte eine freundlich klingende Frauenstimme. »Spreche ich mit Frau Buch?«

»Am Apparat«, antwortete Conny.

»Frau Cornelia Buch?«, hakte die Schwester nach.

»Ja, was ist denn passiert?« Conny klang nun besorgt.

»Ihr Mann ist eben bei uns eingeliefert worden«, erklärte Schwester Grazia. »Er hatte einen kleinen Schwächeanfall.

Aber keine Sorge, es geht ihm gut. Den Umständen entsprechend.«

»Was denn für Umstände?«, fragte Conny misstrauisch.

»Er ist wohl gegen ein Bücherregal gestolpert und hat sich eine kleine Platzwunde am Kopf zugezogen, die geklammert werden musste«, antwortete Schwester Grazia. »Nichts Ernstes, aber der Arzt möchte dennoch ein CT machen und ihn über Nacht zur Beobachtung hierbehalten.«

»Verstehe.« Conny klang erleichtert. »Kann ich ihn irgendwie erreichen?«

»Eigentlich schon, aber er wird momentan noch untersucht«, antwortete die Schwester.

»Gut. Dann rufe ich später an«, sagte Conny. »Können Sie mir bitte seine Durchwahl geben?«

Ein verlegenes Hüsteln am anderen Ende der Leitung. »Ich hab mit ihm gesprochen. Unter uns gesagt, klang es so, als würde er hoffen, dass Sie vorbeikommen.«

Conny wirkte erstaunt. »Er hat nach mir gefragt?«

»Nein. Nicht direkt, aber er meinte, Sie würden ihm bestimmt ein paar Sachen vorbeibringen wollen.«

Conny schüttelte unwirsch den Kopf. »Ach ja? Meinte er das?«, fragte sie verstimmt.

Schweigen am anderen Ende der Leitung.

»Machen wir es doch so«, fuhr Conny fort. »Sagen Sie ihm bitte, dass er mich anrufen soll, sobald die Untersuchung abgeschlossen ist.«

Wieder das Hüsteln von Schwester Grazia. »Ich möchte mich ja nicht einmischen, aber ich kenne viele Frauen, die froh wären, wenn sie einen Mann hätten, um den sie sich kümmern könnten.« Es klang, als wäre sie urplötzlich den Tränen nahe.

»Wenn Sie zufällig eine zur Hand haben, die sich um meinen Mann kümmern möchte, immer her damit«, erwiderte Conny ungerührt.

Schwester Grazia blies verächtlich Luft durch die Nase. »Schon gut. Sie müssen ja wissen, was Sie tun.«

»Genau«, erwiderte Conny. »Aber vielen Dank dafür, dass Sie ungefragt Ihre Meinung geäußert haben.«

»Einen schönen Tag noch«, wünschte Schwester Grazia kühl und legte auf, bevor Conny etwas erwidern konnte.

»Klinik zur Himmelspforte«, sagte sie, nachdem sie eine Weile schweigend durch die Stadt gefahren waren. »Wer kommt denn auf so einen Namen? Da denkt man doch gleich, dass man im Vorzimmer zum Jenseits gelandet ist.« Pause. »Findest du nicht?«

»Das kannst du nicht machen«, erwiderte Olivia. »Es verlangt ja keiner, dass du ihm die Hand hältst, aber ich finde, frische Unterwäsche und ein Buch hat er nach fast dreißig Ehejahren schon verdient.«

Ein Seufzen. »Ich weiß«, sagte Conny. »Es macht mich nur so wütend, dass er rein gar nichts für seine Fitness tut, aber davon ausgeht, dass ich ihn bemuttere, sobald ihn ein Zipperlein plagt. Wenn er noch zwei Jahre mit seinen Büchern in diesem verdammten Eames-Chair klebt, dann habe ich einen Tattergreis zu Hause, dem ich die Treppe hochhelfen muss.«

»Na ja. In zwei Jahren ist er immerhin siebzig«, gab Olivia zu bedenken.

»Was noch lange kein Grund ist, sich selbst aufs Abstellgleis zu schieben«, beschwerte sich Conny. »Er soll nicht den ganzen Tag lesen, sondern irgendwas unternehmen. Früher hat er Tennis gespielt. Ganze Wochenenden lang. Heute kommt er schon aus der Puste, wenn er sich in der Küche ein Glas Wasser holen will.«

»Ist ja eigentlich ein gutes Zeichen, dass du wütend auf ihn bist«, sagte Olivia. »Es zeigt, dass du dich um ihn sorgst.«

»Ich weiß.« Conny nickte. »Deshalb werde ich dich jetzt bei Konstantinos absetzen und dann ins Krankenhaus fahren. Sauer bin ich trotzdem. Dabei hätte ich heute wirklich gern mit dem Tod geflirtet.«

»Bestimmt findet sich eine neue Gelegenheit«, sagte Olivia aufmunternd.

»Das hoffe ich sehr«, erwiderte Conny und lenkte den Wagen in die Straße, in der sich Konstantinos' Taverne befand.

Olivia stutzte. »Was ist denn da los?«

Aus der Taverne drang laute Schlagermusik. Vor der weit geöffneten Tür standen zwei Tische voller Weinflaschen und leerer Teller. Drei sehr betrunkene Männer tanzten zu einem Lied von Nana Mouskouri eine Art Sirtaki.

Conny stoppte den Wagen. Sie beobachteten die Tänzer. Die drei hatten Mühe, der Musik zu folgen und dabei auf den Beinen zu bleiben.

»Schade«, sagte Conny. »Bei dieser Gesprächsrunde wäre ich auch gern dabei gewesen. Bestell deinem attraktiven Klienten einen ganz lieben Gruß von mir.«

25

Olivia entdeckte Zino im fast leeren Gastraum, wo er mit einer Zigarette in der einen Hand und einem Glas Weißwein in der anderen einer Pokerrunde zusah. Vor dem weit geöffneten Fenster stolperten die Sirtaki-Tänzer abwechselnd nach links und rechts.

»Olivia.« Ein Lächeln huschte über sein Gesicht, als er sie bemerkte.

Sie erwiderte es. »Conny musste leider weg. Aber sie lässt dich grüßen.«

»Danke.«

Ihr Blick fiel auf die Zigarette, er bemerkte es. »Ich wollte es mir abgewöhnen, ich weiß.«

»Das ist es nicht«, erwiderte sie. »Ich hab mich nur gerade gefragt, ob Rauchen hier nicht verboten ist.«

»Normalerweise schon, aber wir sind eine geschlossene Gesellschaft«, erwiderte Zino.

»Wer ist wir?«, fragte Olivia.

»Na, unsere Gesprächsgruppe.«

»Ach so. Wie war denn eure Sitzung eigentlich?«, fragte sie.

Er stutzte. »Was meinst du damit?«

»Na, hattet ihr ein gutes Gespräch?«

»Also … eigentlich sind wir noch mittendrin.«

Verwirrt blickte Olivia sich um. »Ach ja? Wo denn?«

»Na, hier.« Zino deutete mit dem Weinglas auf die Pokerspieler, dann zeigte er zum Fenster. »Und da draußen auch.«

»Die drei Tänzer gehören zur Gesprächsgruppe?«, fragte Olivia verdutzt.

»Leandros nicht. Hannes und Viktor schon.«

Olivia überlegte, ob er gerade einen Witz gemacht hatte.

Zino deutete ihr fragendes Gesicht anders. »Leandros ist der in der Mitte. Er hat für uns gekocht und sich dann auf ein paar Gläser zu uns gesetzt. Übrigens … hast du Hunger?« Er deutete mit einem Kopfnicken zum Tresen, wo Teller mit griechischen Vorspeisen standen.

Sie schüttelte den Kopf.

»Vielleicht ein Glas Wein?«

Wieder ein Kopfschütteln.

»Was ist mit Kaffee? Konstantinos macht einen ziemlich guten …« Zino sah sich nach dem Inhaber um. »Wo ist er denn eigentlich?«

»Ich wette, der ist mit Hanna durchgebrannt«, sagte jemand am Pokertisch, und alle lachten.

Zino zog die Schultern hoch. »Tut mir leid, wenn die beiden turteln, dann wird das vorerst nichts mit deinem Kaffee.«

»Hanna? Etwa Hanna Kirschner?«, fragte Olivia.

Er nickte. »Sie besucht unsere Gruppe, weil sie von den Schlafmitteln loskommen will.«

»Interessant«, sagte Olivia und spürte, wie es an ihrem Ego kratzte, dass Hanna zwar nicht mehr zur Therapie kam, stattdessen aber zu Zinos Selbsthilfegruppe ging.

Er nippte an seinem Retsina. »Jedenfalls ist das hier unsere Gruppe. Wir haben dem heutigen Treffen das Motto ›Hilfe zur Selbsthilfe‹ gegeben«, erklärte er und schmeckte dem Wein nach.

»Soso. Hilfe zur Selbsthilfe«, wiederholte Olivia.

»Genau.«

»Und wem genau hilft es, wenn Suchtkranke sich hemmungslos ihren Süchten hingeben?«

»Tun sie doch gar nicht«, widersprach Zino.

»Was passiert denn dann hier gerade?«

»Wir haben beschlossen, unsere Süchte experimentell zu verlagern«, erklärte Zino und deutete zum Fenster, wo gerade die Sirtaki-Tänzer auftauchten. »Hannes und Viktor sind eigentlich sexsüchtig, haben sich aber heute mit Alkohol davon abgelenkt.« Er drehte sich zum Pokertisch und zeigte auf die Spieler. »Katha, Klaus und Lisa. Sie alle haben mit Nikotin-, Alkohol- und Kokainsucht zu kämpfen, halten sich aber mit Glücksspiel erfolgreich von den Drogen fern. Bis jetzt zumindest.«

Olivia schüttelte ungläubig den Kopf. »Und Hanna Kirschner versucht ihre Tablettensucht in den Griff zu kriegen, indem sie mit Konstantinos schläft?«

»Ja. Und nicht nur mit ihm«, bestätigte Zino. »Hanna emanzipiert sich gerade von ihrem dominanten Ehemann. Zum Glück, kann ich da nur sagen. Aber wie dem auch sei, du hast das System erfasst, und ich glaube, es funktioniert ganz gut. Findest du nicht?«

Olivia wiegte den Kopf hin und her, während Nana Mouskouri zum wiederholten Male *Weiße Rosen aus Athen* anstimmte. Offenbar lief es in Endlosschleife.

»Suchtverlagerung ist eigentlich kein Therapieansatz«, erklärte sie. »Es ist keine Lösung, wenn etwa Alkoholiker sich statt Alkohol andere Drogen einwerfen.«

»Das sehe ich aber ganz anders«, erwiderte Zino und nippte an seinem Wein. »Wichtig ist doch nur, dass man Gewohnheiten ändert und neue Dinge ausprobiert. Menschen wechseln ja auch ihren Job, den Partner oder die Stadt, um sich weiterzuentwickeln. Warum sollten sie also nicht verschiedene Suchtmittel ausprobieren, um das zu finden, was zu ihnen passt?«

»Weil Suchtmittel grundsätzlich schlecht sind?«

»Das ist eine rhetorische Frage, oder?«

»Allerdings. Eine krankhafte Abhängigkeit wird nicht dadurch besser, dass man das Suchtmittel ändert.«

»Was du nicht sagst«, erwiderte Zino. »Wenn Menschen süchtig nach Ruhm, Macht, Geld, Sport oder gesunder Ernährung sind, wird das komischerweise selten als krankhaft angesehen. Vier Gläser Wein am Abend sind bedenklich, eine Milliarde auf dem Konto ist hingegen beachtlich. Wäre es nicht besser, wenn macht- und ruhmsüchtige Despoten zufriedene Alkoholiker würden? Statt das Glück und das Leben vieler Menschen aufs Spiel zu setzen, würden sie nur sich selbst ins Unglück stürzen.«

»Für die Betroffenen macht es das aber nicht besser«, gab Olivia zu bedenken. »Statt der Hilfe, die sie gebraucht hätten, bekommen sie lediglich eine neue Sucht aufgehalst.«

»Was im Einzelfall aber von Vorteil sein kann«, sagte Zino. »Ein armer Junkie, der von den Drogen loskommt, um nach Marathonläufen süchtig zu werden, wird von allen bewundert, während ein ehemaliger Filmstar, der nach Ruhm und Erfolg süchtig war und nun an der Flasche hängt, Mitleid erregt.«

»Apropos«, sagte Olivia und deutete auf Zinos Weinglas. »Bist du nicht hier, weil du zu viel Alkohol trinkst?«

»Sagt das Gericht«, antwortete Zino. »Auch da bin ich ganz anderer Meinung.«

»Das ist eine typische Haltung für jemanden, der zu viel Alkohol konsumiert«, erklärte Olivia. »Aber das weißt du vermutlich selbst, weil du dich ja auch für Psychologie interessierst.« Der spöttische Unterton in ihrem letzten Satz war unüberhörbar.

Zino nahm den letzten Schluck Retsina und stellte sein Glas ab. »Vielleicht liegt Conny gar nicht so falsch, wenn sie behauptet, dass du mal etwas lockerer werden könntest.«

»Ich bin nicht locker?« Olivia lachte laut, um zu überspielen, dass sie sich ertappt fühlte. »Ich glaube, das hast du völlig falsch verstanden. Ich bin locker. Sogar sehr locker. Extrem locker, könnte man sagen.«

»Vielleicht bist du ja süchtig nach Kontrolle«, sagte Zino und lächelte schelmisch. »Aber wie dem auch sei. Wir müssen los. Die Arbeit wartet. Wir können uns ja unterwegs noch weiter unterhalten.«

»Wir? Wo soll es denn hingehen?«, fragte Olivia. »Ich wusste gar nicht, dass wir beide noch was vorhaben.«

»Wir besuchen eine Seniorenresidenz«, antwortete Zino. »Ich hab dir doch gesagt, ich nehme dich mal mit, wenn ich unterwegs bin. Heute besuche ich ein paar Stammkunden, und du darfst mitkommen.«

»Stammkunden? Ich dachte, der Tod kommt nur einmal. Wie kann er da Stammkunden haben?«

»Beim Sterben sind alle Anfänger, deshalb klappt es nicht immer gleich beim ersten Mal. Also muss ich in einigen Fällen mehrmals vorbeikommen.«

Olivia sah ihn verwundert an. »Das klingt, als könnte man es sich aussuchen, wann man stirbt.«

»Na ja, es gibt solche, die sich dringend auf den Weg machen müssten, sich aber noch nicht bereit fühlen. Andere würden liebend gern so schnell wie möglich ihre Reise in den Hades antreten, aber ihre Zeit ist noch nicht gekommen. Die Menschen sind eben verschieden. Im Leben und beim Sterben.«

»Aber bestimmst nicht du, wer gehen muss und wer noch bleiben darf?«, fragte Olivia.

»Nein. Ich sehe es den Menschen nur an, wenn die andere Seite auf sie wartet. Eine Weile kannst du sie warten lassen, aber irgendwann ist jede Galgenfrist verstrichen. In dieser Seniorenresidenz gibt es einen, für den es heute so weit ist. Er hat lange gezögert, aber jetzt ist seine Zeit abgelaufen. Entweder ich gehe ein Stück mit ihm, oder er wird heute Nacht allein seinen Weg finden müssen.«

Olivia spürte ein Frösteln bei der Vorstellung, dem Tod bei der Arbeit zuzusehen. Andererseits war sie neugierig. »Gut. Gehen wir.«

»Fein. Du bist nicht zufällig mit dem Auto da?«

»Ich hab nicht mal einen Führerschein«, antwortete sie.

»Okay. Dann nehmen wir eben die Straßenbahn«, sagte Zino.

»Die Bahn? Der Tod fährt Bahn?«

»Ja. Warum nicht? Ist preiswert und schont die Umwelt.«

»Ich dachte, wir reisen durch den Äther«, stichelte Olivia. »Ist das nicht viel praktischer?«

»Das ist prinzipiell eine sehr gute Idee«, erwiderte Zino. »Allerdings hat bislang noch kein Sterblicher eine Reise durch den Äther überlebt. Wenn du allerdings darauf bestehst, dann können wir es gern versuchen.«

Sie schüttelte den Kopf. »Lass uns mit der Bahn fahren. Dann können wir in Ruhe reden.«

26

»Ist es eigentlich nett im Hades?«, fragte Olivia.

Sie saßen am Ende eines Waggons, der sich binnen weniger Stationen prall mit Menschen gefüllt hatte, die dann häppchenweise auf die Vorstädte verteilt wurden. Inzwischen warteten nur noch zwei gelangweilte Berufspendler auf das Ende ihrer Fahrt und den Beginn des Feierabends, während die Sonne den Horizont langsam in ein sattes Rot tauchte.

»Keine Ahnung«, antwortete Zino. »Ich bin schon länger nicht mehr dort gewesen. Ich glaube, bei meinem letzten Besuch in der Unterwelt hat Sokrates noch gelebt.«

»Ich dachte, Orte wie der Hades verändern sich nie«, sagte Olivia.

»Alles verändert sich. Warum sollte ausgerechnet die Unterwelt sich nicht verändern? Wie kommst du überhaupt auf diese merkwürdige Idee?«

»Die Idee ist überhaupt nicht merkwürdig«, widersprach Olivia. »Im Gegenteil. Die meisten Menschen wünschen sich, dass es in diesem beängstigend großen Universum irgendetwas Beständiges gibt. Selbst wenn es nur das Jenseits ist.«

»Tja, ich fürchte, damit kann ich nicht dienen«, sagte Zino. »Sogar der Olymp ist nicht mehr das, was er mal war. Früher ein magischer Ort, heute ein Freizeitpark.« Er zuckte bedauernd mit den Schultern. »Aber das ist der Lauf der Dinge, da kann man leider gar nichts machen. Nicht nur die Götter verlieren ihre Macht, wenn die Menschen nicht länger an sie glauben. Auch Gebete, Lieder und Rituale werden entzaubert, und am Ende verschwinden sie ebenso wie die heiligen Orte, an denen Menschen und Götter sich nahe sein konnten.«

»Diese Orte verschwinden doch nicht«, widersprach Olivia. »Wir nehmen sie heute nur anders wahr.«

Er lachte. »Das ist eine sehr vornehme Umschreibung dafür, dass die Menschen uns Götter und unsere Welt vergessen haben. Was früher heilig war, ist heute ein Touristenspektakel. Das Orakel von Delphi konnte zu meiner Zeit das Schicksal ganzer Nationen verändern. Heute wird es von Leuten besucht, die Orakelsprüche lesen, die in kleine Kekse gebacken sind. Man kann das modern finden. Oder auch erbärmlich. Aber was weiß ich schon? Ich bin ja nur ein unwichtiger Gott von gestern.«

»Unwichtig würde ich nicht sagen«, erwiderte Olivia. »Im Gegensatz zu den anderen Göttern hat man dich immerhin nicht vergessen.«

»Stimmt, die Menschheit glaubt noch immer an den Tod, wie sollte es auch anders sein, er ist ja ihr ständiger Begleiter. Trotzdem hat die Welt sich rasant verändert. Die Menschen heute leben und sterben völlig anders als ihre Vorfahren.«

»Soll das heißen, sogar der Tod hat sich verändert?«, fragte Olivia ungläubig.

»Aber sicher hat sich auch der Tod verändert.«

»Inwiefern? Haben die Menschen nicht schon immer auf ein langes Leben und ein leichtes Ende gehofft?«

»Gehofft schon, aber niemand wäre früher auf die Idee gekommen, Ansprüche an den Tod zu stellen, so wie es heute gang und gäbe ist. Alle möchten komfortabel sterben, möglichst schnell, möglichst bequem. Gern würden sie noch den Todeszeitpunkt selbst bestimmen.«

»Du musst zugeben, das wäre ein toller Service«, sagte Olivia. »Man ruft erst nach dir, wenn man sein Leben wirklich leid ist.«

»Kann ich mir vorstellen«, erwiderte Zino. »Dummerweise ist das schon rein logistisch völlig unmöglich. Ich bin nur ein Gott und nicht Amazon.«

Olivia musste lachen. »Schwer zu glauben, dass die Menschen früher weniger Ärger gemacht haben, wenn's ans Sterben ging.«

»War aber so«, sagte Zino. »Im Mittelalter hatten die Menschen nur panische Angst davor, ihrem Schöpfer unvorbereitet gegenüberzutreten. Es ging nicht darum, möglichst komfortabel auf die andere Seite zu kommen, sondern zuvor die richtigen Sakramente zu empfangen. Zu meiner Zeit hingegen vertrauten die Menschen auf ihr Schicksal. Man wusste, dass meine Schwestern den Lebensfaden jedes einzelnen Menschen webten und ihn durchtrennten, wenn es an der Zeit war. Niemand konnte etwas dagegen tun, selbst Zeus musste sich dem Willen der Moiren unterwerfen, wenn er nicht die Ordnung des Universums gefährden wollte. Zumindest glaubten die Menschen das.«

»Heißt das, die Geschichte stimmt nicht?«

»Ist das wichtig?«, fragte Zino. »Was zählt, ist doch nur, dass die Menschen daran glaubten. Heute hadern sie mit ihrem Schicksal, damals wussten sie, dass es keinen Sinn hat, sich den Kopf darüber zu zerbrechen, warum Dinge passieren oder warum sie eben nicht passieren. Es gab eine einfache Erklärung dafür, und die musste nicht hinterfragt werden.«

»Heute hinterfragen wir eben Dinge«, sagte Olivia. »Das ist menschlich und völlig normal. Wir suchen nach Gründen, weil wir hoffen, dass unser Leben einen Sinn ergibt.«

»Schön wär's«, sagte Zino. »Ich begegne leider nur selten Menschen, die nach dem Sinn des Lebens gesucht haben. Die meisten wollten Geld, Ruhm, Macht, Sex, Drogen, Abenteuer oder alles zusammen. Am Ende eines sinnlosen Lebens liegen sie vor mir und fürchten sich vor einem sinnlosen Tod.«

»Sie haben Angst vor dir«, sagte Olivia. »Auch das ist völlig normal.«

»Angst vor mir? Warum denn das? Ich bin einer der nettesten Todesengel, die man sich wünschen kann, im Grunde der netteste überhaupt.«

Olivia verstand nicht, was er damit meinte. »Warum gerade der netteste?«

»Weil ich der Gott des leichten Todes bin. Wer von mir in den Hades geschickt wird, der stirbt entweder so schnell, dass er gar nicht versteht, was ihm geschieht, oder er darf sanft auf die andere Seite hinübergleiten, ohne Schmerzen und ohne Angst. Früher hat man mich deshalb auch den Gott des sanften Todes genannt.«

»Heißt das, es gibt auch einen Gott des unsanften Todes?«, fragte Olivia amüsiert

Er nickte. »Mehrere. Und da musst du gar nicht lange suchen. Meine beiden Schwestern, die Keren, sind die Göttinnen des gewaltsamen Todes. Zuständig für Mord und Totschlag. Machen oft gemeinsame Sache mit Schwester Oizys, der Schmerzensreichen. Sollten die drei eines Tages bei dir vor der Tür stehen, dann mach besser nicht auf. Oder ruf mich an. Meine Schwestern sind leider ein bisschen seltsam. Also seltsam im Sinne von extrem-blutrünstig-grausam-seltsam. Manchmal denke ich, der Trojanische Krieg ist ihnen nicht gut bekommen.«

Olivia musste grinsen. »Willst du sagen, sie haben so eine Art posttraumatische Belastungsstörung?«

Zino überlegte. »Ja, schon möglich. Jedenfalls waren meine Schwestern schon immer für üble Todesursachen verantwortlich. Im alten Griechenland war man deshalb froh, mich am Totenbett zu sehen. Jeder wusste, dass ihm kein schönes Ende bevorstand, wenn die Keren oder Schwester Oizys auftauchten.«

»Das klingt, als hätten die Leute mit dir das große Los gezogen«, sagte Olivia mit leiser Ironie.

»Ich weiß, was du sagen willst«, erwiderte Zino. »Und es stimmt natürlich, dass der Asphodeliengrund noch nie ein besonders beliebtes Reiseziel war ...«

»Welcher Grund?«

»Der Asphodeliengrund«, wiederholte er. »Die Wiesen, wo der weiße Affodill blüht. Die meisten Schatten werden dorthin gebracht. Zumindest war das noch so, als ich den Hades zuletzt besucht habe.«

»Die Toten leben im Hades auf einer blühenden Wiese? Schöne Vorstellung. Man döst für den Rest der Ewigkeit unter einem Baum und schaut in die Wolken.«

»Theoretisch schon«, sagte Zino. »Praktisch ist die Sache etwas komplizierter. Sofern im Hades alles noch so läuft wie früher, leben die Toten dort zwar ohne Schmerzen, aber auch ohne Freude. Du hättest überhaupt keinen Spaß daran, auf der Asphodelienwiese zu liegen. Im Gegenteil. Wenn du ein stumpfsinniges Leben geführt hast, dann bist du dazu verdammt, dich im Jenseits langsam aufzulösen. All jene, die sich weggeduckt und nie ihre Meinung gesagt haben, die nie wirklich geliebt oder für etwas gekämpft haben, müssen durch den weißen Affodill wandern und dabei langsam vergehen. Zuerst vergessen sie ihren Namen und ihre Herkunft. Dann verschwindet auch Stück für Stück ihre Geschichte. Alles, was ihnen einst wichtig war, schwimmt mit dem Fluss des Vergessens davon. Am Ende haben sie ihr gesamtes Leben und sich selbst vergessen. Dann erst dürfen sie verwehen wie der Blütenstaub über dem Asphodeliengrund.«

»Ich muss lieben und kämpfen, um diesem Schicksal zu entgehen?«

»Du musst vor allem leben«, sagte Zino. »Wer weiß, ob du jemals wieder die Chance dazu bekommst?«

»Und was, wenn ich ein erfülltes Leben voller Liebe und gerechter Kämpfe geführt habe?«, fragte Olivia. »Werde ich dann dafür belohnt?«

»Schon möglich. Wen die Götter lieben, den schicken sie nach Elysion, auf die Insel der Seligen. Dort herrscht ewiger Frühling, und man darf sich auf blühenden Wiesen und unter Weihrauchbäumen dem Müßiggang hingeben.«

»Das klingt doch gut«, sagte Olivia. »Ich müsste es also irgendwie auf diese Insel schaffen, weil ich dort in der Sonne liegen könnte.«

Zino sah sie an und schüttelte verwundert den Kopf.

»Was ist? Gibt es da etwa auch wieder einen Haken?«, fragte sie.

»Nein, mich wundert nur, dass es offenbar dein größter Wunsch ist, auf einer Wiese in der Sonne zu liegen.«

»Ja. Und? Ich finde, das ist eine nette Vorstellung vom Jenseits«, erklärte Olivia.

»Schon klar«, sagte Zino. »Ich frage mich nur, warum du

damit warten willst, bis du tot bist. Wenn du gern in der Sonne liegen möchtest, dann mach das doch einfach jetzt und hier, in diesem Leben.«

»Da ist was dran. Dummerweise fehlt mir in diesem Leben dafür die Zeit, und ich habe die Vorstellung, dass man im Jenseits bestimmt jede Menge Zeit hat, vermutlich sogar mehr, als einem lieb ist. Deshalb wollte ich auch erst im Leben nach dem Tod damit anfangen, ausgiebig zu faulenzen.«

Zino nickte amüsiert. »Wie gesagt, ich kann dir nicht versprechen, dass der Hades in seiner früheren Form überhaupt noch steht. Aber es ist ziemlich sicher, dass du dir nach deinem Tod tatsächlich eine lange Auszeit gönnen kannst.« Lächelnd fügte er hinzu: »Ganz gleich, was auch kommen mag, du wirst plötzlich alle Zeit der Welt haben – nur ohne die Welt.«

27

Hinter der Rezeption der Seniorenresidenz *Schöneweiden* stand eine Blondine mit kurzen Haaren und großen Augen, die noch größer wurden, als sie Zino erblickten. »Sieh an«, sagte sie, »der Herr Angelopoulos.«

»Hallo, Carmen«, erwiderte Zino.

»Der Herr Angelopoulos, der einen nie zurückruft«, fügte Carmen hinzu, während sie Olivia mit einem Seitenblick musterte.

Ein alter Mann, gestützt auf einen Rollator, schlich den Gang entlang. Als er Zino sah, hellte sich seine Miene auf. »Rico!«, rief er heiser. »Sieht man dich auch mal wieder!«

»Zino«, verbesserte Zino freundlich.

»Sag ich doch!«, krächzte der Alte fröhlich und wollte seinen Rollator ruckartig herumreißen, was ihm aber nicht gelang, weil das Ding für ihn zu schwer war. Tippelnd wechselte er die Fahrtrichtung, um mit den Worten »Dann lauf ich schon mal vor und sag den anderen Bescheid« in Zeitlupe davonzuschleichen.

»Deine Fans warten«, sagte Carmen.

»Ich weiß. Ist Gustav da?«, fragte Zino.

»Selbstverständlich ist er da«, antwortete sie. »Erstens kann er seit Tagen das Bett nicht mehr verlassen, und zweitens hat er schon nach dir gefragt.«

»Danke, ich weiß ja, wo ich ihn finde«, sagte Zino und

wollte sich abwenden, aber Carmen war noch nicht mit ihm fertig. »Hast du eigentlich meine Nachrichten bekommen?«, fragte sie schnippisch. »Ich hab dir gesimst.«

»Ich weiß. Hab ich bekommen. Alle dreiundvierzig. Ich glaube, allein heute waren es schon wieder vier.«

»Fünf«, verbesserte sie. »Eigentlich sogar sechs, wenn du die mitzählst, die ich dir geschrieben habe, kurz bevor du reingekommen bist.«

»Ich schau sie mir später an, okay?«, schlug Zino vor. Es klang halbherzig.

Carmens Blick wanderte zu Olivia. »Springt er mit Ihnen auch so um?«

»Nein«, antwortete Olivia. »Aber ich bin ja auch nicht … also … ich meine …« Sie schluckte das Ende des Satzes herunter. Zum einen ging es Carmen nichts an, wie Olivia zu Zino stand. Zum anderen hatte sie keine Lust, darüber zu diskutieren, ob Carmens Vorwürfe gerechtfertigt waren oder nicht.

Zino mischte sich ein. »Olivia ist meine Therapeutin.«

»Ach. Das ist ja interessant«, sagte Carmen, während sie zu überlegen schien, ob sie das glauben sollte.

»Ja. Wir arbeiten an meiner Kommunikation«, fuhr Zino ungerührt fort.

Carmen warf Olivia einen fragenden Blick zu, die zwar noch überlegte, ob auch nur ein Funken Wahrheit in diesem Satz steckte, aber trotzdem schon mal nickte.

»Bestens«, befand Carmen und fixierte Zino mit einem provozierenden Blick. »Dann besteht ja noch Hoffnung für unsere Kommunikation, nicht wahr?« Beifall heischend sah sie wieder zu Olivia.

Die nickte nun einfach weiter.

Carmen lächelte zufrieden. »Dann hoffentlich bis bald«, sagte sie zu Zino. »Ich bin sehr gespannt darauf, ob deine und unsere Kommunikation Fortschritte macht.«

»Ja. Bis bald«, erwiderte er. Olivia fand, es klang wie: Träum weiter.

Der breite Gang, der die verschiedenen Gebäudeteile des Komplexes miteinander verband, war gespickt mit kleinen Ruheoasen, die aus zwei Sesseln und einem Sofa mit Tisch bestanden und nicht nur identisch aussahen, sondern auch völlig identisch angeordnet waren.

An einer dieser Sitzgelegenheiten trafen sie auf den alten Mann mit dem Rollator. »Na bitte, da ist er ja!«, krächzte er voller Begeisterung. »Heute mal bereit für eine kleine Runde Abschiedsbingo?« Er reckte sein spitzes Kinn in einen Seitengang. »Die anderen warten schon.«

»Liebe Grüße an alle, ich hab zu tun«, antwortete Zino im Vorbeigehen.

»Aber später vielleicht?«, setzte der Alte nach.

»Ich fürchte, ich hab auch später zu tun«, erwiderte Zino freundlich.

Der Greis ließ sich nicht beirren. »Versprichst du denn wenigstens, es dir zu überlegen?«

»Gut. Ich verspreche es«, seufzte Zino. Olivia sah ihm an, dass es eine glatte Lüge war.

»Super!«, frohlockte der Alte und wendete seinen Rollator in Zeitlupe, um jenen, die offenbar auf ihn warteten, von seinem Verhandlungserfolg zu berichten.

»Abschiedsbingo?«, fragte Olivia. »Was soll das sein?«

»Die glauben hier alle, dass ich nach Belieben Freifahrtscheine in den Hades ausstellen kann, und wollen mich jedes Mal dazu überreden, wenigstens einen davon zu verlosen.«

»Freifahrtscheine? Abschiedsbingo?«

»Genau. Wer gewinnt, soll von mir auf die andere Seite gebracht werden. Der Hauptpreis beim Abschiedsbingo ist also ein sanfter Tod und ein bequemes Hinübergleiten in die Unterwelt, organisiert von mir.«

Olivia musste lachen. »Keine schlechte Idee«, sagte sie. »Wenn man alt ist und den Tod schon persönlich kennt, dann kann man ja wenigstens versuchen, ihn zu becircen.«

»Ich verstehe völlig, dass sie es versuchen«, sagte Zino. »Aber ich habe ihnen schon hundert Mal erklärt, dass ich die Entscheidung, wer auf die andere Seite geschickt wird, nicht selbst treffe. Ich bin kein Reisebüro, höchstens ein Reisebegleiter. Wen es trifft, bestimmt immer noch Gott Hades, Fürst der Unterwelt und König der Toten. Mein Boss, sozusagen.«

»Und wie entscheidet dein Boss?«, fragte Olivia. »Nach Gefühl oder nach Laune? Oder steht im Hades etwa auch eine Lostrommel? Oder spielt er selbst … Abschiedsbingo?«

»Wie Hades seine Wahl trifft, weiß ich auch nicht«, antwortetet Zino. »Fest steht nur: Wenn er deinen Namen auch nur murmelt, dann ist es um dich geschehen, und schon bald wirst du am Ufer des Styx auf die Fähre ins Totenreich warten.«

»Dann ist also doch alles vorherbestimmt?«, überlegte Olivia laut. »Hades entscheidet, und das war's?«

»Ja und nein«, antwortete Zino. »Manche sterben quasi auf die Sekunde genau, weil etwa ein Unfall ihrem Leben ein abruptes Ende setzt. Andere hingegen können den letzten Moment hinauszögern. Für ein paar Stunden oder Tage, in seltenen Fällen auch für ein paar Wochen. Am Ende gibt es trotzdem kein Entrinnen. Ob du reich oder arm bist, mächtig oder machtlos, berühmt oder ein Niemand – bald wirst du nur noch einer von Millionen Schatten in einer Welt des Vergessens sein.«

Olivia spürte, wie ihr diese Vorstellung einen Schauer über den Rücken jagte. Wie die meisten Menschen dachte auch sie nur selten daran, dass ihr Leben eines Tages vorbei sein würde. Ebenso schob sie den Gedanken beiseite, dass sie sich in der letzten Woche, am letzten Tag oder gar in der letzte Stunde ihres irdischen Daseins befinden könnte. Wer wusste schon, wann es einen erwischte? Dabei war gewiss, dass dies eines Tages geschehen würde. Eines Tages oder eben schon sehr bald.

Wenn man sich das klarmachte, dann konnte einem nicht nur angst und bange werden, man hatte auch plötzlich den brennenden Wunsch, nichts mehr auf die lange Bank zu schieben. Wenn es stimmte, was Zino sagte, und eines Tages alle verpassten Abenteuer, alle großen Ziele und alle hochfliegenden Zukunftspläne mit einem selbst über den Fluss des Vergessens gleiten würden, dann war es wichtig, sich zu Lebzeiten öfter daran zu erinnern, dass man am Leben war.

28

Zino riss sie aus ihren Gedanken. »Wir sind da«, sagte er und klopfte.

»Herein.« Die Stimme hinter der Tür klang müde und war kaum zu hören.

»Er heißt Gustav Hartmann«, erklärte Zino. »Im Herbst würde er neunzig werden. Mit etwas Glück hätte ihn sein Sohn besucht, der viel unterwegs ist und mit seiner Familie in Bremen lebt. Sie schaffen es nur an hohen Feiertagen nach Berlin. Momentan haben sie leider keine Zeit.«

»Herein, wenn es kein Sensenmann ist«, rief die Stimme von drinnen gepresst. Ein müdes Lachen folgte.

»Er würde also ganz allein sterben«, sagte Zino in gedämpfter Lautstärke. »Aber jetzt sind wir ja hier.«

»Ist er krank?«, fragte Olivia. Ohne genau zu wissen, warum, fürchtete sie sich vor dem Anblick eines schwer gezeichneten Todgeweihten.

Zino schüttelte den Kopf. »Er ist nur sehr müde. Sein ganzer Körper sehnt sich nach Schlaf. Er hat in seinem Leben lange und sehr viel gearbeitet. Jetzt verschläft er die meiste Zeit des Tages, und wenn er wach ist, ist er trotzdem schläfrig. Das Leben ist langsam aus ihm herausgeflossen, und heute wird der letzte Tropfen fallen. Es bleiben ihm allenfalls ein paar Stunden.«

Olivia straffte sich und nickte.

Zino drückte die Klinke herunter.

Ein ausgemergeltes Gesicht auf einem Kopfkissen, mehr war von Gustav Hartmann nicht zu sehen. Als er Olivia und Zino bemerkte, versuchte er, den Kopf zu heben, doch die Anstrengung war zu groß. Er ließ ihn wieder aufs Kissen sinken und schloss die Augen. »Hallo, Zino. Heute mal nicht allein?«, fragte er.

»Das ist Olivia«, erklärte Zino. »Sie interessiert sich für meine Arbeit. Deshalb habe ich vorgeschlagen, dass sie mich heute dabei begleitet, wie ich …« Zino suchte nach den passenden Worten.

»Wie du mich begleitest?«, schlug der Alte vor.

Ein Nicken. »Natürlich nur, wenn es dir recht ist.«

»Kein Problem«, sagte Gustav und verzog die Lippen zu einem schmalen Lächeln. »Ich finde es gut, wenn dir jemand auf die Finger schaut. Ich meine, unsereins kann sich ja später nirgendwo beschweren, wenn dein Service zu wünschen übrig ließ.«

»Du hast deinen Humor nicht verloren«, stellte Zino fest.

»Nein. Besonders am Ende muss man das Leben wohl mit Humor nehmen«, erwiderte Gustav.

»Dann bist du also bereit?«, fragte Zino.

Der Alte ließ den Kopf langsam zur Seite rollen, bis sein Blick auf Zino gerichtet war. »So gut wie«, sagte er. »Könnten wir nur bitte noch mal kurz unter vier Augen reden, bevor es losgeht?« Sein Kopf rollte ein wenig zurück, bis sein Blick Olivia fand.

»Kein Problem. Ich kann gern draußen warten«, sagte sie.

»Danke, das wäre nett«, hauchte der Alte.

Sie machte es sich auf dem Gang in einem Sessel bequem, den Blick zur Zimmertür gerichtet. Der Gang erinnerte an ein Flughafenterminal, und Olivia malte sich aus, wie hinter jeder Sitzgarnitur ein Flugsteig in die große weite Welt führte. Dabei war das Gegenteil der Fall, dachte sie. Wer hier wohnte, der hatte die vielen kleinen und großen Reisen seines Lebens längst hinter sich und wartete jetzt nur noch auf die eine letzte große Reise.

Eine alte Frau betrat den Gang. Sie war ganz in Schwarz gekleidet und hatte ihr schütteres weißes Haar streng nach hinten gebunden. Als sie sich Olivia näherte, verlangsamten sich ihre Schritte. Ein Blick zu Gustavs Zimmertür, dann einer zu Olivia. »Wollen Sie zu Gustav? Sie können ruhig reingehen. Er ist da.«

»Danke. Ich warte«, erwiderte Olivia. »Er hat gerade Besuch.«

Die Miene der alten Frau hellte sich auf. »Ist seine Familie etwa gekommen?«

Olivia schüttelte den Kopf.

Ein musternder Blick. »Ich habe Sie noch nie hier gesehen. Gehören Sie auch zur Familie?«

»Nein.« Olivia war es unangenehm, von der alten Frau ausgefragt zu werden. Außerdem, was sollte sie antworten? Dass sie heute Abend mit dem Tod Hausbesuche machte? »Ich bin mit einem Bekannten hier, der wiederum ein Bekannter von Herrn Hartmann ist«, fügte sie diplomatisch hinzu.

Die Frau stutzte. »Gustav hat keine Bekannten. Da ist nur seine Familie und …« Sie unterbrach sich und warf erneut einen Blick zur Tür. »Ihr Bekannter heißt nicht zufällig Zino?«

»Doch. Genau so heißt er«, gab Olivia zu.

Die Frau ließ sich in den anderen Sessel fallen. Es schien,

als wäre ihr Olivias Antwort nicht gut bekommen. »Und wie kommen Sie dazu, Thanatos zu begleiten?«

»Thanatos?«

»Wir alle kennen seinen richtigen Namen«, erklärte die alte Dame. »Und ich glaube, viele hier würden gern mit Ihnen tauschen.«

Olivia verstand nicht, was sie meinte. »Tauschen? Wieso tauschen?«

Die alte Frau schien irritiert. »Hier leben viele alte und kranke Menschen, die nur darauf warten, sanft auf die andere Seite gleiten zu dürfen.«

Jetzt war es an Olivia, irritiert zu sein. »Das ist nicht so, wie Sie denken. Er will mich nicht mitnehmen.«

»Doch, das will er«, erwiderte die Alte. »Weil das sein Auftrag ist. Er kommt, um Menschen zu holen. Und er kommt nur deshalb.«

»Das mag in anderen Fällen stimmen«, sagte Olivia. »Aber bei mir liegt die Sache anders. Wir sind uns nur zufällig begegnet, und er hat mich gefragt, ob ich ihm bei gewissen Problemen helfen kann, was ich gern tue.«

»Aha. Was war das für ein Zufall?«

»Er hatte sich in der Tür geirrt«, antwortete Olivia.

»Das glauben Sie. Aber das war eine Lüge. Ist Ihnen noch nicht aufgefallen, dass er praktisch nie die Wahrheit sagt?«

»Doch. Schon …« Olivia überlegte. Und was hieß das nun für sie?

»Sie wissen also bereits, dass der Tod ein Lügner ist«, stellte die alte Frau fest. »Immerhin.«

»Worauf wollen Sie hinaus?«, fragte Olivia unbehaglich.

»Er kam nicht zufällig bei Ihnen vorbei, sondern um Sie zu holen.«

Olivia merkte, dass sie fröstelte. »Nein, er hat sich nur in der Tür geirrt«, sagte sie und merkte selbst, dass es hilflos klang.

»Verstehe. Er hat Ihnen also noch nicht gesagt, dass er Sie mitnehmen wird.«

»Wozu auch? Es war ja nur ein Irrtum«, beharrte Olivia, während ihr abwechselnd heiß und kalt wurde.

»Sie sollten der Wahrheit ins Gesicht sehen. Er ist ein notorischer Lügner«, sagte die Alte mit Nachdruck. »Er täuscht und trickst, inszeniert Zufälle. Und er setzt sich selbst in Szene. Er gibt sich locker, lässig und lebensfroh. Er flirtet und schmeichelt und lullt alle ein. Er ist oft witzig, ziemlich sexy, und er kann sehr charmant sein. So lässt er uns vergessen, dass er in Wahrheit der Knochenmann ist. Glauben Sie mir, er ist nur hier, um seine Aufträge zu erfüllen. Und Sie sind einer davon.«

Unfähig, etwas zu erwidern, sah Olivia die Frau an.

Die Alte beugte sich vor, und ihre bernsteinfarbenen Augen funkelten. »Wissen Sie, was über ihn geschrieben steht? Dass ein eisernes Herz mitleidlos in seiner eiskalten Brust schlägt. Wen er gepackt hat, den hält er fest und lässt ihn nie mehr los. Selbst die Götter auf dem Olymp erschaudern, wenn sein Name fällt.«

»Es war nur ein Zufall, dass wir uns getroffen haben«, wiederholte Olivia beschwörend. »Ein Irrtum, mehr nicht.«

29

Als Zino den Gang betrat, war Olivia wieder allein. Sie gab sich den Anschein, als hätte sie die ganze Zeit gelangweilt die schmucklosen Wände betrachtet. In Wahrheit überlegte sie fieberhaft, ob an den Aussagen der alten Frau etwas dran war. Dabei wurde ihr klar, dass sie Zino kaum kannte. Es stimmte, dass er ein Lügner war, dass er Geheimnisse hatte. Vieles, was er tat und sagte, gab ihr Rätsel auf. Aber war er tatsächlich das mitleidlose Scheusal mit dem eisernen Herzen, das die alte Frau beschrieben hatte? War es möglich, dass sich hinter der schönen Fassade, hinter seiner fröhlichen und freundlichen Art eine solche Niedertracht verbarg?

Sie konnte sich doch unmöglich so gewaltig in einem Menschen irren. Dabei wusste Olivia nur zu gut, dass Menschen sich ständig irrten, wenn sie andere Menschen beurteilten. Zudem war Zino nach Lage der Dinge ja nicht mal ein Mensch. Einem Gott, der ständig die Lebenden in Schatten verwandelte, war vielleicht im Laufe der Zeit das Mitgefühl wirklich abhandengekommen. Und war es nicht sogar das Wesen des Todes, niederträchtig, ungerecht und hinterhältig zu sein? Er musste schließlich die Wahrheit verbergen und sich das Vertrauen seiner Klienten erschleichen, bevor er sie abservierte. Auch für Olivia war die Vorstellung, dieser Welt den Rücken kehren zu müssen, so unerträglich, dass sie über Ort und Zeit ihres Ablebens lieber im Unklaren gelassen werden wollte. Gern durfte es schnell passieren, gern schmerzlos, gern im Schlaf. Immerhin das schien Zino ja möglich machen zu können.

Sein Gespräch mit Gustav hatte ihn offenbar verärgert. Er bemerkte ihre grüblerische und düstere Stimmung nicht, sondern wandte sich sofort zum Gehen. »Tut mir leid, aber das wird heute nichts mehr. Er hat es sich wieder mal anders überlegt.« Aufgebracht marschierte er den Gang entlang.

Olivia stand auf und folgte ihm.

Während die beiden schweigend den kurzen Weg zur Bahnstation zurücklegten, spürte Olivia, wie die Frage, ob er nur deshalb in ihr Leben getreten war, weil er es in Kürze beenden würde, ihr das Herz zuschnürte.

Gerade als sie all ihren Mut zusammennahm, um ihm von ihrer Begegnung mit der alten Frau zu erzählen, brach Zino das Schweigen. »Entschuldige, wenn ich kurz angebunden bin. Aber das Gespräch mit Gustav hat mich echt aufgeregt.« Er kramte eine Packung Zigaretten hervor, steckte sich eine an und sog den Rauch tief in die Lungen.

»Was ist denn passiert?«, fragte Olivia.

»Genau das, worüber wir gesprochen haben. Gustav hat mich weggeschickt. Ihm sei klar geworden, dass er nicht eine Sekunde seines Lebens vergeuden will, sagt er. Wenn er dafür auf einen sanften Tod verzichten muss, weil ich im entscheidenden Moment nicht da sein kann, dann nimmt er das eben in Kauf.«

Olivia beobachtete, wie Zino an seiner Zigarette zog, als wollte er sie mit einem einzigen Zug bis auf den Filter niederbrennen.

Er bemerkte ihren Blick. »Ist was?«

»Wolltest du es dir nicht abgewöhnen?«

Er lachte. »Das hast du wirklich geglaubt? Das war ein Witz. Wieso sollte ich mir irgendetwas abgewöhnen? Ich bin unsterblich. Alkohol und Drogen können mir ebenso wenig anhaben wie Viren und Bakterien.« Lächelnd fügte er hinzu: »Stell dir mal vor, ich lebe selbst dann noch weiter, wenn Leute wie Gustav mich zu Tode ärgern.«

»Du weißt ganz genau, er macht das nicht, um dich zu ärgern«, sagte Olivia. »Er will nur die wenige Zeit auskosten, die ihm bleibt. Kann man es ihm verdenken?«

»Nein, natürlich nicht, aber ich hätte das gern früher gewusst. Ich bin seinetwegen jetzt zum fünften Mal hier – wieder umsonst. Ich verstehe ja, dass jemand sein Leben bis zum letzten Moment leben möchte. Aber was ist eigentlich mit meiner Lebenszeit? Darüber spricht niemand.«

»Wieso auch?«, erwiderte Olivia. »Als Unsterblicher hast du doch alle Zeit der Welt.«

»Schon, aber was hilft es, alle Zeit der Welt zu haben, wenn ich mich ständig ärgern muss?«

»Thaaanaatooos!«, hörten sie nun eine schaurige Stimme rufen, die Olivia wie ein Wehklagen vorkam, wie ein Hilferuf aus einer anderen Welt.

»Thaaanaatooos!«

Olivia musste nicht lange überlegen, wer sich da mit letzter Kraft zum Fenster geschleppt hatte, um den Tod zu beschwören.

»Thaaanaatooos, komm zurück! Bitte!«

»Gustav hat es sich anders überlegt«, sagte sie. »Du bist also doch nicht umsonst hier.«

Zino schnippte die halb gerauchte Zigarette ins Gleisbett und verschränkte die Arme vor der Brust. »Mir egal. Ich bin der Gott des Todes. Kein Hund, den man wegtritt oder herbeipfeift, wie es einem gefällt«, sagte er beleidigt. »Und ich wette darauf, dass er es auch diesmal nicht ernst meint. Immerhin hat er mich schon fünf Mal vertröstet.«

»Thaaanaatooos! Komm zurück!« Die Stimme klang flehentlich.

»Diesmal scheint es ihm bitterernst zu sein«, sagte Olivia.

»Zu spät. Er hatte mehrere letzte Chancen«, erwiderte Zino entschieden. »Aber er hat alle verspielt.«

»Und was spricht dagegen, dass du ihm noch eine allerletzte Chance gibst?«, fragte Olivia.

Zino seufzte genervt. »Du kannst dir nicht vorstellen, wie zermürbend diese ewigen Diskussionen an den Totenbetten sind. Ich hatte mal einen Operettensänger, bei dem war ich geschlagene siebzehn Mal, um ihn abzuholen. Er war schon weit über hundert, hat mich aber trotzdem jedes Mal vertröstet und mit Anekdoten und Operettenarien genervt. Am Ende wollte er mir sogar weismachen, dass ich mich in der Tür geirrt habe!«

Olivia erschrak. »Was?«

»Ja. Stell dir das mal vor. Der Tod soll zu blöd sein, um an die richtige Tür zu klopfen.«

»Denn natürlich irrt der Tod sich nie in der Tür, nicht wahr?«, unkte Olivia.

»Selbstverständlich irre ich mich nicht in der Tür«, bestätigte Zino und schüttelte unwirsch den Kopf.

»Thaaanaatooos!« Ein Husten, dann ein leises Röcheln.

Olivia formte die Hände zu einem Trichter. »Er überlegt es sich!«, rief sie.

»Daaaanke!«, antwortete Gustav. Er klang erleichtert.

»Was sollte denn das? Ich habe nicht gesagt, dass ich es mir überlege.«

Sie überhörte seine Bemerkung. »Wenn es wahr ist, dass du dich nie in der Tür irrst, warum hast du dann versehentlich bei mir geklingelt?«

Sein Blick, der eben noch nach unten gerichtet war, schnellte hoch, und sie glaubte, ein Blitzen in seinen Augen zu erkennen. »Stimmt«, sagte er und fügte nach einer Denkpause hinzu: »Das war offenbar doch ein Irrtum.«

»Komisch. Eben klang es noch so, als würde der Tod nie einen Fehler machen«, sagte Olivia.

»Na und? Gibt es nicht immer ein erstes Mal?«, fragte Zino listig.

»Entweder das, oder dein Besuch bei mir war eben doch kein Zufall«, erwiderte sie. »So wie all unsere anderen scheinbar zufälligen Begegnungen in Wahrheit geplant waren.«

Er sah sie forschend an.

»Als du in Gustavs Zimmer warst, habe ich mit einer alten Frau gesprochen. Sie hat gesagt, dass Thanatos nichts dem Zufall überlässt.«

»Ach so!« Sein Gesicht hellte sich auf. »Jetzt verstehe ich. Kassandra hat dich in die Finger gekriegt.«

»Kassandra?«

»Sie heißt eigentlich Edith und hat früher Geschichte und Geografie unterrichtet. Aber sie kennt sich so gut mit griechischer Mythologie aus, dass sie glaubt, die Pläne der Götter zu durchschauen.«

»Und wieso der Name Kassandra?«

»Weil sie jeden mit ihren Vorhersagen nervt. Dir hat sie ihre Weisheiten ja auch auf die Nase gebunden.«

»Und? Stimmt es, was sie behauptet?«

»Nein. Das meiste ist Quatsch.«

»Dann war es also tatsächlich ein Zufall, dass wir uns kennengelernt haben?«

»Natürlich war es ein Zufall.« Seine Antwort kam wie aus der Pistole geschossen.

Zu schnell, wie Olivia fand. »Du lügst mich an, stimmt's?«

Er grinste breit. »Hat Kassandra dir auch gesagt, dass ich ein notorischer Lügner bin?«

»Ja. Außerdem behauptet sie, dass du nur dann auftauchst, wenn jemand geholt werden soll.«

»Um das zu wissen, muss man kein Hellseher sein«, sagte er. »Ich bin der Gott des Todes. Es ist mein Job, Leute zu holen.«

»Eben«, sagte Olivia und spürte einen Kloß im Hals. »Genau das ist es, was mir Sorgen macht.«

»Sie hat dich ganz schön ins Grübeln gebracht«, stellte Zino fest.

»Kein Wunder.« Sie musste trocken schlucken, bevor sie ihm die entscheidende Frage stellte. »Sag mir die Wahrheit, Zino. Bist du hier, um … auch mich auf die andere Seite zu bringen?«

Er musterte sie lange, bevor er antwortete. »Wenn es so wäre, würdest du es dann wissen wollen?«

Sie überlegte. »Würdest du es mir überhaupt verraten? Oder würdest du mich wieder belügen?«

»Ich weiß nicht. Antworte du zuerst.«

Wollte Olivia es wissen? Lieber nicht. Oder doch? Ohne länger das Für und Wider abzuwägen, sagte sie: »Gut. Wenn ich die Wahl habe, dann will ich es wissen. Sag mir also, werde ich sterben?«

»Irgendwann bestimmt«, antwortete er grinsend.

»Mir ist gerade nicht nach Witzen zumute, Zino.«

Er zog die Schultern hoch. »Also, ehrlich, Olivia. Ich weiß wirklich nicht, was Kassandra dir da für einen Floh ins Ohr gesetzt hat. Ständig sterben Leute. Warum denkst du, dass ich ausgerechnet deinetwegen gekommen bin?«

»Das weiß ich nicht genau. Aber sei ehrlich: Bist du meinetwegen hier?«

Wieder Schweigen. »Was würdest du gewinnen, wenn du es wüsstest?«

»Ich wüsste dann zumindest, dass mir nicht mehr viel Zeit bleibt«, antwortete sie.

»Das war auch schon vorher so«, sagte er. »Du hast es nur nicht wahrhaben wollen. Niemand will wahrhaben, dass seine Zeit endlich ist. Steinalte Leute fragen mich, wo ihre Zeit geblieben ist. Die gelebten Jahre und Jahrzehnte kommen ihnen wie Wimpernschläge vor. Und nicht wenige trauern dem nach, was sie alles nicht getan haben. Das gilt sogar für jene, die ein gutes und abwechslungsreiches Leben geführt haben. Sogar die fühlen sich um all das betrogen, was sie vermeintlich verpasst haben. Also klammern sie sich an die letzten Tage, Stunden, Minuten und Sekunden. Ihre kurze Zukunft scheint ihnen wertvoller zu sein als die Vergangenheit. Seltsam, oder?«

»Du lenkst ab und beantwortest meine Frage nicht. Also: Bist du meinetwegen hier?«

Er seufzte. »Du willst es unbedingt wissen, nicht wahr?«

Sie nickte.

Diesmal schwieg er noch länger, dann sagte er: »Also gut. Hier ist die Wahrheit. Es stimmt, es war kein Zufall, dass ich bei dir geklingelt habe. Der Grund war, dass ich einen Auftrag habe. Es geht um jemanden, den du kennst. Aber um wen es sich handelt, bleibt mein Geheimnis.«

Olivia spürte, wie ihr der Atem stockte. Sie sah ihn fassungslos an. »Das kannst du nicht machen.«

»Was genau meinst du?«

»Du kannst nicht einfach hier auftauchen und Leute mitnehmen, die ich kenne und womöglich mag.«

»Doch«, sagte er. »Kann ich sehr wohl. Ist nicht nur mein Job, ich kann es auch nicht ändern. Selbst Götter sind dem Schicksal unterworfen. Ich hab es dir doch erzählt, und jeder im gesamten Universum wird es dir bestätigen.«

Olivia verschlug es die Sprache.

»Tut mir leid«, sagte er. »Du wolltest es wissen.«

Sie war den Tränen nahe. »Kassandra hat recht. Da schlägt ein eisernes Herz in deiner mitleidlosen Brust.«

»Also, ich weiß nicht«, sagte er. »Klingt ein bisschen sehr theatralisch, findest du nicht? Außerdem kann es nicht ganz stimmen, weil ich jetzt zurückgehen werde, um Gustav seinen allerletzten Wunsch zu erfüllen. Du siehst also, manchmal lässt der Tod sogar mit sich reden. Aber wie dem auch sei, ich muss los«, fügte er hinzu und schaute in den Himmel.

Reflexhaft folgte Olivia seinem Blick, um im selben Moment zu ahnen, das es sich nur um ein Ablenkungsmanöver handelte. Als sie sich nach Zino umsah, war er verschwunden.

Erst als sie den Fahrtwind des einrollenden Zuges im Gesicht spürte, erwachte sie aus der Schockstarre.

30

Sie hatte bis heute nicht geglaubt, dass das Leben vorherbestimmt war. Selbst wenn es so etwas wie Schicksal gab, war es dann nicht trotzdem möglich, es zu beeinflussen? Wäre das Leben nicht langweilig und trostlos, wenn es von Anfang bis Ende einem geheimen Plan folgte, den man ohnehin nicht ändern konnte, ganz gleich, wie sehr man sich auch abstrampelte? Und wäre ein solches Leben nicht von vornherein sinnlos?

Außerdem, wer glaubte denn noch an Schicksalsgöttinnen, die Lebensfäden spannen, um sie dann zu zerschneiden? War das Schicksal nicht ebenso aus der Mode gekommen wie all die anderen Götter, von deren Niedergang Zino ihr erzählt hatte? Waren die Menschen nicht längst in der Lage, ihr Schicksal selbst in die Hand zu nehmen? Hatten nicht Jahrhunderte des Fortschritts und der Entdeckungen dafür gesorgt, dass man heute seinem Schicksal entrinnen konnte, das noch vor ein paar Jahrhunderten als unabwendbar gegolten hatte?

Zugegeben, die Menschen starben immer noch, aber sie lebten länger und besser als ihre Vorfahren. Und wer weiß, vielleicht konnte der Mensch eines Tages sogar den Tod überwinden. War nicht immer mal wieder zu lesen, dass man überall auf der Welt den Geheimnissen des Alterns auf der Spur war, um diese lästige Angelegenheit eines Tages einfach auszumerzen? Wenn das gelänge, dann sähe das Schicksal aber mal richtig alt aus.

Oder täuschte der Eindruck nur? War der moderne Mensch trotz aller Erfindungen und Entdeckungen in Wahrheit ebenso weit davon entfernt, über sein Schicksal zu bestimmen, wie seine ältesten Vorfahren? Schon immer hatten Menschen mit ihrem Schicksal gehadert und versucht, ihm zu entrinnen. Hatte die Menschheit in dieser Hinsicht tatsächlich irgendeinen nennenswerten Fortschritt erzielt?

Olivia erinnerte sich an eine griechische Sage, in der ein gewöhnlicher Mensch mit einer List dem Tod von der Schippe gesprungen war. Wie hieß dieser Kerl noch gleich? Und wie hatte er das angestellt?

Ihr Handyempfang war miserabel, trotzdem brachte Google es zuwege, ihr den Eintrag über Sisyphos anzuzeigen, König von Korinth und so frech, dass es ihm gelungen war, Thanatos mit einem simplen Trick zu überlisten. Sisyphos hatte den Tod betrunken gemacht und den Ohnmächtigen dann geknebelt und gefesselt. Olivia fand, es sah Zino ähnlich, dass man ihn mit ein paar Flaschen Wein aus dem Verkehr ziehen konnte.

Sisyphos hatte zwar am Ende das Nachsehen, weil er für seine Frechheit von den Göttern übelst bestraft wurde, aber immerhin hatte er bewiesen, dass es möglich war, sein Schicksal herauszufordern. Vermutlich war diese Genugtuung sein Lebenselixier, wenn er sich Tag für Tag mit dem miesesten Job aller Zeiten abmühte.

Olivia erschrak, als ihr Handy klingelte und einen Facetime-Anruf von Conny ankündigte. Als sie dann das Gesicht ihrer Freundin sah, erschrak sie ein zweites Mal. Conny sah völlig verheult aus.

Olivia durchzuckte der bange Gedanke, dass Zino mit seinen merkwürdigen Andeutungen Connys Mann gemeint haben könnte. »Was ist? Geht es Heiko gut?«, fragte sie unheilvoll.

»Kannst du bitte ins Krankenhaus kommen?«, bat Conny mit Grabesstimme. »Am liebsten … sofort?«

»Klar. Sagst du mir noch kurz, was passiert ist?«

»Lieber nicht am Telefon«, antwortete Conny und schluckte ein paar Tränen herunter. »Wann kannst du denn hier sein?«

»Zwanzig Minuten, halbe Stunde«, überschlug Olivia. »Vielleicht schaffe ich es auch schneller.«

»Gut. Danke«, sagte Conny tonlos. »Station 10, Zimmer … Ich weiß es gerade nicht, ich schick dir die Infos per SMS.« Sie legte grußlos auf.

Es war schon dunkel, als Olivia das Krankenhaus betrat. Jäh geblendet vom grellen Neonlicht, blieb sie abrupt im Eingangsbereich stehen, was dazu führte, dass sie unsanft angerempelt wurde.

»Entschuldigung«, sagte eine ihr vertraute Stimme.

Als sie die zusammengekniffenen Augen öffnete, sah sie, dass es sich wirklich um Zino handelte. Er schien ebenso erfreut wie erstaunt, sie zu sehen. »Du hier? Na, das ist ja mal wieder ein komischer …«

»Sag es nicht«, unterbrach Olivia brüsk. »Wir wissen beide, dass es nicht so viele komische Zufälle gibt. Also, warum bist du hier?«

»Glaub mir, diesmal ist es wirklich ein Zufall«, versicherte Zino. »Ich hab hier Termine.« Er steuerte auf die Fahrstühle zu. »Kommst du mit? Wir haben den gleichen Weg.« Er blockierte die Tür und wartete auf Olivia. Als auch sie die Kabine betreten hatte, drückte er den Knopf in die dritte Etage. »Station 10, da willst du doch auch hin.«

»Woher weißt du, wo ich hinwill?«

»Ich weiß mehr, als ich zugebe«, antwortete er. »Das muss aber nicht heißen, dass ich deinetwegen hier bin.«

Die Fahrstuhltüren öffneten sich, sie betraten den Gang.

»Du musst nach rechts, ich nach links«, sagte Zino und lächelte einer Ärztin zu, die eilig vorbeirauschte, aber dennoch die Zeit fand, sein Lächeln zu erwidern.

Im Gegensatz zu Carmen hat er diese Frau vermutlich zurückgerufen, dachte Olivia, sagte aber nichts.

Zino erriet ihren Gedanken. »Das war nur eine Kollegin«, erklärte er. Als er Olivias fragendes Gesicht sah, fügte er hinzu: »Sie ist auch ein Todesengel.«

Olivia seufzte überfordert. »Die Ärztin, die gerade vorbeigegangen ist, ist ein … Todesengel?«

Zino nickte. »Sie ist keine Ärztin. Ich habe dir doch schon gesagt, dass ich nicht allein zuständig bin. Es gibt viele von uns.«

Olivia sah der falschen Ärztin hinterher. »Ist sie auch eine Göttin?«

»Ja«, antwortete Zino. »Und meine Schwester. Oizys, die Schmerzensreiche.«

Wie um seine Worte zu unterstreichen, hörte man jetzt aus einem Krankenzimmer panische, verzweifelte Schreie, die Olivia durch Mark und Bein gingen.

»Habe ich schon erwähnt, dass du meiner Schwester nach Möglichkeit aus dem Weg gehen solltest?«, fragte Zino.

»Hast du«, antwortete Olivia. »Wobei ich dachte, es ist unmöglich, dem Schicksal aus dem Weg zu gehen.«

»Sieh an, du hast es dir gemerkt.« Er lächelte. »Das stimmt in der Tat, ist aber noch lange kein Grund, es nicht zu versuchen, nicht wahr?«

Während Olivia noch darüber nachgrübelte, was er ihr damit sagen wollte, spazierte er mit den Worten »Wir sehen uns« den Gang hoch und verschwand in einem der Krankenzimmer.

Olivia entdeckte Conny bei den Getränkeautomaten, wo sie auf einer grauen Wartezimmerbank neben mehreren leeren Kaffeebechern saß und zu Boden starrte. »Kann man den trinken?«, fragte sie und deutete auf die leeren Becher.

Conny hob den Kopf und sah Olivia aus verweinten Augen an. »Keine Ahnung. Hab nichts geschmeckt.«

Olivia stellte die Becher ineinander und warf sie in den Mülleimer neben dem Automaten. Dann setzte sie sich zu ihrer Freundin. »Erzähl. Wie geht es Heiko?«

»Besser als mir, vermute ich.«

»Ist der Arzt gerade bei ihm?«

Conny überhörte die Frage. »Er ist gegangen, kurz bevor wir telefoniert haben.«

»Und? Was hat er gesagt?«

»Wer?«

»Der Arzt, wer denn sonst?«

»Ich rede nicht vom Arzt«, sagte Conny. »Heiko ist eben gegangen. Hat die frische Wäsche genommen, die ich ihm mitgebracht habe, und mir gesagt, dass er im Hotel übernachten wird. Er meint, er muss sich über ein paar Dinge klar werden.«

»Oh«, sagte Olivia betroffen. »Das tut mir leid.«

Szenen wie diese kannte sie von früher. Jedes Mal, wenn Heiko sich Klarheit darüber verschaffen musste, ob er sein

Leben nicht doch lieber mit einer anderen, meist viel jüngeren Frau verbringen wollte, hatte Olivia ihrer Freundin Trost gespendet und Mut zugesprochen.

»Wer hätte gedacht, dass es noch mal so weit kommen würde«, sagte Conny. »Nach all den Jahren.«

Das dachte auch Olivia. Nach stürmischen Zeiten schien die Ehe im sicheren Hafen angekommen zu sein. Sie hätte hohe Wetten darauf abgeschlossen, dass die beiden jetzt endlich in Ruhe alt miteinander werden würden. Tja, so konnte man sich irren.

»Er behauptet, der Sturz hätte ihm klargemacht, dass sein Leben jederzeit vorbei sein kann«, sagte Conny. »Jetzt glaubt er, herausfinden zu müssen, ob die Zukunft ihm nicht doch mehr zu bieten hat als einen Eames-Chair, eine Privatbibliothek und gepflegte Langeweile.«

»Glaubst du, er hat eine Affäre?«, fragte Olivia.

»Stell dir das mal vor«, sagte Conny, die wieder nicht zugehört hatte. »Er spricht über sein Leben und erwähnt mich nicht mal. Dabei bin ich es, die ihm ständig sagt, dass wir zu sehr in unserer Routine verharren und den Alltag abwechslungsreicher gestalten müssen. Ich wollte reisen oder zumindest mal ausgehen. Aber nichts ist passiert. Und jetzt muss er sich über ein paar Dinge klar werden.« Sie stutzte. »Entschuldigung, was hast du gerade gefragt?«

»Ob du glaubst, dass er eine Affäre hat.«

Conny verzog das Gesicht, als wäre die Frage völlig grotesk. »Was soll das, Liv?«, bellte sie. »Bist du wirklich so naiv? Natürlich hat der blöde Sack eine Affäre. Was denkst du denn?«

31

»Ich hab in seinem Zimmer auf ihn gewartet, weil die Untersuchung länger gedauert hat«, sagte Conny leise. »Er war nach dem Sturz nicht gut zu Fuß, sie haben ihn deshalb in einen Rollstuhl gesetzt. Als er durch die Tür geschoben wurde, hat er mich so komisch angesehen. In diesem Moment wusste ich, dass etwas nicht stimmt.«

Sie saßen vor der Feuerschale in Connys nächtlichem Garten, tranken Weißwein und schauten in die Flammen. Eine ganze Flasche lang war nur das Knistern des Holzes zu hören gewesen. Olivia kannte Conny lange genug, um zu wissen, dass sie das Schweigen brauchte, um ihre Gedanken zu ordnen. Manche redeten, während sie sich sortierten, manche schwiegen und redeten erst dann. Olivia fand, Hauptsache, die Menschen redeten überhaupt.

»Er hat herumgedruckst und gesagt, er weiß nicht, wie er mir beibringen soll, dass er nicht mit nach Hause kommt«, fuhr Conny fort. »Ich saß da, in Sorge, und hab im Traum nicht daran gedacht, dass es um eine andere Frau gehen könnte. Ich meine, er hatte gerade einen Schwächeanfall, saß im Rollstuhl und war stundenlang untersucht worden. Was sollte ich denn da denken? Mir kam es nicht in den Sinn, diesen fußlahmen alten Mann mit einem erotischen Abenteuer in Verbindung zu bringen, mal abgesehen davon, dass sich die Erotik bei uns seit einer Weile in Grenzen hält. Also dachte ich, dass die Untersuchung der Grund für seine bedrückte Stimmung sei. Weil er krank war? Womöglich gar schwer krank? Und wollte er mir das schonend beibringen?«

Sie nippte an ihrem Weißwein und blickte in den Nachthimmel. »Es ist eigentlich nicht meine Art, immer gleich mit dem Schlimmsten zu rechnen. Andererseits bin ich nicht blauäugig. Ich weiß, dass mein Mann in die Jahre gekommen ist. Früher war mir der Altersunterschied nicht wichtig. Aber inzwischen kommt es mir vor, als würde der Abstand zwischen uns klammheimlich größer werden. Ich glaube, mir steckt das Alter noch nicht so in den Knochen wie ihm, und genau das macht mir Angst.« Sie schüttelte den Kopf, als wäre es ihr selbst ein Rätsel, wie die Dinge so weit kommen konnten. »Egal. Ich sitze also in diesem Krankenzimmer, rechne mit dem Schlimmsten, und mein Mann beginnt mir zu erklären, dass er sich noch einmal ganz neu erfinden muss, als Mann und als Mensch. Und dass er sofort damit anfängt, indem er vorerst in ein Hotel zieht. Seine Erklärung hat mich so überrascht, dass ich sogar vergessen habe, wütend auf ihn zu sein. Im Gegenteil, im ersten Moment war ich erleichtert, dass er nicht gleich sterben, sondern mich nur verlassen würde. Verrückt, oder?«

»Überhaupt nicht«, antwortete Olivia. »Eure Ehe hat schon viele Krisen überstanden. Und wir beide wissen, dass ihr euch nichts geschenkt habt. Trotz allem seid ihr immer noch zusammen.«

»Worauf willst du hinaus?«, fragte Conny.

»Darauf, dass euch etwas verbindet, das stärker ist als alle Krisen.«

»Was soll das sein? Gewohnheit?«

»Wie wäre es mit … Liebe?«, schlug Olivia vor.

»Ach, die Liebe«, seufzte Conny. »Man ist damit immer so schnell bei der Hand. Dabei hat es Zeiten in unserer Ehe gegeben, da habe ich ihn nicht nur nicht geliebt, sondern abgrundtief gehasst. Und auch kurz nach dem Geständnis heute war mir so gar nicht nach Liebe zumute. Als mir klar wurde, dass sein Gerede von einer existenziellen Krise nur verschleiern sollte, dass er wieder mal eine Affäre hat, da habe ich ihm die Pest und noch Schlimmeres an den Hals gewünscht. Ich war sogar schon dabei, mir vorzustellen, wie ich an seinem Grab stehe, Blütenblätter auf den Sarg rieseln lasse und dabei in einem sehr teuren Trauerkleid eine gute Figur mache. Der Gedanke daran hat mich bedrückt, aber ich fühlte mich auch auf eine komische Art erleichtert, dass zwischen uns endlich Frieden herrscht.«

»Du darfst seinen Tod nicht beschreien«, sagte Olivia.

Conny hörte den ernsten Unterton. »Was ist los? Bist du neuerdings abergläubisch?«

»Nein, aber ich hatte heute ein Gespräch mit Zino, das mich ins Grübeln gebracht hat.«

»Der geheimnisvolle Herr Angelopoulos hat dich ins Grübeln gebracht, soso«, feixte Conny. »Und was hat der schöne Zino gesagt?«

Olivia überlegte, ob sie Conny von ihrem beunruhigenden Gespräch mit Zino erzählen sollte. Immerhin hatte ihre Freundin gerade Todesängste um ihren Mann ausgestanden, da sollte sie vielleicht nicht gleich neue Todesängste aufgehalst bekommen.

Doch Conny ließ nicht locker. »Du kannst es mir sofort erzählen«, sagte sie, »oder ich nerve dich so lange, bis du es mir etwas später erzählst.«

Klang einleuchtend, außerdem spürte Olivia, dass ihr der Wein langsam zu Kopf stieg. Lange hätte sie Connys Neugier ohnehin nicht standgehalten. Also erzählte sie von ihrer Begegnung mit Kassandra und wie sie danach Zino zur Rede gestellt und erfahren hatte, dass der Gott des Todes nicht zufällig in ihr Leben getreten war, sondern weil er ein paar Leute aus ihrem Bekanntenkreis in den Hades schicken musste.

»Und wen will er mitnehmen?«, fragte Conny. Es klang pragmatisch, aber auch Connys Artikulation war nicht mehr ganz einwandfrei.

»Keine Ahnung«, antwortete Olivia. »Dich? Mich? Heiko? Uns alle drei? Was weiß ich?«

»Oh. Das ist blöd«, sagte Conny. »Sterben würde mir gerade überhaupt nicht in den Kram passen.«

»Geht mir ähnlich«, sagte Olivia.

»Ich fände es aber auch inakzeptabel, wenn er nur dich holen würde«, fügte Conny hinzu.

»Wie gesagt, ich weiß nicht, was er vorhat.«

»Glaubst du, er lässt mit sich reden?«

»Worüber?«, fragte Olivia.

»Er hat dir doch gesagt, dass er über einen gewissen Ermessensspielraum verfügt. Vielleicht kannst du ihn dazu überreden, ein oder zwei Augen zuzudrücken.«

»Warum sollte er das tun?«

»Keine Ahnung, weil er nett ist?«

»Ich fürchte, er ist keineswegs so nett, wie es den Anschein hat. Ich meine, zuerst belügt er mich nach Strich und Faden, und dann erfahre ich, dass ich womöglich auf seiner Abschussliste stehe. Oder du. Oder sonst jemand, den wir kennen.«

»Vielleicht kannst du mit ihm Schach spielen, um Lebenszeit zu gewinnen. Soviel ich weiß, spielt der Tod gern Schach.«

»Ich aber nicht«, erwiderte Olivia. »Außerdem spiele ich miserabel. Ich wäre schneller im Hades, als ich ihm ein Remis anbieten kann.«

»Oder wir machen ihn betrunken, und dann knebeln und fesseln wir ihn, wie Sisyphos es gemacht hat.«

»Echt jetzt?«, fragte Olivia. »Du würdest so weit gehen, ihn zu knebeln und zu fesseln?«

»Ich würde ihn sogar einsperren. Allerdings nur so lange, bis uns was Besseres einfällt.«

»Moment, du willst ihn zuerst kidnappen und dann überlegen, ob dir was Besseres einfällt?«

»Liv, ich weiß es doch auch nicht!«, sagte Conny mit schwerer Zunge. »Ich denke nur laut. Meinst du, man könnte ihm vielleicht ein Tauschgeschäft anbieten?«

»Wie soll das aussehen?«

»Na, er lässt uns und die, die wir kennen, am Leben und schickt stattdessen andere Leute in den Hades.«

»Du würdest den Tod eines anderen in Kauf nehmen, damit du am Leben bleibst?«, fragte Olivia erstaunt.

»Klar. Ich würde auch jemanden in Notwehr erschießen.«

»Es ist aber kein Fall von Notwehr, wenn ein Mensch, der dir überhaupt nichts getan hat, für dich ins Gras beißen muss«, gab Olivia zu bedenken.

»Gut. Dann nehmen wir eben einen, der es verdient hat«, schlug Conny vor.

»Aha. Und neuerdings bestimmst du, wer es verdient hat abzutreten, oder wie?«

»Tu nicht so naiv, Liv. Es gibt genug üble Typen auf der

Welt, auf die man problemlos verzichten kann. Wir würden der Menschheit sogar einen Dienst erweisen.«

Bevor Olivia die Schnapsideen ihrer besten Freundin weiter kommentieren konnte, klingelte Connys Handy.

Sie warf einen kurzen Blick aufs Display und nahm das Gespräch an. »Camilla, Schatz! Was ist los? Alles okay bei euch?«

»Ja, so weit alles in Ordnung.« Camillas Stimme war zwar leise, aber so klar zu hören, dass Olivia jedes Wort verstand. »Ich rufe so spät an, weil wir im Krankenhaus waren und eben erst zurückgekommen sind«, fuhr Camilla fort. »Arne hatte einen Unfall ...«

»Oh, mein Gott. Was ist passiert?«

»Alles okay, es geht mir gut«, antwortete Arne, der offenbar mithörte.

»Er wollte heute den Hühnerstall aufräumen«, erklärte Camilla. »Dabei hat er versehentlich einen Balken entfernt, der als provisorische Dachstütze diente.«

Conny verdrehte die Augen und warf Olivia einen fragenden Blick zu: Womit hatte sie nur diesen Idioten von Schwiegersohn verdient?

»Jedenfalls ist der Schuppen eingestürzt«, sagte Arne. »Camilla hat fast eine Stunde gebraucht, um mich unter all dem Gerümpel freizubekommen.«

»Und das war dann wohl ein bisschen viel für mich«, ergänzte Camilla, »denn danach habe ich Unterleibsschmerzen bekommen. Deshalb sind wir ins Krankenhaus gefahren.«

Conny und Olivia tauschten besorgte Blicke.

»Zum Glück ist aber alles in Ordnung«, beruhigte Arne sofort.

»Genau, ich soll mich nur ein paar Tage ausruhen«, fügte

Camilla hinzu. »Die wollten mich zwar gleich dabehalten, aber Arne und ich haben entschieden, dass wir die letzten Tage der Schwangerschaft nicht im Krankenhaus verbringen, sondern der Natur ihren Lauf lassen möchten.«

»Die Natur regelt das alles von ganz allein«, sagte Arne im Tonfall eines Laienpredigers.

Wieder sah Conny zu Olivia, diesmal schüttelte sie genervt den Kopf. »Okay, hoffen wir mal, dass die Natur das so regelt, wie wir es uns wünschen«, sagte sie. »Braucht ihr denn trotzdem Hilfe?«

»Genau«, antwortete Camilla. »Ich wollte dich fragen, ob du morgen etwas früher zu dem Maklertermin kommen und dann ein, zwei Tage bleiben könntest.«

»Klar. Kein Problem«, antwortete Conny ohne Begeisterung. »Mach ich doch gern.« Der Nachsatz war eine glatte Lüge, das sah Olivia ihr an.

»Prima«, freute sich Camilla. »Meinst du, das ist auch für Papa okay?«

»Ganz sicher«, sagte Conny. »Dem geht's bestens. Ich vermute, der wird mich gar nicht vermissen.«

»Doch, wird er bestimmt, das weiß ich«, sagte Camilla. »Grüß ihn bitte von mir. Bis morgen.«

»Ja. Mach ich gern«, log Conny. »Bis morgen.«

Sie drückte das Gespräch weg, legte das Handy zur Seite und warf einen fragenden Blick zu Olivia, während sie nach der Flasche griff, um noch einmal nachzuschenken.

»Ungern«, sagte Olivia.

»Bitte!«, bat Conny eindringlich.

»Okay, ich komm mit«, seufzte Olivia.

Erfreut prostete Conny ihr zu.

32

Olivia übernachtete im Gästezimmer und genoss den morgendlichen Kaffee mit Blick auf Connys prachtvollen Garten, in dem sich langsam herbstliche Gelbtöne breitmachten. Dann fuhr sie nach Hause, um ein paar Arbeiten und Anrufe zu erledigen und für die Landpartie zu packen.

Als sie an ihrem neuen Lieblingscafé vorbeiging, saß Georg dort. »Liv. Da bist du ja. Ich hab eben bei dir geklingelt, aber du warst nicht da.«

»Ich war bei Conny«, sagte sie, ebenfalls irritiert, ihn hier zu sehen.

»Hast du ’ne Minute?«, fragte er.

Sie wusste, dass es nicht bei der Minute bleiben würde, hatte aber tatsächlich ein bisschen Zeit, also nickte sie. »Worum geht’s denn?«

»Magst du dich vielleicht kurz setzen?«

Sie bemerkte, dass zwei Tassen auf dem Tisch standen.

»Ach ja, witzige Geschichte«, sagte Georg. »Du ahnst nicht, wen ich zufällig an deiner Haustür getroffen habe. Wir sind ins Plaudern geraten und haben dabei festgestellt, dass wir das gleiche Schicksal teilen … sozusagen.«

»Wer ist wir?«, fragte sie.

In diesem Moment steuerte Carlo Kirschner auf den Tisch zu. »Guten Morgen, Frau Dr. Bentele. Na, das ist ja eine Überraschung.«

»Ja, oder? Sie ging zufällig gerade vorbei«, erklärte Georg, derweil Hannas Mann sich zu ihm setzte.

Olivia war verwirrt.

»Möchten Sie uns nicht Gesellschaft leisten?« Carlo Kirschner deutete auf den noch freien Stuhl neben sich.

»Oder sollen wir doch lieber in deine Praxis gehen?«, schlug Georg vor.

»Wir?«, fragte Olivia.

»Ja. Wie gesagt, Carlo und ich haben eben festgestellt, dass wir dich beide aus den gleichen Gründen sprechen müssen«, erklärte Georg. »Wir könnten also zu dritt reden, wenn es dir recht ist.«

»Carlo?«, fragte Olivia. Sie hatte zwar damit gerechnet, dass ihr Kopf nach dem gestrigen Abend etwas langsamer arbeiten würde als gewöhnlich. Doch auch wenn sie langsam darüber nachdachte, was hier gerade vor sich ging, kam sie zu keinem brauchbaren Ergebnis.

»Da stimme ich Georg zu«, sagte Carlo Kirschner. »Wenn Sie kurz Zeit für uns hätten, dann würden Sie uns einen großen Gefallen tun.«

»Georg?«, fragte Olivia. Sie fand nun selbst, dass ihre Redebeiträge etwas spärlich ausfielen, was aber daran liegen mochte, dass sie immer noch auf der Suche nach logischen Zusammenhängen war.

»Wir haben vorhin spontan beschlossen, uns zu duzen«, erklärte Georg. Carlo nickte. Erwartungsvoll sahen die beiden Männer zu ihr hoch.

Olivia fiel auf, dass sich ein Gast am Nebentisch ebenso brennend für den weiteren Verlauf des Gesprächs interessierte wie sie selbst. »Okay«, entschied sie deshalb. »Gehen wir zu mir in die Praxis.« Der heimliche Zuhörer schien enttäuscht.

»Super«, sagte Georg erfreut und sah sich beflissen nach der Bedienung um.

»Keine Eile«, bremste Olivia. »Ich geh schon mal vor. Wir sehen uns gleich.«

Als sie die Straße überquerte, ahnte sie immer noch nicht, was die beiden von ihr wollten.

Wenig später saßen Georg und Carlo Kirschner auf Olivias Chaiselongue. Die beiden hätten auch gut eines jener Paare sein können, die sonst hier über ihre Beziehungsprobleme redeten. Zwei alte weiße Männer, die vermutlich ein spätes Coming-out hinter sich hatten. Olivia fand die Assoziation witzig, aber auch ein wenig unprofessionell. Lag vermutlich am Restalkohol, dass ihre Gedanken spazieren gingen.

»Gut, wie kann ich helfen?«, fragte sie und war sogar ein wenig gespannt darauf, was die Männer ihr zu erzählen hatten.

»Also, um gleich zur Sache zu kommen: Wir sind wegen unserer Frauen hier«, erklärte Georg und warf einen Blick zu Carlo, der zustimmend nickte.

»Carlo hat mir erzählt, dass du Hanna Kirschner bereits als Klientin kennengelernt hast«, fuhr Georg fort.

»Kennengelernt ist übertrieben«, sagte Olivia und warf Carlo Kirschner einen Blick zu. »Hanna und ich hatten leider wenig Zeit zum Kennenlernen.«

»Ich weiß, dass Sie mit meiner Entscheidung nicht glücklich waren«, mischte Carlo sich ein. »Das haben Sie mir ja auch sehr deutlich zu verstehen gegeben. Aber bei allem Respekt, Frau Dr. Bentele, Fakt ist, dass die Misere, in der ich mich gerade befinde, mit Hannas erster und letzter Sitzung bei Ihnen angefangen hat.«

Olivia erinnerte sich an seine Begeisterung für Fakten. Da war sie also wieder. »Von was für einer Misere reden Sie?«

»Hanna hat mich verlassen«, antwortete er und musste trocken schlucken. »Von einem auf den anderen Tag hat meine Frau erkannt, dass sie frei sein möchte.«

»Frei wovon?«, fragte Olivia.

»Keine Ahnung, ich vermute, am liebsten frei von allem, aber ganz besonders frei von mir«, antwortete Carlo, und es klang bitter. »Sie führt ein Doppelleben. Tagsüber ist sie liebende Hausfrau und Mutter, aber bei Anbruch der Nacht verwandelt sie sich in ein …«, er stockte, bevor er weitersprach, »… billiges Flittchen, das sich jedem an den Hals wirft, der es will. Entschuldigung, wenn ich das so sage, aber es ist leider die Wahrheit.«

Olivia sah die Verachtung in seinem Gesicht, aber auch einen Anflug von Trauer. »Sie verwandelt sich? Was soll das heißen?«, fragte sie.

»Das, was ich gesagt habe«, erwiderte er leicht patzig. »Meine Frau verwandelt sich nachts in ein mir völlig unbekanntes Wesen.«

»Das klingt, als hätte sie ein Werwolf-Problem«, sagte Olivia. »Als wäre Ihre Frau dazu verdammt, sich jede Nacht zu verwandeln, weil sie vorher von einem anderen billigen Flittchen gebissen wurde.«

Er merkte auf. »Machen Sie sich gerade über mich lustig?«

»Keineswegs«, sagte Olivia. Es war nicht ganz die Wahrheit. »Ich versuche zu ergründen, was Sie denken und fühlen.«

»Das kann ich Ihnen sagen«, erwiderte Carlo. »Ich erkenne meine eigene Frau nicht wieder. Ich fühle mich ohnmächtig. Und ich würde gern begreifen, was in ihr vorgeht.«

Das waren sehr viele Ichs in sehr wenigen Sätzen, dachte Olivia und sah zu Georg. »Und was hat diese Geschichte mit dir zu tun?«

»Manisha hat mich ebenfalls verlassen«, antwortete er mit Grabesstimme.

»Erstaunlich. Wollte sie dich nicht vor ein paar Tagen noch heiraten?«

»Ja, wollte sie. Aber nachdem ich deinem Rat gefolgt bin und ihr gesagt habe, dass ich ohne Lillys Zustimmung nicht heiraten kann, ist die Beziehung endgültig gekippt. Manisha hat ihre Sachen gepackt, um bei ihrem guten Freund Gangaputra einzuziehen, einem spirituellen Lehrer, Heiler und Tantra-Masseur.« Georg verzog das Gesicht. »Ich kann mir lebhaft vorstellen, wie dieser Olli sie gerade eifrig zu heilen versucht.«

»Olli?« Olivia verstand nicht.

»Gangaputra ist sein spiritueller Name«, erklärte Georg. »In Wirklichkeit heißt er Oliver.«

»Uschi und Olli?«, rutschte es Olivia heraus.

»Das ist nicht witzig, Liv.«

Fand Olivia zwar schon, sie musste sich sogar ein kleines Grinsen verkneifen, dennoch nickte sie professionell. »Stimmt. Entschuldige. Hat Lilly sich eigentlich bei dir gemeldet?«

»Ja, wir haben kurz telefoniert und wollen uns die Tage treffen.«

»Das ist doch schon mal was«, befand Olivia.

»Ja, ich finde es auch gut«, sagte Georg. »Besser hätte ich es allerdings gefunden, wenn es gar nicht erst so weit gekommen wäre.«

Olivia bemerkte, dass Carlo zustimmend nickte.

Während sie von einem zum anderen sah, wurde ihr klar, dass die beiden gar nicht hier waren, weil sie Hilfe brauchten, sondern weil sie jemanden suchten, dem sie die Verantwortung für das, was Carlo Kirschner eine »Misere« nannte, in die Schuhe schieben konnten.

Olivia wusste, dass Georg die Verantwortung für seine persönlichen Niederlagen gern bei anderen suchte. Es wunderte sie jedoch, dass Carlo Kirschner aus dem gleichen Holz geschnitzt zu sein schien. Andererseits war diese Seelenverwandtschaft vielleicht der Grund für die spontane Verbrüderung der beiden. Sie kannten sich bestimmt nicht länger als eine Stunde, wirkten aber schon jetzt wie *best buddies*, die selbst intimste Probleme freimütig teilten. War wohl auch so ein Männerding. »Und wie kann ich jetzt helfen?«, fragte sie.

Carlo und Georg sahen sich an wie zwei TÜV-Prüfer, denen man gerade eine schlimme Schrottkarre in die Halle gefahren hatte. Wie sie helfen konnte? Lag das nicht auf der Hand?

»Wir dachten, du würdest diese Dinge geradebiegen«, sagte Georg. »Ich meine, wenn du mal mit Hanna und Manisha reden würdest, so von Frau zu Frau …« Er überließ den Rest des Satzes ihrer Fantasie.

»Geradebiegen, soso«, wiederholte Olivia.

Dass man Ehen oder lange Beziehungen geradebiegen konnte wie einen verschlagenen Nagel, war ein unter Männern weit verbreiteter Irrtum. Die meisten hielten das Leben wohl insgesamt für eine Angelegenheit, die man handwerklich ganz gut in den Griff kriegen konnte. Probleme wollten nicht besprochen, sondern angepackt werden. Männer bohrten, schraubten und hämmerten deshalb an ihren Sorgen herum, während Frauen gern ausführlich darüber redeten, bevor sie Probleme anpackten.

»Wir dachten, dass Sie uns allein schon deshalb helfen sollten, weil wir ohne Ihr Zutun wohl nicht hier sitzen würden«, begann Carlo Kirschner streng. »Verstehen Sie mich bitte nicht falsch, Frau Dr. Bentele. Das soll kein Vorwurf sein, aber Fakt ist doch, dass unser beider Probleme ausgerechnet in Ihrer Praxis angefangen haben. Es wäre doch schön, wenn wir Sie mit Ihrer Hilfe auch hier lösen könnten.«

Olivia spürte, dass Kirschners Unterstellungen ihren Adrenalinspiegel steigen ließen. Sie atmete tief ein, um ihm die Meinung zu geigen, aber noch bevor sie damit beginnen konnte, klingelte es an der Tür.

33

»Entschuldigung«, sagte sie und stand auf. »Ich bin gleich wieder da.« Sie wunderte sich, denn sie erwartete weder einen Klienten noch Besuch, und die Paketboten luden den Kram fürs Haus meist in den unteren Etagen ab.

»Hi.« Vor der Tür stand Zino Angelopoulos. Er steckte in schmuddeligen Klamotten, wirkte übermüdet und angeschlagen.

»Was ist passiert?«, fragte Olivia.

»Nichts. Alles bestens. War nur eine lange Nacht.«

Olivia sah es. Und roch es auch. Der Tod hatte eine Fahne. Sie wich ein wenig zurück, zumal der Geruch sie daran erinnerte, dass auch sie noch Restalkohol im Blut hatte. Während er jedoch verkatert schien, war ihr Zustand eine ungewöhnliche, aber keineswegs unangenehme Mischung aus Euphorie und Müdigkeit.

»Sorry«, sagte er. »Ich habe heute in den frühen Morgenstunden den alten Harry McLean rübergeschickt. Er wollte vorher noch einen Scotch auf seine Vorfahren kippen.«

»Und das hat länger gedauert?«, riet Olivia.

Er nickte.

»Und es ist nicht bei einem Glas geblieben?«

»Nein, er hat eine wirklich große Familie.«

Sie musste grinsen. »Ich habe gerade Besuch. Aber falls du warten möchtest …«

»Ganz wie du willst«, erwiderte er. »Ich kann es kurz machen, aber es gibt auch eine lange Version.«

»Ach, dann mach es doch kurz«, entschied sie spontan.

»Gut. Du wolltest gestern wissen, weshalb ich hier bin. Also besser gesagt, wem mein Besuch gilt.«

Sie nickte.

»Ist das immer noch so? Ich habe mir nämlich überlegt, dass ich in deinem Fall eine Ausnahme machen und es dir verraten würde. Immerhin hast du mir auch geholfen.«

»Wie nett von dir«, sagte sie arglos.

»Und? Willst du es wissen?«

Sie überlegte. Wollte sie? »Findest du, ich sollte es wissen?«

»Ist ganz allein deine Sache. Du weißt ja, dass die Wahrheit unangenehm sein kann.«

Unentschlossen wiegte sie den Kopf hin und her.

»Du musst dich auch nicht sofort entscheiden«, sagte Zino. »Überleg es dir in aller Ruhe. Mein Angebot gilt. Also, man sieht sich.« Er wollte sich abwenden.

»Nein, warte«, entschied sie spontan. »Ich will es wissen.«

Er verharrte. »Wirklich? Wie gesagt, du kannst dir Zeit lassen.«

»Nein, raus mit der Sprache«, bat sie launig und vermutlich vom Restalkohol befeuert. »Sag mir jetzt, wer dran glauben muss. Dann haben wir es hinter uns.«

Er schwieg einen Moment, vermutlich um es spannend zu machen. Vielleicht aber auch, weil er überlegte, ob er sein Angebot doch noch zurückziehen sollte.

Sie versuchte zu ergründen, was er dachte. Als sie begriff, was der Grund für sein Zögern war, erschrak sie. »Es … geht also doch um mich?«

Er nickte langsam. »Ja, es geht um dich, Olivia.«

Der Satz traf sie wie ein Fausthieb. Plötzlich wurde ihr schwindelig. Außerdem hatte sie das Gefühl, seine Hiobsbotschaft und die Art, wie er sie überbrachte, passten so ganz und gar nicht zusammen. Bestimmt hatte sie sich nur verhört. »Noch mal, bitte. Was hast du gerade gesagt?«

»Ich sagte, ich bin deinetwegen hier.« Er lächelte. Es war ein unbeholfenes, ein mitfühlendes Lächeln.

»Komisch, ich habe gerade verstanden, du bist meinetwegen hier«, sagte sie tonlos.

»Das habe ich auch gesagt«, erwiderte er. »Tut mir leid, wenn dich das irgendwie … verunsichert.«

»Wieso denn das?« Sie lachte spöttisch. »Warum sollte es mich verunsichern, dass ich bald sterben muss?«

»Ich war davon überzeugt, du hättest dir gut überlegt, was es bedeutet, die Wahrheit zu kennen.«

Sie lachte auf. »Zino! Das ist doch ein Witz, oder?«

Bedauernd verzog er das Gesicht. »Nein, das ist kein Witz.«

»Komm schon, sag, dass es ein Witz ist«, bat sie.

Er schüttelte ratlos den Kopf. »Vielleicht hätte ich es dir doch nicht sagen sollen.«

»Doch, das ist total okay für mich«, höhnte sie und winkte lässig ab.

»Scheint mir aber nicht so.«

»Ich meine, die Sache hat ja auch ihr Gutes«, befand sie sarkastisch. »Sind doch fantastische Nachrichten, dass ich bald keine Miete mehr zahlen muss. Im Hades zahlt man doch keine Miete, oder?«

»Tut mir leid«, sagte er leise. »Ich hätte meinen Mund halten sollen.«

Sie seufzte lang und traurig. »Ja, das hättest du wohl besser mal. Aber jetzt ist es raus. Ich wollte es wissen, und du hast mich auf dem falschen Fuß erwischt. Wäre wirklich besser gewesen, dieses Gespräch nicht zwischen Tür und Angel zu führen.«

»Also, falls ich irgendwie helfen kann, vielleicht weil du in Ruhe reden willst, ich hab Zeit«, sagte er. »Ich wollte nur nicht lange stören, weil du ja Besuch hast und …« Er unterbrach sich selbst.

Ihr schoss durch den Kopf, was Conny gesagt hatte: Vielleicht lässt der Tod ja mit sich reden. Gerade hatte Zino das sogar von sich aus angeboten. War das ein Fingerzeig?

Er schüttelte den Kopf. »Entschuldige, dass ich die Sache falsch angepackt habe.«

Olivia spürte, dass sich Hoffnung in ihr regte. Hatte er ihr gerade ein verstecktes Angebot gemacht? »Ja, sehr gute Idee, das mit dem Reden«, sagte sie schnell. »Ich muss nur kurz meinen Besuch verabschieden, dann habe ich Zeit.«

»Okay«, antwortete er. »Geht klar.«

34

Fröstelnd ging sie zurück ins Behandlungszimmer.

Georg und Carlo zu erklären, dass es einen Notfall gab, wäre nicht nötig gewesen, denn die beiden sahen auch so, dass Olivia nicht nur einen verstörten Eindruck machte, sondern leichenblass war.

Wenig später hatten sich die Besucher verabschiedet, und Zino saß ihr gegenüber. Seltsam, dachte sie, im Grunde war dieser gut aussehende Sonnyboy, den sie vor wenigen Tagen kennengelernt hatte, eine Allegorie auf das Leben selbst. Es konnte so schön und unbeschwert, so frisch und verschwenderisch sein wie dieser junge Gott. Und doch lauerte hinter beiden der Tod.

Sie bemühte sich, ihre Gedanken zu ordnen. Das Frösteln war nun weg, aber immer noch fühlten sich ihre Finger eiskalt an.

»Warum ich?«, fragte sie und dachte an die fünf Phasen des Sterbens. Gemäß dieser Theorie durchliefen die meisten Todgeweihten ähnliche Zyklen. Zuerst leugneten sie ihr nahes Ende, dann haderten sie mit sich und ihrem Schicksal, dann hofften sie, sich durch einen Handel mit Gott oder dem Universum aus der Affäre zu ziehen. Schließlich verfielen sie in einen depressiven Zustand, um in der fünften und letzten Phase dann das Unabwendbare zu akzeptieren.

Olivias Frage war typisch für Phase zwei. Toll, dachte sie.

Ich habe gerade erst erfahren, dass der Gott des Todes mich einkassieren will, bin aber mental schon auf dem halben Weg zum Kühlraum.

»Keine Ahnung«, antwortete Zino. »Wie du weißt, entscheidet mein Boss, wem die Stunde schlägt. Die Frage musst du also Gott Hades stellen.«

»So meinte ich das nicht«, sagte Olivia. »Ich wollte wissen, womit ich es verdient habe, ausgerechnet vom Gott des leichten Todes auf die andere Seite gebracht zu werden. Wer hat denn da ein gutes Wort für mich eingelegt?«

»Gut kombiniert«, sagte er und nickte anerkennend. »Du hast es dir gemerkt.«

»Danke. Also, dann raus mit der Sprache, was ist der Grund für mein … soll ich sagen: Glück?«

Er lächelte, wurde aber gleich wieder ernst. »Die Sache ist die … Auch ich war in dem Flugzeug, mit dem Liam abgestürzt ist.«

Wieder der feine Stich ins Herz. Sie spürte es ganz deutlich. Für einen Moment ließ der Schmerz sie sogar ihre kalten Finger vergessen.

»Ich war nicht seinetwegen dort«, fuhr Zino fort, »aber dennoch hat Liam mich erkannt. Passiert selten, dass ein Sterblicher erkennt, wen er vor sich hat.«

»Du warst bei ihm, als die Maschine abgestürzt ist?« Olivia spürte, dass ihr die Tränen kamen.

Er nickte.

»Das ist gut«, sagte sie und schickte eine Träne auf die Reise. »Dann war er am Ende wenigstens nicht ganz allein.«

»Das war er sowieso nicht«, sagte Zino. »Eine Frau war bei ihm.«

Sie schüttelte den Kopf. »Seine Frau und die Kinder waren

in London. Er wollte gerade zu ihnen.« Ihre Stimme klang belegt.

Er musterte sie. »Du machst dir deshalb Vorwürfe, nicht wahr?«

Sie musste schlucken, dann nickte sie. »Hätte es mich nicht gegeben, hätte es unsere Affäre nicht gegeben, dann wäre er nie in dieses Flugzeug gestiegen, und in London gäbe es keine Witwe und zwei Halbwaisen, die ihren Mann und Vater vermissen.«

Er sah sie durchdringend an.

»Was?«

»Du warst seine Geliebte …«, setzte er an.

»Ja. Das habe ich doch gerade gesagt«, unterbrach sie unwirsch.

»Aber du warst nicht die Einzige«, beendete Zino seinen Satz. »Auch diese Frau im Flieger hatte eine Affäre mit ihm. Außerdem war er mit einer Arbeitskollegin liiert, die er regelmäßig in Brüssel besucht hat. Und sie alle glaubten, dass in London eine Familie auf ihn wartet.«

Sie sah ihn lange an. »Das ist nicht wahr«, sagte sie dann.

»Doch, ist es«, erwiderte Zino. »Liam hat dich ebenso belogen, wie er alle seine Geliebten belogen hat.«

Sie schüttelte den Kopf. »Wäre ja nicht die erste Lüge, die du mir auftischst«, sagte sie und machte eine wegwischende Handbewegung.

»Es ist die Wahrheit«, beharrte Zino. »Glaub mir, ich kenne alle Geheimnisse der Toten. Und warum sollte ich dich jetzt noch belügen?«

»Jetzt noch? Was soll das heißen?«, fragte Olivia. Dann verstand sie. »Du meinst, jetzt, da ich weiß, dass ich sterben werde?«

»Ja. Bevor du den Styx überquerst, wirst du sowieso die ganze Wahrheit erfahren.«

»Und was ist die ganze Wahrheit?«

»Die Wahrheit über dein Leben«, antwortete er. »Wenn es an dir vorüberzieht, während du auf die andere Seite gleitest, dann siehst du nicht nur, was gewesen ist, du wirst auch erkennen, wann und wo du dich und andere betrogen hast. Manchmal denke ich, die wahre Hölle ist dieser quälend lange Moment, in dem jeder Mensch sich selbst bei all seinen kleinen und großen Lügen zuschauen muss.«

Sie sah zum Fenster, wo ein Stück des Himmels zu sehen war. »Lass uns spazieren gehen«, sagte sie. »Ich muss an die frische Luft.«

35

Sie genoss den zarten spätsommerlichen Duft des Parks. Das Parfum der Blüten hing nicht mehr so schwer in der Luft wie noch vor wenigen Wochen. Die Erinnerung an den Sommer erfüllte sie mit Wehmut. Es war, als wäre er heimlich verschwunden, hätte aber eine nette Nachricht auf dem Kopfkissen hinterlassen. »Als Liam dich zu mir geschickt hat, hat er da noch was gesagt?«

»Ja. Er hat mich gebeten, dir zu sagen, dass du ihm nicht nachtrauern sollst. Er wünscht sich, dass du dein Leben lebst und jede Sekunde davon genießt.«

Wieder kamen ihr die Tränen.

»Vielleicht tröstet es dich ein wenig, dass ich Melanie exakt dasselbe ausrichten sollte«, fügte Zino hinzu.

Ihre Tränen versiegten abrupt. »Wer ist Melanie?«

»Seine Brüsseler Geliebte.«

»Der Schuft hat all seinen Affären ausrichten lassen, dass sie ihm nicht nachtrauern und das Leben ohne ihn genießen sollen?«

»Ja. Ich vermute, er hatte ein schlechtes Gewissen«, sagte Zino. »Der Frau, die im Flieger neben ihm saß, hat er natürlich nichts dergleichen gesagt. Wäre auch ein bisschen seltsam gewesen. Die Maschine brannte und befand sich bereits im Sturzflug, und es war klar, dass sie keine Zeit mehr haben würde, um ihr Leben zu genießen. Sie war übrigens ziemlich sauer, als sie erfuhr, dass sie ebenfalls belogen und betrogen wurde.«

»Wusste Liam, dass du mir ein tolles Leben wünschen und mir im selben Atemzug meinen Tod verkünden würdest?«

»Nein«, sagte Zino. »Das ist leider ein bisschen dumm gelaufen. Noch bevor ich dir die Nachricht von Liam überbringen konnte, hat Hades deinen Namen gemurmelt. Seitdem suche ich nach dem richtigen Moment, um dir schonend beizubringen, dass du nur noch relativ wenig Zeit hast, um das tolle Leben zu leben, von dem Liam gesprochen hat.«

»Tja, das nennt man dann wohl Ironie des Schicksals«, sagte Olivia.

»Ironie des Schicksals? Nein, wieso?«

»Weil in genau dem Moment, in dem ich begriffen habe, wie wertvoll das Leben ist, mir der Gott des Todes begegnet.«

Zino schüttelte den Kopf. »Ich werde einfach nicht schlau aus euch Menschen«, sagte er. »Ihr alle wisst, dass ihr nicht ewig leben werdet. Trotzdem überrascht es euch maßlos, wenn ich euch sage, dass eure Zeit vorbei ist. Weißt du, es geschieht so gut wie nie, dass ich Leute abhole, die mit dem, was ihnen das Leben geboten hat, zufrieden sind. Die meisten ärgern sich darüber, dass ich ihre Pläne durchkreuzen will – große Pläne, für die sie hart und lange gearbeitet haben. Alle tun so, als hätten sie sämtliche Zeit der Welt. Sie reden sich ein, dass sie einfach alles schaffen können, wenn sie nur daran glauben und sich genügend anstrengen. Nur ganz selten kommt jemand auf die Idee, dass ihm eine blöde tödliche Krankheit oder ein dummer Zufall einen Strich durch die Rechnung machen könnte. Und dann heißt es: Oh, das ist ja eine Ironie des Schicksals. Dabei handelt es sich nur um die ganz normale und völlig unironische Unberechenbarkeit des

Lebens. Du weißt nie, wie es läuft. Du kannst steinalt werden und dabei Zehntausende von Tagen versauen. Du kannst aber auch die drei Tage, die dir noch bleiben, so genießen, als wären sie ein ganzes Leben wert.«

»Was? Bleiben mir etwa nur noch drei Tage?«, fragte Olivia erschrocken.

»Das war jetzt nur ein Beispiel«, antwortete Zino, aber er klang, als hätte sie ihn ertappt. »Ich wollte nur sagen, dass alles relativ ist. Eintagsfliegen leben nur einen Tag lang. Mücken werden zehn Tage alt, Ameisen zwei Wochen. Schwämme können hingegen Tausende von Jahren alt werden, Quallen sind quasi unsterblich …«

»Du meinst, ich hab Pech, dass ich keine Qualle bin?«

»Nein, ich frage mich nur, ob es den Menschen helfen würde, wenn sie nicht achtzig oder hundert Jahre alt werden könnten, sondern zweihundert oder dreihundert Jahre. Würde ihnen der Abschied dann leichter fallen?«

»Du lenkst vom Thema ab«, sagte Olivia. »Was ist jetzt mit den drei Tagen? Hab ich nur noch drei Tage Zeit? Oder mehr? Oder etwa … weniger?« Olivia hob den Zeigefinger. »Und denk dran, du wolltest mich nicht mehr anlügen.«

»Hatte ich auch nicht vor«, sagte Zino. »Allerdings darf ich dir den genauen Zeitpunkt deines Todes nicht verraten.«

»Warum nicht?«

»Weil du versuchen könntest, deinem Schicksal zu entrinnen«, antwortete Zino.

Olivias Augen wurden größer. »Wow. Geht das denn? Ich meine, bislang hast du mir immer erzählt, dass deine Klienten Zeit gewinnen können. Ich wusste nicht, dass man seinem Schicksal sogar entkommen kann.«

»Theoretisch ginge das schon«, überlegte Zino. »Praktisch

wäre es aber wohl so, dass dein Schicksal dich am Ende wieder einholt.«

»Aber einen Versuch wäre es wert«, beharrte Olivia.

»Klar«, sagte Zino. »Versuchen kann man alles. Wie du dir denken kannst, bist du nicht der erste Mensch, der seinem Schicksal entkommen will. Aber es kann dann auch dir blühen, dass ich im entscheidenden Moment nicht da bin, um dir die Reise leicht zu machen.«

»Apropos. Wie wird es mich eigentlich erwischen?«

»Auch das darf ich dir nicht sagen.«

»Komm schon, Zino. Dann gib mir wenigstens einen Tipp. Ich bin neugierig.«

»Es wird schnell gehen«, sagte er. »Sehr schnell. Du wirst praktisch nichts spüren.«

»Ein Unfall?«, riet Olivia. »Oder werde ich ermordet? Erschossen vielleicht?«

»Wie gesagt, du musst dir keine Gedanken darüber machen, weil es vorbei sein wird, bevor du begriffen hast, was geschieht.«

»Okay. Darf ich dir trotzdem noch ein paar Fragen stellen? Nur so aus Interesse und weil wir ja jetzt völlig ehrlich miteinander sind …«

»Klar.« Er nickte. »Ich kann nur nicht garantieren, dass ich alle beantworten werde.«

»In Ordnung, den Rest erfahre ich bestimmt auf der anderen Seite«, erwiderte Olivia kokett.

Er nickte. »Okay. Dann leg mal los. Was willst du denn wissen?«

»Die Sache mit dem Gericht und deinem Anti-Agressions-Training …«

»Ja, die war auch gelogen«, gab Zino zu. »Ich dachte, dass

wir am besten ins Gespräch kommen, wenn du einen professionellen Grund dazu hättest.«

»Dann ist dein Alkoholproblem ebenfalls erfunden?«

»Ja und nein«, antwortete Zino. »Im Laufe der Jahrtausende trinkt man halt mal mehr und mal weniger. Ich glaube, das geht allen Unsterblichen so. Auch wir kennen Langeweile, miese Tage und Motivationslöcher. Aus solchen Gründen fangen manche Menschen mit dem Trinken an, warum soll es den Göttern anders ergehen? Erschwerend kommt hinzu, dass wir im Gegensatz zu euch dazu verdammt sind, nicht nur ewig zu leben, sondern auch in alle Ewigkeit unseren Job zu machen.«

»Mir kommen gleich die Tränen«, höhnte Olivia. »Willst du vielleicht tauschen?«

Er stutzte. »Würdest du meinen Job denn machen wollen?«

Ohne nachzudenken, schüttelte sie den Kopf. Reihenweise Leute ins Jenseits zu schicken, war definitiv ein zu hoher Preis für die Unsterblichkeit. Außerdem schien Zino wenig Freizeit und praktisch nie Urlaub zu haben.

»Aber ich könnte doch vielleicht mit jemand anderem tauschen«, schlug sie vor und dachte daran, dass sie Conny letzte Nacht noch für diesen Vorschlag gescholten hatte. Jetzt fand sie die Idee, einen miesen Typen zu opfern, um selbst am Leben zu bleiben, gar nicht mal so schlecht.

»Interessanter Vorschlag«, sagte Zino amüsiert. »Wer schwebt dir denn da vor?«

Olivia hob die Schultern. »Keine Ahnung. Aber es gibt doch bestimmt jemanden, der es verdient hat, ich meine ...« Sie unterbrach sich, weil sie merkte, das es komisch klang, was sie da sagte.

»Aha«, erwiderte Zino gemütlich. »Und wer hat es deiner

Meinung nach verdient, für dich zu sterben, bevor seine Zeit abgelaufen ist?«

»Keine Ahnung, aber irgendein Axtmörder, Drogendealer oder Totschläger dürfte sich doch finden lassen«, überlegte Olivia laut.

»Bestimmt«, erwiderte Zino. »Allerdings kann ich dir nicht garantieren, dass du danach ein reines Gewissen hast. Selbst die übelsten Typen haben nette Seiten und Menschen, die sie lieben und von denen sie geliebt werden.«

Das hatte sie schon befürchtet. Wie sie aus ihrer Praxis wusste, waren die meisten Menschen komplizierter als gedacht. Selbst scheinbar einfache Gemüter hatten viele Seiten, gute ebenso wie schlechte. Obendrein gab es für schlechte Gewohnheiten oft gute Gründe. Wie also sollte man guten Gewissens jemanden aussuchen, um ihm ein fremdes Schicksal aufzubürden? »Und da gibt es keine andere Möglichkeit?«, fragte sie.

»Du könntest jemanden finden, der freiwillig mit dir tauscht«, schlug Zino vor.

»Wer soll das sein?«

»Wie wär es mit Conny?«

»Was?« Olivia war entsetzt.

»Wäre doch möglich, dass sie bereit ist, sich für dich zu opfern«, sagte Zino. »So müsstest du wenigstens kein schlechtes Gewissen haben.«

»Nein!«, erwiderte Olivia entschieden. »Kommt überhaupt nicht infrage. Ich werde doch meine beste Freundin nicht bitten, für mich in den Hades zu gehen. Da gehe ich doch lieber selbst.«

»Auch gut«, sagte Zino entspannt. »Dann bleibt ja alles so, wie es ist.«

»Nicht so schnell«, sagte Olivia. »Ich kann ja noch mal überlegen, ob mir jemand einfällt, bei dem ich keine Skrupel hätte.«

»Klar. Wenn du einen Vorschlag hast, melde dich.«

»Okay. Und du willst mir wirklich nicht verraten, wie viel Zeit mir noch bleibt?«, tastete Olivia sich vor. »Es wäre hilfreich, das Zeitfenster wenigstens ganz grob zu kennen.«

Zino seufzte. »Okay. Sagen wir so: Du solltest für die kommende Woche nicht allzu viele Pläne machen.«

»Oh«, sagte Olivia. »So bald schon?«

Zino wiegte den Kopf hin und her. »Was hast du denn erwartet?«, fragte er. »Kein Mensch hat alle Zeit der Welt.«

36

Um mit offenem Verdeck zu fahren, war es eigentlich zu kalt, aber Conny musste den Kopf frei kriegen und brauchte deshalb frische Luft. Also fuhren sie in dicken Jacken und mit kalten Ohren durch das spätsommerliche Brandenburg.

Normalerweise genoss Olivia es, sich den Fahrtwind um die Nase wehen zu lassen, aber heute fand sie keinen Spaß daran, und das lag nicht an der Witterung. Schon erstaunlich, wie es einem die Laune verhageln konnte, wenn man wusste, dass man bald ins Gras beißen würde, dachte sie und nahm die Landschaft in sich auf, als wollte sie versuchen, sich alles ganz genau einzuprägen. Wenn es stimmte, was Zino sagte, dann war man mit dem Leben nie ganz fertig, egal, wie alt man wurde. Es würde sich immer so anfühlen, als wäre man um ein Stück seiner Zeit betrogen worden. Dem einen fehlte vielleicht nur ein Sommer, dem anderen waren ein paar Jahre abhanden gekommen. Olivia fragte sich, ob es ihn wohl gab, diesen Moment, in dem man bereit war, die Welt aus freien Stücken zu verlassen, entspannt, zufrieden und mit sich selbst im Reinen.

Wenn sie sich bislang die Zukunft vorgestellt hatte, dann war da zwar kein Bild von ihr als Greisin zu sehen gewesen, aber es gab durchaus Schnappschüsse, die sie als ältere Frau zeigten. Zugegeben, sie hatte sich in diesem Szenario auch als Siebzigjährige noch sehr gut gehalten. Es war ihr aber nicht in den Sinn gekommen, dass ihr Leben mit fünfzig vorbei sein könnte. Wobei, noch früher, nämlich damals, als sie sich zum ersten Mal ernsthaft in einen Jungen verliebt hatte, passenderweise während *Cutting Crew* den Hit *I just died in your arms tonight* sangen, da war sie nicht einmal sicher gewesen, die vierzig zu schaffen. Zu gewaltig und zu unüberschaubar erschienen ihr die Jahrzehnte, die sie 1987 von diesem biblischen Alter trennten. Sowieso war sie sich sicher gewesen, dass sie das kommende Jahrtausend, wenn überhaupt, nur als hochbetagte Frau von dann fast dreißig Jahren erleben würde.

Seltsam, dachte Olivia, dieser Teenager, der sie damals war, dieses Mädchen, das in der Dorfdisco stand mit hochtoupierten Haaren und einer Zahnspange, die das Küssen komplizierter machte, als es ohnehin schon war, existierte seit fünfunddreißig Jahren nicht mehr, und dennoch kam es Olivia so vor, als wäre das alles erst gestern passiert.

Ein Satz, den sie irgendwann mal gelesen hatte, ging ihr durch den Kopf: Jeder geht aus dem Leben, wie wenn er gerade erst geboren wäre. Könnte glatt von Zino sein, dachte sie und nahm sich vor, mal zu googeln, wer es wirklich gesagt hatte.

Conny bemerkte ihre gedrückte Stimmung. »Du bist so still, Liv. Alles okay mit dir?«

Olivia schüttelte den Kopf. Sie wusste, dass sie Conny nichts vormachen konnte, zumindest nicht sehr lange. »Zino hat mir heute eröffnet, dass er meinetwegen gekommen ist.«

»Was meinst du? Er steht auf dich?«

»Nein. Es war keine private Äußerung. Er meinte das beruflich. Er ist gekommen, um mich zu holen. Ich werde sterben, und das schon sehr bald.«

»Was?« Conny trat abrupt auf die Bremse und lenkte den Wagen an den Straßenrand. »Das ist 'n Witz, oder?«, brachte sie erschrocken hervor.

»So hab ich auch reagiert«, erwiderte Olivia. »Ist aber kein Witz. In ein paar Tagen wird er mich in den Hades schicken. Klingt irre, was? Wenn ich mich so reden höre, dann denke ich, ich müsste mich sofort selbst einweisen. Aber leider ist diese Geschichte kein Hirngespinst. Ich habe keinen Zweifel daran, dass Zino der ist, der er behauptet zu sein.«

»Ja, und jetzt?«, fragte Conny ratlos. Olivia bemerkte, dass ihre Freundin feuchte Augen bekommen hatte.

»Er sagt, mir steht relativ zeitnah ein sehr schneller Tod bevor«, erklärte Olivia. »Immerhin werde ich also sehr unkompliziert von der Bildfläche verschwinden. Komfortabel, sozusagen.«

»Das kann er nicht machen«, regte Conny sich auf.

»Kann er doch. Und er kann es nicht nur, es ist auch sein Job.«

»Hast du ihn gefragt, ob es irgendwelche Alternativen gibt?«

»Hab ich«, erwiderte Olivia. »Es besteht die Möglichkeit, dass ich mit jemandem tausche. Zumindest theoretisch.«

»Na bitte!«, rief Conny. »Geht doch! Und?«

»Er hat vorgeschlagen, dass ich mit dir tausche«, fügte Olivia hinzu.

»Oh«, sagte Conny.

»Genau, aber das kommt sowieso nicht infrage«, fuhr Olivia fort. »Ich will überhaupt nicht, dass jemand für mich in den Hades geht, egal, ob freiwillig oder unfreiwillig.«

»Selbst dann nicht, wenn dieser Jemand es verdient hätte?«

»Selbst dann nicht«, bestätigte Olivia. »Ich will mir nicht

anmaßen, über jemandes Tod zu entscheiden, egal, ob verdient oder nicht. Außerdem, was ist, wenn ich versehentlich einen Unschuldigen erwische? Dann müsste ich bis zum Ende meiner Tage mit dieser Bürde leben. Nein, das ist es mir nicht wert.«

Conny nickte anerkennend »Deinen moralischen Kompass habe ich schon immer bewundert.« Sie lenkte den Wagen zurück auf die Straße. »Du bist einfach ein guter Mensch, Liv. Jedenfalls definitiv ein besserer als ich.«

»Unsinn.«

»Doch. Das stimmt«, sagte Conny und schniefte. »Ich weiß auch gar nicht, was ich ohne dich hier machen soll«, fügte sie leise hinzu.

»Jetzt hör schon auf«, sagte Olivia gerührt. »Sonst muss ich auch gleich heulen.«

Beide schluckten die Tränen hinunter und schwiegen eine Weile.

»Vielleicht sollten wir ihm Heiko anbieten«, sagte Conny plötzlich. »Oder Arne. Oder beide zusammen. Den Hof überlassen wir einfach sich selbst. Camilla und das Baby könnten zu mir ziehen. Mit meiner Witwenrente und den Aktien kämen wir bestimmt über die Runden …«

»Conny? Was redest du denn da?« Olivia schüttelte unwirsch den Kopf.

»Ich brainstorme doch nur«, wiegelte Conny ab.

»Arne ist … was? Anfang dreißig?«, überlegte Olivia.

»Ende zwanzig.«

»Na bitte. Und er wird bald der Vater deiner Enkeltochter sein. Camilla liebt ihn, und auch wenn er für dich nicht mehr ist als …« Olivia suchte nach dem passenden Ausdruck.

»… ein arroganter Trottel?«, schlug Conny vor.

»Wie dem auch sei«, sagte Olivia. »Du könntest nie wieder ruhig schlafen, wenn du deinen Schwiegersohn in der Blüte seines Lebens zum Tode verurteilt hättest.«

»Welchen Teil vom Brainstorming hast du nicht verstanden?«, fragte Conny. »Ich bin doch nur auf Arne gekommen, weil ich an Heiko denken musste. Und der ist für mich wirklich gestorben, zumindest wenn es stimmt, dass er sich schon wieder einer Studentin an den Hals geworfen hat. Ich habe noch seine tränenreichen Schwüre vom letzten Ausrutscher im Ohr. Diesmal verzeihe ich ihm nicht.«

»Das klingt, als sollte er sich überlegen, freiwillig in den Hades zu ziehen«, scherzte Olivia.

»Gute Idee«, befand Conny. »Hier hätte er sowieso keinen Spaß mehr an seinem Leben.«

»Ich verstehe ja, dass du wütend auf ihn bist«, sagte Olivia. »Trotzdem wissen wir beide, dass auch notorische Fremdgeher nicht gleich den Tod verdient haben.«

Conny schob die Unterlippe vor und überlegte, ob das Sündenregister ihres Mannes nicht doch für ein Ticket in den Hades reichte. »Weißt du was?«, sagte sie dann. »Machen wir es doch anders. Ich komme einfach mit.«

»Wohin?«

»In den Hades«, antwortete Conny.

»Du willst mit in die Unterwelt?«

»Ja, warum nicht? Ich stelle es mir irgendwie nett vor. Vermutlich gibt es da noch mehr so attraktive Typen wie Zino.«

»Dir ist aber schon klar, dass das keine Kaffeefahrt ist. Um in den Hades zu gelangen, muss man vorher sterben«, erklärte Olivia.

»Ich weiß«, erwiderte Conny locker. »Aber ich hoffe, dass

Zino uns eine angenehme Passage spendiert. Außerdem ist es eine einmalige Gelegenheit. Wenn wir in dreißig Jahren an Schläuchen hängen und sehnsüchtig darauf warten, endlich den Löffel abzugeben, dann erinnern wir uns doch mit Wehmut an diese verpasste Chance zurück.«

So hatte Olivia die Sache noch nie betrachtet. Zino hätte bestimmt seine helle Freude daran, dass jemand bereit wäre, leichten Herzens gleich mehrere Jahre seines Lebens zu opfern, nur um in den Genuss seiner Dienste zu kommen.

»Wird man eigentlich wiedergeboren?«, fragte Conny.

»Keine Ahnung«, antwortete Olivia.

»Hast du ihn das etwa nicht gefragt?«

»Nein. Ich weiß nur, dass man auf irgendwelchen Wiesen landet, wo man langsam die Erinnerung an sein Leben und sich selbst verliert.«

»Na ja, Demenz kann dir auch hier blühen«, sagte Conny achselzuckend. »Aber vegetiert man dann ewig so dahin, oder kriegt man eine zweite Chance?«

»Ich glaube, man vegetiert ewig so dahin«, antwortete Olivia. »Es sei denn, man schafft es nach Elysion, auf die Insel der Seligen. Dort herrscht ewiger Frühling, und man kriegt rund um die Uhr hippe Drinks serviert.«

»Top. Da müssen wir hin«, beschloss Conny.

»Wird nur nicht ganz einfach«, dämpfte Olivia ihre Erwartungen. »Elysion ist Helden und anderen Lieblingen der Götter vorbehalten. Ich bezweifle sehr stark, dass sie ausgerechnet uns beide da reinlassen.«

»Wir könnten versuchen, Jobs im Service zu ergattern«, schlug Conny vor. »So wie damals im Studium, als wir im Coconut-Club gekellnert haben. Da wären wir sonst auch nicht reingekommen …«

»Da waren wir Anfang zwanzig und sahen ziemlich knackig aus«, gab Olivia zu bedenken.

»Ich hoffe, beides werden wir in Elysion wieder sein«, erwiderte Conny. »Wenn ich schon nicht wiedergeboren werde, dann will ich im Jenseits wenigstens einen knackigen Astralkörper verpasst bekommen.«

Olivia musste grinsen. Conny hatte es schon immer verstanden, schwierige Situationen mit ihrem lässigen Witz und ihrer schnodderigen Art erträglich zu machen. Zu gern hätte sie ihre Freundin an der Seite gehabt, um mit ihr das Jenseits unsicher zu machen. Aber das war leider nur Wunschdenken. »Schöne Vorstellung«, sagte sie. »Leider können wir das nicht bestimmen. Zino sagt, das ist eine Frage des Schicksals.«

»Na und? Dann ändern wir eben mein Schicksal«, sagte Conny. »Ich bin sicher, Zino kann das.«

»Kann er eben nicht«, erwiderte Olivia. »Selbst die Götter sind dem Schicksal unterworfen.«

»Sagt wer? Zino?«

Olivia nickte.

»Hat er denn schon mal versucht, sein Schicksal zu ändern?«

Olivia stutzte. Gute Frage, dachte sie. Sehr gute Frage.

37

In olivgrünen Stiefeln, farblich passend zum Dufflecoat, stolzierte Eberhardt von Rieke über die Felder. Arne, Camilla, Conny und Olivia folgten dem Makler, der zuvor Wohnhaus und Wirtschaftsgebäude inspiziert und kein gutes Haar daran gelassen hatte. Die Scheune und Stallungen, beim Verkaufsgespräch als »grundsolide Nebengebäude« gepriesen, waren in seinen Augen jetzt nur noch »Schrottbuden«, und das Wohnhaus, dem er bei der Besichtigung eine »wirklich ausgezeichnete Bausubstanz« bescheinigt hatte, sollte plötzlich »ein totaler Sanierungsfall« sein. Felder und Wiesen, vor dem Verkauf an Arne und Camilla ein zweiter Garten Eden, waren dem Makler jetzt mal zu trocken und mal zu sumpfig, außerdem wurde er nicht müde zu erwähnen, dass hier gerüchteweise »große Mengen Giftmüll« liegen sollten.

Von Rieke machte also keinen Hehl daraus, dass er nur hier war, um sich den Hof, den er vor Kurzem zu einem Mondpreis verkauft hatte, für ein Trinkgeld unter den Nagel zu reißen, vermutlich, um ihn dann postwendend wieder für viel Geld an den nächsten gutgläubigen Trottel zu verscherbeln.

Er zog eine Landkarte aus seiner ledernen Aktenmappe und drehte und wendete das Stück Papier, als hätte er Schwierigkeiten, sich zu orientieren.

Arne, dem es zunehmend schwerer fiel, die Fassung zu bewahren, machte eine ausladende Handbewegung und erklärte dabei, was auf dem Plan zu sehen war. »Das Grundstück geht bis hinter den Teich und von dort bis quer rüber zu dem Wäldchen.«

Von Rieke schien sich zu wundern. »Bis hinter den Teich?«

»Ja, der Teich gehört auch noch zum Grundstück«, sagte Arne genervt.

»Soso«, erwiderte von Rieke und blickte abwechselnd in die Landschaft und auf seine Karte. »Ich bin gerade nicht sicher, ob das wirklich so ist.«

»Doch, das ist ganz sicher so«, antwortete Arne, der kurz davor war zu explodieren. »Sie selbst haben es uns gesagt. Erinnern Sie sich daran auch nicht mehr?«

Von Rieke tat, als würde er überlegen, dann schüttelte er den Kopf. »Nein. Tut mir leid, und das kann auch gar nicht sein. Laut der Flurkarte gehört zwar das kleine Wäldchen da drüben zum Anwesen, nicht aber der Teich.« Er hob nun seinerseits die Hand, um das Grundstück zu umreißen, und hielt mit der anderen den Plan hoch, damit auch Arne ihn sehen konnte. »Sehen Sie? Hier. Die Grenze geht vom Wäldchen aus in einer geraden Linie quer nach Osten. Der Teich gehört also definitiv nicht zum Anwesen.«

Arne errötete sichtlich. »Darf ich mal?«, fragte er und deutete auf die Karte.

»Aber sicher«, antwortete der Makler freundlich und gab ihm das Papier.

Jetzt war Arne damit beschäftigt, abwechselnd in die Landschaft und auf die Flurkarte zu schauen.

»Sehen Sie, was ich meine?«, fragte der Makler.

»Aber Sie haben uns gesagt, der Teich gehört dazu«, erwiderte Arne. Mit zitternder Unterlippe gab er von Rieke das Papier zurück.

»Daran kann ich mich leider nicht erinnern«, antwortete der Makler mit Unschuldsmiene. »Ich bin aber sicher, dass ich Ihnen alle Flurkarten in Kopie gegeben habe. Die sind nämlich Bestandteil des Kaufvertrags und verbindlich für die Festlegung der Grundstücksfläche. Das steht auch so im vorletzten Paragrafen: ›Es gelten die Angaben auf den Flurkarten. Mündliche Absprachen sind nicht getroffen.‹«

Olivia sah, dass Camilla zunehmend verzweifelte. Anders als Arne machte die Dreistigkeit des Maklers sie nicht wütend, sondern kreuzunglücklich. Sie stand allein auf dem weiten Acker, hielt sich den Bauch und wirkte völlig verloren. Mehr und mehr schien ihr klar zu werden, dass sie für den Traum vom glücklichen Landleben einen hohen Preis würde zahlen müssen.

»Willst du Zino nicht mal fragen, ob du mit diesem Halsabschneider tauschen darfst?«, raunte Conny ihr zu. »Dann hätte wir alle was davon.«

Olivia musste gestehen, dass sie darüber auch schon kurz nachgedacht hatte. Allerdings nicht ernsthaft, es war so etwas wie spontanes Wunschdenken gewesen. »Sorry. Ich muss mich mal kurz hinsetzen«, sagte sie und spazierte los zu dem kleinen Wäldchen, über das Arne und der Makler gerade gesprochen hatten.

Es bestand aus ein paar Bäumen und sehr viel Gestrüpp. Eigentlich war es eine glatte Übertreibung, dieses bisschen Grün als Wäldchen zu bezeichnen, aber mit Übertreibungen kannte Eberhardt von Rieke sich ja bestens aus.

Olivia setzte sich auf einen Baumstumpf und beobachtete das Geschehen auf dem Acker. Sie konnte nicht hören, was gesprochen wurde, aber den Gesten nach zu urteilen war Arne nun doch der Kragen geplatzt. Conny und Camilla versuchten zu vermitteln, wurden aber rasch in den Streit hineingezogen. Nun redeten alle drei auf den Makler ein, um ihm wild gestikulierend ihre Sicht der Dinge klarzumachen.

Von Rieke schien das alles nicht zu beeindrucken. Immer wieder hob er die Arme oder zog die Schultern hoch, während er beinahe teilnahmslos auf die Anschuldigungen reagierte. Vermutlich wusste er, dass der Vertrag und das Gesetz sowieso auf seiner Seite waren.

Ein leichter Wind ging durch das Wäldchen. Olivia spürte, wie die sanfte Brise ihr Gesicht und das Blätterrauschen ihre Seele streichelten. Aus der Ferne und mit Abstand betrachtet, wirkte der Streit surreal. Wie eine Filmszene, eine Traumsequenz oder ein Theaterstück. Überhaupt kam ihr dieser Tag unwirklich vor. Sie konnte nicht begreifen, dass sie die Welt mit all ihren absurden und schönen Momenten, mit all den großen und kleinen Dramen, diese Welt voller Glück und Wahnsinn, voller Sinnlosigkeit und Liebe schon bald verlassen sollte. Wenn man sich klarmachte, dass alles jederzeit vorbei sein konnte, weil das Leben selbst jederzeit vorbei sein konnte, dann war es einfach nur lächerlich, womit die Menschen ihre Zeit verplemperten.

38

»Was denkst du gerade?«, fragte eine vertraute Stimme.

Olivia erschrak nur kurz, dann wusste sie, wer ihr einen Besuch abstattete. »Hallo, Zino.«

Er setzte sich neben sie. »Hast du dich gerade gefragt, ob du mit diesem Kerl da hinten tauschen solltest?«

»Ja, aber nicht ernsthaft.«

»Aber immerhin hast du mit dem Gedanken gespielt«, sagte Zino. »Das ist doch schon was.«

Sie spürte, dass der Wind, den sie eben noch als angenehm empfunden hatte, ihr plötzlich kühl vorkam. War wirklich der Wind schuld daran, dass sie fröstelte, oder lag das an seinem Erscheinen? Sie fröstelte noch etwas mehr bei dem Gedanken, dass Thanatos gekommen war, um seinen Job zu erledigen. Würde hier und jetzt ihr Leben enden? Wäre gleich alles vorbei? Vielleicht ist mein Los ein schwerer Ast, dachte sie, abgebrochen von einer launigen Windböe. »Bist du hier, weil es so weit ist?«, fragte sie.

Er schüttelte den Kopf. »Du musst dich noch ein bisschen gedulden. Ich bin nur hier, weil ich dir von einer Frau namens Alkestis erzählen wollte.«

»Alkestis? Sollte ich sie kennen?«, fragte Olivia.

Wieder ein Kopfschütteln. »Sie kam mir nur in den Sinn, weil wir doch heute morgen von der Unabänderlichkeit des Schicksals gesprochen haben.«

»Ja. Und?«

»So unabänderlich scheint das Schicksal dann doch nicht zu sein«, sagte Zino. »Als König Admetos den Zorn der Götter auf sich gezogen hatte und deshalb sterben musste, da bot seine Frau Alkestis an, sich für ihn zu opfern. Sie wollte nicht ohne ihn leben, und sie wollte auch nicht allein mit den Kindern zurückbleiben.«

»Und er hat das einfach so zugelassen?«, fragte Olivia. War ja mal wieder typisch. Der Mann baut Mist und fällt bei den Göttern in Ungnade, und statt die Suppe selbst auszulöffeln, muss die brave Ehefrau sich opfern.

»Admetos hatte zuvor seine greisen Eltern gefragt, ob die sich für ihn opfern würden, aber sie wollten partout nicht. Am Ende wäre er wohl mit seinem Schicksal einverstanden gewesen, wenn seine Frau ihn nicht inständig gebeten hätte, statt seiner gehen zu dürfen. Die einzige Bedingung von Alkestis war, dass er nie wieder heiratete.«

»Was ja wohl das Mindeste ist«, sagte Olivia. »Alles andere wäre echt mies gewesen.«

»Früher hat man das nicht so eng gesehen«, erwiderte Zino. »Es waren andere Zeiten.«

»Jedenfalls hast du diesem Tausch zugestimmt«, stellte Olivia fest. »War es das, was du mir sagen wolltest?«

»Nein, die Sache ging auch nicht ganz so problemlos über die Bühne. Gott Apollon höchstpersönlich musste bei meinen Schwestern vorsprechen, und es hat ein Weile gedauert, bis die Moiren mit diesem Schicksalstausch einverstanden waren.«

»Wie ging es Admetos damit, dass seine Frau sich für ihn geopfert hat?«, fragte Olivia.

»Er hat gelitten wie ein Hund. Er wäre ihr gern gefolgt,

aber sie hat ihn angefleht, auf die Kinder aufzupassen. Ich glaube, sie ist aus Liebe zu ihm gegangen, und er ist aus Liebe zu ihr geblieben.«

»Das klingt, als hätten am Ende beide nichts davon gehabt, trotz bester Absichten«, sagte Olivia.

»So wäre es wohl auch gewesen, wenn Herakles es nicht geschafft hätte, Alkestis dem Tod zu entreißen.«

»Dem Tod zu entreißen? Moment mal, heißt das, Herakles hat dich ausgetrickst?«, fragte Olivia.

»Könnte man so sagen«, antwortete Zino schmallippig. »Zum Glück hat Euripides die Geschichte etwas anders erzählt und Herakles und mir einen dramatischen Ringkampf angedichtet. Das Publikum ist vor Ehrfurcht erstarrt.«

»Welches Publikum?«

»Das Premierenpublikum«, sagte Zino. »Ich wollte natürlich wissen, wie ich in Euripides' *Alkestis* wegkomme, deshalb bin ich zur Premiere gegangen.«

»Zur Premiere von Euripides' *Alkestis*?«, wiederholte Olivia.

»Ja, ich erinnere mich noch gut daran. Es war ein Freitag vor ungefähr 2500 Jahren. 438 vor Christus, würde man heute sagen. Ein sehr schöner Abend im Dionysos-Theater. Und ich konnte zudem das Angenehme mit dem Nützlichen verbinden, weil ein paar meiner Klienten gleich um die Ecke wohnten.«

Da war er wieder, der belastende Gedanke an das Unausweichliche. Olivia seufzte. »Warum erzählst du mir das alles? Es gibt niemanden, der sich darum reißen würde, für mich in den Hades zu gehen. Und im Gegensatz zu Admetos würde ich es auch nicht wollen.«

»Überleg es dir noch mal«, sagte Zino. »Ich würde bei meinen Schwestern ein gutes Wort für dich einlegen, aber du musst natürlich Ersatz stellen.«

Olivia sah wieder zu Eberhardt von Rieke, der sich weiterhin in der Gewissheit sonnte, in jeder Hinsicht unantastbar zu sein. »Vielleicht sollte ich doch mit ihm tauschen«, dachte sie laut. »Er scheint nichts anderes zu sein als ein selbstsüchtiger Betrüger.«

»Das ist er auch, aber nicht nur«, sagte Zino. »Er kümmert sich um seine Mutter, der er eine enorm teure Seniorenresidenz finanziert.«

Olivia war erstaunt. »Seinen Büroräumen nach zu urteilen, ist er nicht gerade ein Großverdiener.«

»Er gönnt sich kaum etwas, weil er sein ganzes Geld ausgibt, um seine Mutter glauben zu machen, dass die elterliche Firma bestens läuft. Sein Vater hat ihm eine große Immobilienagentur mit fast zwanzig Mitarbeitern vererbt.«

»Aber?«

»Es gibt diese Firma längst nicht mehr. Er hat sie ruiniert. Das darf nur seine Mutter nicht wissen. Es würde ihr das Herz brechen.«

»Er ist clever, gewieft und hat kaum moralische Skrupel«, sagte Olivia. »Eigentlich müsste er Erfolg haben mit dem, was er tut. Wie hat er es geschafft, diese Firma zu ruinieren?«

»Er ist spielsüchtig«, antwortete Zino. »Er hat sein komplettes Erbe verzockt.«

»Das erklärt einiges«, sagte Olivia.

Zino musste lachen. »Es überrascht dich, dass er ein Zocker ist? Ich dachte, das hättest du längst geahnt.«

»Nein. Offenbar schützt auch ein Psychologiestudium nicht davor, dass man gelegentlich naiv ist. Dir bin ich ja auch auf den Leim gegangen.«

»Das ist was ganz anderes«, erwiderte er. »Mir gehen am Ende alle auf den Leim. Das liegt in der Natur der Sache. Früher oder später erwartet jeden der Tod. Ist nicht von mir, sondern von Propertius. Hat er in seinen Elegien geschrieben.«

»Propertius hat recht«, erwiderte Olivia. »Am Ende können wir nicht davonlaufen. Deshalb werde ich mich in mein Schicksal fügen und nicht diesen Makler in den Hades schicken, der zwar ein Halunke ist, aber immerhin seiner alten Mutter hilft.« Olivia stutzte. War sie gerade mental in der letzten Phase des Sterbens angekommen, beim Akzeptieren des Unausweichlichen?

Zino zündete sich eine Zigarette an und inhalierte tief. »Ich kann verstehen, dass du dich nicht schuldig fühlen willst«, sagte er. »Aber ich glaube, du überschätzt deine moralische Verantwortung. Die meisten Menschen sind auf eine mehr oder weniger subtile Art Mörder, ob sie das nun wollen oder nicht.«

Sie schüttelte den Kopf. »Was redest du denn da?«

»Schau dich doch nur mal um«, sagte er. »Diese ganze Welt ist ein einziges Fressen-und-gefressen-Werden. Du kannst behaupten, dass es ein Unterschied ist, ob du eine Waffe gegen jemanden richtest oder ob du Waffen herstellst und verkaufst. Aber du kannst nicht leugnen, dass alle schuldig sind.«

»Wenn du es so siehst, dann wäre ein Mensch auch dann schuldig, wenn er für ein Steuerbüro arbeitet, das für einen Waffenproduzenten tätig ist.«

»Guter Punkt«, erwiderte Zino.

»Jaja, ich weiß schon, worauf du hinauswillst«, sagte Olivia. »Wir alle unterstützen ein System, das Unrecht und

Ungleichheit hervorbringt. Aber es kommt doch darauf an, wie sehr jeder Einzelne es unterstützt.«

»Ach ja? Ist es nicht viel wichtiger, dass alle das Unrecht zulassen?«

Nachdenklich schaute Olivia zu dem Grüppchen auf dem Feld. Immer noch redeten sich die vier die Köpfe heiß. Zino hatte recht. Nicht nur angesichts des eigenen Todes war es lächerlich zu sehen, womit die Menschen ihre Zeit vergeudeten. Auch das ständige Kommen und Gehen auf dem Planeten, dieser ewige Kreislauf des Lebens, der eben nicht immer nur Wachstum und Blüte bedeutete, sondern auch Leid und Elend, ließ einen demütig werden.

Und doch überwog die Hoffnung, dachte Olivia, während sie sah, wie Camilla liebevoll ihren Bauch wiegte. Jedes neue Leben war ein neues kleines Stück Hoffnung.

»Überlegst du gerade, ob du mit dem ungeborenen Kind von Camilla tauschen willst?«, fragte Zino.

»Was?! Nein! Natürlich nicht«, erwiderte Olivia voller Empörung. »Wie kannst du nur so einen schrecklichen Vorschlag machen? Wenn ein unschuldiges Kind sterben müsste, damit ich weiterleben kann, dann hätte ich für den Rest meines Leben keine ruhige Minute mehr.«

»So schrecklich finde ich meinen Vorschlag gar nicht«, sagte Zino. »Du würdest mit einem Leben tauschen, das noch gar nicht begonnen hat. Es gibt also noch niemanden, der dieses Leben vermissen würde.«

Immer noch empört, aber nun auch argwöhnisch sah sie ihn an. »Hast du mich das gerade aus einem bestimmten Grund gefragt?«

Zino nahm noch einen Zug und winkte ab. »Was weiß ich schon? Ich bin ja nur der Tod.«

»Eben«, sagte sie. »Bist du etwa hier, weil Camillas ungeborenes Kind ...« Sie stockte.

»... sterben wird?«, vollendete er ihren Satz leichthin.

»Sag das nicht«, erwiderte sie entsetzt.

»Olivia, inzwischen weißt du doch, dass nichts unmöglich ist, oder?«

Bevor sie etwas erwidern konnte, gellte ein markerschütternder Schrei über das Feld, und Camilla krümmte sich plötzlich vor Schmerzen.

Panisch sprang Olivia auf. Ihr erster Impuls war, Camilla zu helfen. Dann hatte sie die Eingebung, Zino um Hilfe zu bitten. Egal, was auch passieren würde, er musste ihr das heilige Versprechen geben, Camillas Kind zu verschonen. Doch als sie herumwirbelte, war der Gott des Todes verschwunden.

»Zino!«, rief sie verzweifelt. »Zino! Komm zurück! Wo bist du?«

Keine Antwort.

39

Der Handyempfang war eine Katastrophe. Sämtliche Versuche, einen Krankenwagen zu rufen, scheiterten. Von Rieke kannte das Funkloch-Problem bereits. Er meinte, dass man sich an manchen Tagen hier draußen nicht nur sehr einsam vorkomme, man sei es auch. »Wir fahren zum Dorfkrug«, beschloss er. »Da gibt es Festnetz, und bis der Krankenwagen kommt, kann sie sich ausruhen.«

Die Männer trugen die wimmernde und stöhnende Camilla zu von Riekes Geländewagen, wo sie sich auf die Rückbank legte und Arnes Hand drückte, während sie immer wieder von heftigen Wehen geschüttelt wurde.

Olivia und Conny folgten im Mini Cooper. Vor Sorge redeten sie kein Wort miteinander. Olivia beschloss, nicht von Camillas Seite zu weichen. Zino hatte ihren schrecklichen Verdacht nicht entkräftet. Falls er wirklich auftauchte, um das Kind, Camilla oder sogar beide zu holen, würde sie sich ihm in den Weg stellen. Kein toller Plan, aber besser als nichts.

Der Platz vor dem Dorfkrug war wie ausgestorben. Zwei leere Bänke unter einer ausladenden Eiche, deren sommerliches Grün erste Flecken bekommen hatte, erzählten vom bevorstehenden Herbst.

Auch im Dorfkrug war nicht viel los. Drei alte Männer spielten gelangweilt Karten, ein vierschrötiger Kerl mittleren Alters saß mit glasigen Augen vor einem Bier und einem Schnaps. Er hatte beide Gläser exakt zur Hälfte geleert. Der Wirt hockte hinterm Tresen und blätterte lustlos in einem Magazin.

Die Zeit kroch dahin wie eine müde Schnecke. Erst als die Tür aufschwang und von Rieke und Arne die schwer atmende und vor Anstrengung schwitzende Camilla in den Gastraum trugen, gefolgt von Olivia und Conny, nahm der Nachmittag endlich Fahrt auf. Neugierig hoben alle die Köpfe.

»Wir brauchen sofort einen Krankenwagen«, sagte von Rieke.

Der Wirt griff unter den Tresen und förderte ansatzlos ein altes Festnetztelefon zutage. »Kann schon losgehen«, sagte er und schaute zu Camilla. »Brauchen Sie was zu trinken?«

Camilla wollte den Kopf schütteln, wurde aber von einer so starken Wehe gepackt, dass sie aufschrie. Selbst die Alten am Stammtisch zuckten erschrocken zusammen, zumal nun unter ihrem Kleid ein Wasserschwall hervorschoss. Die klare Flüssigkeit durchnässte nicht nur den Stoff, sie hinterließ auch eine Lache auf dem Boden.

Stille. Selbst Camilla stockte der Atem.

Arne, der den Notruf gewählt hatte, durchbrach das erschrockene Schweigen. »Aber das dauert viel zu lange«, hörten ihn alle sagen. »Warum? Das kann ich Ihnen sagen. Weil ihr nämlich gerade die Fruchtblase geplatzt ist, deshalb. Ich bin sicher, dass sie nicht noch zwei Stunden warten kann.«

Während Arne zuhörte, schüttelte er verständnislos den Kopf. Es sah nicht so aus, als könnte seine Erklärung die Sache beschleunigen.

Der Wirt reagierte auch jetzt routiniert und sprach den

Kerl mit den glasigen Augen an. »Kannst du bitte mal nachsehen, ob Doc Jensen bei der Witwe Scheller ist? Um diese Zeit haben die beiden ihren Kaffeeklatsch. Er soll sofort herkommen. Sag ihm, es ist ein Notfall. Und die Scheller kann er gleich mitbringen.«

Der Angesprochene schien zu überlegen, ob das mehr Informationen waren, als er auf die Schnelle verarbeiten konnte. Erst als der Wirt hinzufügte, dass er noch ein Bier und einen Kurzen würde springen lassen, machte der Mann sich auf den Weg, nicht ohne zuvor noch rasch seine beiden halben Getränke hinunterzustürzen.

»Und ihr macht mal den Tisch frei!«, rief der Wirt den Kartenspielern zu. »Sie muss sich hinlegen.« Rasch klaubten die Alten ihre Karten zusammen und räumten den Stammtisch.

Nachdem der Wirt ein Dutzend Sitzpolster zu einem Kissenberg aufgetürmt hatte, hoben Arne und von Rieke die wimmernde Camilla auf den Tisch, wo es ihr augenblicklich besser zu gehen schien, denn sie atmete nun ruhiger und konzentrierter. Conny strich ihr die Haare aus dem verschwitzten Gesicht und flüsterte ihr aufmunternde Worte zu.

Arne wirkte verzweifelt, als er den Hörer auflegte. »Die haben gesagt, der Krankenwagen ist frühestens in einer Stunde da.« Er redete in gedämpfter Lautstärke in der Hoffnung, dass Camilla ihn nicht hörte.

»Wir könnten versuchen, sie selbst in die Klinik zu bringen«, überlegte von Rieke. »Allerdings weiß ich nicht, ob das eine gute Idee ist. Ich meine, ich habe keine Ahnung, was man machen muss, wenn es plötzlich losgeht.«

Arne blickte zu Camilla. »Ist es nicht schon längst losgegangen?«

»Beruhigen Sie sich. Wenn das Kind kommen will, dann

wird es kommen«, sagte der Wirt entspannt. »Das hat die Natur so eingerichtet. Und keine Sorge, Ihre Frau wäre nicht die Erste, die hier draußen ein Kind auf die Welt bringt.«

»Ja … vielleicht. Aber … hier?«, sagte Arne ratlos.

Der Wirt zuckte mit den Schultern. »Meine Kneipe hat schon viel gesehen. Ich glaube nicht, dass es sie aus der Fassung bringen würde, wenn hier heute ein Kind auf die Welt käme.«

Die Tür ging auf, und der Gast mit dem glasigen Blick erschien, gefolgt von einem Mann mit Pepitahut und einer Frau mit Kopftuch.

»Da ist ja unser dynamisches Duo«, kommentierte der Wirt. »Darf ich vorstellen, Doc Jensen, unser Arzt für alles, was hier kreucht und fleucht. Und Line Scheller, die ihm manchmal assistiert.«

»Ich brauche saubere Handtücher und warmes Wasser«, sagte Doc Jensen und machte einen Bogen um Camillas Fruchtwasserpfütze.

»Und ich brauch ein kaltes Bier«, ergänzte Line.

»Kommt beides sofort«, sagte der Wirt und verschwand im Hinterzimmer, wo man ihn rufen hörte: »Lisbeth, ich brauch mal deine Hilfe!«

Doc Jensen blickte in die Runde. »Wer ist denn jetzt wer?«, wollte er wissen. »Oder machen wir es doch lieber so: Alle, die hier nicht gebraucht werden, gehen bitte mal in den anderen Teil der Kneipe. Wenn euch das Schreien und Stöhnen nicht stört, dann könnt ihr meinetwegen bleiben. Aber seid leise. Und haltet uns die Arbeitswege frei.«

Während sich die Kartenspieler in jenen Teil der Kneipe zurückzogen, der gerade nicht als Kreißsaal genutzt wurde, ergriff von Rieke die Gunst des Augenblicks, um allseits gutes Gelingen für die Geburt zu wünschen und sich zu verabschieden. Ein Arzt sei ja nun da und somit alles unter Kontrolle. Man höre voneinander.

»Ja, kein Problem, wir kriegen das schon allein hin«, beruhigte ihn Doc Jensen. »Bei uns Menschen läuft es auch nicht anders als bei den Pferden oder Kühen.«

Arne irritierte die Bemerkung. »Sind Sie etwa auch Tierarzt?«, fragte er.

»Ich bin nur Tierarzt«, antwortete Doc Jensen. »Aber wenn Not am Mann ist, dann behandle ich auch Menschen. Wir sind in dieser Gegend medizinisch ja leider etwas … unterversorgt.«

»Er hat mich notoperiert!«, rief einer der Kartenspieler. »An der Galle! Und auf demselben Tisch, auf dem er sonst Hunde einschläfert.«

»Ich mache auf meinem Behandlungstisch auch noch andere Sachen«, warf Doc Jensen indigniert ein.

»Und es ist alles bestens, ich war nicht mal im Krankenhaus wegen der Sache«, fügte der Kartenspieler hinzu und folgte seinen Kollegen ins Hinterzimmer.

Arne warf Camilla einen fragenden Blick zu, doch die war voll und ganz mit sich und ihren Wehen beschäftigt und hatte nicht zugehört. Conny beantwortete seine unausgesprochene Frage, indem sie die Schultern hob, was wohl heißen sollte: Haben wir eine Wahl?

»So, junger Mann, und jetzt kümmern Sie sich mal da oben um Ihre Frau, während Line und ich uns damit beschäftigen, was hier unten passiert«, sagte Doc Jensen und bedeutete Arne, dass er Conny helfen solle, Camillas Kopf zu halten und ihr Mut zuzusprechen.

Olivia, die am Fenster stand, machte Platz für den angehenden Vater. Dabei warf sie zufällig einen Blick ins Freie und war sofort wie elektrisiert. Zino saß unter der Dorfeiche auf einer der Bänke und rauchte. Sie schob sich rasch am Arzt und seiner Helferin vorbei zum Ausgang. Der Wirt brachte eine Schüssel mit warmem Wasser und einen Stapel Handtücher.

Zino lächelte, als er sie kommen sah. »Entschuldigung, dass ich mich eben so schnell aus dem Staub gemacht habe. Dringende Verpflichtungen.« Er sah zu den erleuchteten Fenstern der Kneipe. »Wie läuft's da drinnen?«

Seine Bemerkung versetzte ihr einen Stich. »Sag mir bitte, dass du nicht des Kindes wegen gekommen bist.«

Er ließ sie einen Moment zappeln, bevor er antwortete. »Wegen des Kindes bin ich nicht gekommen.«

Die Wortwahl ließ sie aufmerken. »Weswegen dann? Etwa wegen ... Camilla?«

Wieder tat er, als müsste er überlegen. »Nein, auch nicht wegen Camilla.«

»Wegen Conny?«

»Was wird das hier?«, fragte er. »Eine Quizshow?«

»Hast du mitbekommen, was ich dir am Schluss unseres letzten Gespräches gesagt habe?«

Er nickte. »Du hast gesagt, dass du auf gar keinen Fall mit Camillas Kind tauschen möchtest.«

»Genau. Und ich bin mir nun hundertprozentig sicher, dass ich mit überhaupt niemandem tauschen will. Es ist also nicht nötig, noch länger zu überlegen, ob es einen geeigneten Kandidaten geben könnte. Ich bin zwar nicht begeistert davon, in den Hades zu müssen, aber wenn es nicht zu ändern ist, dann werde ich mein Schicksal akzeptieren und mich nicht mit irgendwelchen Tricks aus der Affäre ziehen.«

Er nickte bedächtig und sah an ihr vorbei zu dem erleuchteten Fenster, hinter dem hoffentlich bald ein gesundes Kind das Licht der Welt erblicken würde – oder zumindest das etwas schummerige Licht des Dorfkrugs.

»Bist du wegen Arne hier?«, fragte sie kleinlaut.

Er nahm sich einen langen Zigarettenzug Zeit, bevor er antwortete. »Im Moment bin ich nur deinetwegen hier.«

Ein kalter Schauer lief ihr über den Rücken. »Dann ist es also jetzt so weit?«

Er schüttelte den Kopf. »Nein, noch nicht. Aber beim nächsten Mal. Wenn wir uns wiedersehen, dann ist es an der Zeit zu gehen. Du kannst dich noch in Ruhe verabschieden. Aber warte damit nicht zu lange.«

»Okay.« Olivia stand fröstelnd und etwas unschlüssig vor ihm. Sie überlegte, ob sie sich auch von ihm verabschieden sollte. Dieses Gespräch war die letzte Gelegenheit, ein persönliches Wort an ihn zu richten. Demnächst hätten sie nur noch dienstlich und offiziell miteinander zu tun. Er war nicht länger ihr Klient, sondern sie war bald seine Klientin.

Er ahnte wohl, was in ihr vorging, denn plötzlich sagte er: »Es war schön, dich kennengelernt zu haben, Olivia. Du hast mir die Einsamkeit ein bisschen erträglicher gemacht. Passiert nicht oft, dass ich solche Menschen treffe.«

Sie sah ihn an. Seine Melancholie schien den ganzen Platz zu füllen. Da saß er nun, ein blendend aussehender Mann in seinen besten Jahren, ein Gott obendrein. Und doch war er ein zutiefst trauriger Gott, weil die Zeit und die Umstände sich gegen ihn verschworen hatten.

»Du hättest gern mit mir getauscht, nicht wahr?«, fragte sie.

Er nickte. »Ja, hätte ich sofort gemacht. Ich hab das alles hier, dieses Leben, schon sehr satt«, gab er zu.

»Ich hätte dir gern geholfen«, sagte sie. »Aber der Preis ist auch mir zu hoch. Ich wünsche dir trotzdem alles Gute. Vielleicht findest du eines Tages einen Ausweg.«

»Ja, vielleicht«, erwiderte er. Es klang, als würde er selbst nicht daran glauben.

»Mach's gut, Zino.«

»Du musst dich jetzt noch nicht von mir verabschieden«, sagte er. »Wir werden uns bald wiedersehen.«

»Ich weiß, aber dann bist du nicht mehr Zino, sondern Thanatos, der Gott des Todes. Und ich bin nicht mehr Olivia, sondern ein Schattenwesen.«

»Stimmt.«

Olivia hob die Hand und schlenderte zurück zum Haus, dabei fiel ihr noch etwas ein. »Eine letzte Frage.«

Er hob erwartungsvoll den Kopf.

»Wenn das Schicksal wirklich vorherbestimmt ist, warum wissen wir dann nicht, dass wir keine Wahl haben? Ich meine, ist es nicht völlig sinnlos, dass wir Menschen glauben, frei zu sein? Und warum kennen wir das Gefühl der Freiheit, wenn sowieso alles vorherbestimmt ist?«

Er wirkte irritiert. »Du denkst, allein der Gedanke daran, frei zu sein, kann ein Schicksal verändern?«

Sie zog die Schultern hoch und lächelte. »Möglich. Aber was weiß ich schon? Ich bin ja nur eine einfache Sterbliche.«

Als sie sich wieder zum Dorfkrug wendete, erschien Doc Jensen, der offenbar frische Luft brauchte. Er legte den Kopf in den Nacken und atmete tief ein. Durch die geöffnete Tür wehte das Geschrei eines Säuglings auf den Dorfplatz.

40

Der Krankenwagen ließ geschlagene zwei Stunden auf sich warten. Als er endlich kam, hatte sich die Geburt der kleinen Amalia längst herumgesprochen, und im Dorfkrug traten sich die Gratulanten gegenseitig auf die Füße. Alle wollten das Baby sehen und danach auf dessen Gesundheit anstoßen. Der Wirt spendierte zur Feier des Tages jedem Gast ein Bier. Es war eine nette Geste, einerseits. Andererseits hoffte er darauf, dass die meisten Gäste nach dem Freibier auf eigene Rechnung weitertrinken würden.

Obwohl Arne immer nur am Glas genippt hatte, wenn auf die Geburt seiner Tochter getrunken wurde, war er nach Dutzenden von Gratulanten doch etwas wackelig auf den Beinen.

Camilla und das Baby hatten sich zusammen mit Conny und Olivia in eines der Hinterzimmer zurückgezogen, wo ein Sofa zum vorläufigen Wochenbett umfunktioniert worden war. Wirtsfrau Lisbeth versorgte die Frauen mit Sekt, Kaffee und Buletten.

Als der Krankenwagen davonrollte, stand das halbe Dorf Spalier, um die junge Familie zu verabschieden.

Die Routineuntersuchungen im Krankenhaus dauerten bis weit nach Mitternacht und ergaben, dass Doc Jensen und Line großartige Arbeit geleistet hatten. Die kleine Amalia war gesund, hungrig und schließlich ebenso müde wie ihre Eltern. Das Krankenhaus stellte ihnen ein kleines Familienzimmer zur Verfügung. Für Conny und Olivia war dort kein Platz, weshalb sie beschlossen, nach Berlin zurückzufahren. Sie hätten zwar auch auf dem Hof übernachten können, hatten aber beide keine Lust auf das dunkle und einsame Bauernhaus. Außerdem waren sie hellwach. Sie würden unterwegs ausgiebig plaudern und später auf Connys Terrasse noch in Ruhe auf Amalias Geburt anstoßen.

»Weiß Heiko eigentlich schon, dass er Großvater geworden ist?«, fragte Olivia.

»Ich habe es mehrmals bei ihm versucht, aber immer nur die Mailbox erwischt«, antwortete Conny. »Zuletzt hab ich ihm auf Band gesprochen, dass er jetzt offiziell zu den Opas gehört und sich deshalb sehr genau überlegen sollte, ob er weiterhin peinliche Affären mit viel zu jungen Studentinnen haben muss.«

»Es ist noch nicht raus, dass er eine Affäre hat.«

»Sei nicht so leichtgläubig, Liv. Du kannst jede Wette darauf eingehen, dass er sich auch diesmal zum Affen machen wird.«

In diesem Moment klingelte Olivias Handy. Sie wunderte sich über den späten Anruf und blickte aufs Display. Lilly. »Was ist los?«

»Hallo, Liv. Ich weiß, es ist schon spät. Hab ich dich geweckt?«

»Nein. Alles bestens, ich bin noch wach.«

»Hast du kurz Zeit für mich?«

»Klar. Was ist denn? Ist was passiert?«

»Ja und nein«, antwortete sie. »Ich mach mir Sorgen um Paps. Ich kann ihn nicht erreichen, und das ist so gar nicht seine Art. Du weißt ja, normalerweise geht er zu jeder Tages- und Nachtzeit ans Handy.«

Ausnahmsweise machte sich nicht Georg Sorgen um seine Tochter, sondern umgekehrt. Vielleicht war das keine schlechte Erfahrung, dachte Olivia. »Du könntest bei euch zu Hause vorbeischauen, ob er da ist«, schlug sie vor.

»Da bin ich schon seit zwei Stunden«, erwiderte Lilly. »Er ist nicht da. Aber es sieht hier so aus, als wäre er nur mal kurz weg. Seltsam, oder?«

»Dann kommt er sicher jeden Moment«, sagte Olivia.

»Bestimmt ist er verabredet gewesen und hat sich verquatscht oder so.« Schweigen. Olivia ahnte, dass Lilly ihr noch nicht alles gesagt hatte. »Oder machst du dir aus einem bestimmten Grund Sorgen?«

Sie zögerte. »Ehrlich gesagt, war er heute ziemlich durch den Wind, weil ich ihm erzählt habe, dass der Grund für meinen Auszug eine Affäre mit einem älteren Mann war.« Sie räusperte sich. »Du kennst ihn übrigens auch.«

»Ach ja?« Olivia überlegte, wen Lilly meinen könnte.

»Heiko. Also Professor Heiko Buch. Ich habe ihn gefragt, ob er mir Tipps fürs Studium geben kann. Und dabei ...«

Jetzt war es an Olivia, sich zu räuspern. »Verstehe«, sagte sie, war aber nicht sicher, ob sie die Tragweite dessen, was Lilly ihr gerade erzählt hatte, wirklich verstand.

»Es war nichts Ernstes«, fuhr Lilly fort. »Jedenfalls nicht für mich. Er hat heftig geflirtet. Ich dachte, er will nur Sex, und ich habe mich darauf eingelassen. Das war auch schon alles.«

»Aber ... warum?«, fragte Olivia mit leiser Verzweiflung. Ihr leuchtete ein, dass Teenager neugierig auf sexuelle Erfahrungen waren, und sicher gehörten dazu auch Erfahrungen mit älteren Partnern. Wieso eine schöne, blutjunge Frau freiwillig mit einem Tattergreis ins Bett stieg, war ihr trotzdem schleierhaft.

»Ganz einfach. Ich wollte wissen, wie es ist, mit einem alten Mann zu schlafen. Und ich dachte, nebenbei könnte ich Paps eins auswischen. Er will eine Frau heiraten, die meine Schwester sein könnte. Warum soll ich also nicht mit einem Mann schlafen, der alt genug ist, um mein Vater zu sein.« Kurze Pause. »Oder mein Großvater.«

Die Theorie klang einleuchtend, Olivia wusste dennoch, dass in diesen Sätzen mehrere Kilo Sprengstoff versteckt waren. Sie warf einen Seitenblick zu Conny, die auf die Straße schaute und nicht ahnte, was Lilly gerade erzählt hatte. Es wäre wohl besser, wenn Olivia ihrer Freundin erst morgen in Ruhe erklären würde, was passiert war.

»Und was genau befürchtest du nun, könnte dein Vater getan haben?«, fragte sie.

»Keine Ahnung«, erwiderte Lilly. »Vielleicht hat er sich vor lauter Frust besoffen und liegt jetzt hilflos in irgendeiner dunklen Gasse. Wer weiß?«

Olivia kannte Georg als disziplinierten Menschen. Eher unwahrscheinlich, dass er sich in so eine Lage brachte. »Hör mal, ich bin gerade unterwegs«, erklärte sie. »Ich muss überlegen, wie wir weiter vorgehen. Am besten, du bleibst, wo du bist, und wartest ab, ob Georg auftaucht oder anruft. Ich melde mich später noch mal, okay?«

»Okay«, sagte Lilly. »Aber … da ist noch was.«

Olivia, die schon im Begriff war, das Gespräch zu beenden, hielt inne. »Was denn noch?«

»Ich mach mir auch um Heiko Sorgen«, erklärte Lilly. »Er hatte offenbar sehr ernste Absichten, denn er war am Boden zerstört, als ich ihm gesagt habe, dass mir unsere Affäre emotional rein gar nichts bedeutet hat.«

»Hast du ihm das etwa genau so gesagt?«, fragte Olivia.

»Ja, ich war auch ganz überrascht. Ich meine, wer kommt denn schon auf die Idee, dass ein verheirateter alter Mann etwas anderes von einer jungen Frau will als unkomplizierten Sex?«

Guter Punkt, dachte Olivia. »Wann hast du mit ihm gesprochen?«

»Eben erst. Er hat ein City-Apartment, da durfte ich vorübergehend wohnen. Aber als er plötzlich dort auftauchte und ebenfalls einziehen wollte, hab ich meine Sachen gepackt. Dabei ist es zum Streit gekommen.«

»Das heißt, er ist jetzt noch dort?«, fragte Olivia.

»Keine Ahnung. Er hat mich hergefahren und dabei die ganze Zeit gejammert, gebettelt und geweint. Es war schrecklich. Ich weiß nicht, ob er danach wieder in die Stadt gefahren ist. Aber ich hab Angst, dass er sich was antun könnte. Ich meine, er ist doch schon so alt und hat sowieso nichts mehr zu verlieren …«

Olivia befürchtete, dass ihr Gespräch mit Conny wohl doch nicht bis morgen früh warten konnte. »Okay, wie schon gesagt, bleib, wo du bist. Ich kümmere mich um die Sache und melde mich.«

»Danke, Liv«, sagte Lilly. »Du bist die beste Ex-Stiefmutter, die man sich wünschen kann.«

Lächelnd beendete Olivia das Gespräch.

»Lilly?«, fragte Conny.

Olivia nickte, während sie überlegte, wie sie ihrer Freundin schonend beibringen sollte, dass ihre siebzehnjährige Ex-Stieftochter eine Affäre mit Connys Mann gehabt hatte.

»Geht es ihr gut?«, setzte Conny nach.

Wieder nickte Olivia. »Sie hat ein paar bewegte Tage hinter sich.«

»Du machst mich neugierig«, sagte Conny. »Magst du mir erzählen, was passiert ist?«

Olivia atmete tief ein und wieder aus. Lieber hätte sie die Sache für sich behalten, aber nach Lage der Dinge blieb ihr nichts anderes übrig, als Conny reinen Wein einzuschenken.

Sie wollte gerade damit anfangen, als ihr Handy schon wieder klingelte. Auf dem Display war zu sehen, dass es sich um einen unbekannten Anrufer handelte. Verwundert nahm sie das Gespräch an.

41

»Bentele?«

»Hallo Liv, hier ist Zino.« Er war bester Laune.

»Woher kennst du diese Nummer?«, fragte sie.

Eine selten blöde Frage. Wer durch den Äther reiste, konnte sich auch fremde Telefonnummern besorgen. All das war für einen griechischen Gott offenbar kein Problem. Und es spielte ohnehin keine Rolle mehr, jetzt, da Olivias letztes Stündlein geschlagen hatte. Vor ein paar Stunden hatte er ihr geraten, sich zu verabschieden. Jetzt war es so weit. Thanatos, der gut gelaunte Gott des Todes, war am Telefon, und gleich würde er sie auf die Reise schicken. Seltsam nur, dass er nicht persönlich erschien. Warum rief er an?

»Ich habe nachgedacht«, begann er. »Tu einfach, was ich dir sage. Ich erklär es dir später, okay?«

»Okay.« Misstrauisch fragte sie sich, was er vorhatte.

»Conny soll auf die Bremse treten und den Wagen so schnell wie möglich zum Stehen bringen«, bat er.

Sie zögerte instinktiv.

»Ist das Lilly?«, fragte Conny. »Schöne Grüße.«

Olivia schüttelte den Kopf und hob abwehrend die Hand.

»Liv, hast du mich verstanden?«, fragte Zino.

»Ja, das hab ich.«

»Dann sag es ihr. Und beeil dich.«

Ihr Misstrauen wuchs. War das ein Trick? Wollte Thanatos einen Unfall provozieren? Würde der Grund für ihr Ableben ein misslungenes nächtliches Bremsmanöver sein? Ein simpler Autounfall? Und falls ja, wie würde die Sache für Conny ausgehen? Nahm Zino etwa in Kauf, dass ihre beste Freundin sich verletzte?

»Olivia?« Er klang ungehalten. »Was ist los? Warum sagst du ihr nicht, dass sie bremsen soll. Tu es! Jetzt! Bitte!«

»Und wenn ich es nicht tue?«, fragte sie herausfordernd.

»Ihr habt nur noch dreißig Sekunden Zeit«, sagte Zino.

»Aha. Und was dann?«

»Dreißig Sekunden sind nicht sehr lange.« Es klang wie eine Drohung.

»Wer ist denn da?«, fragte Conny neugierig.

»Zino«, antwortete Olivia.

»Ah, schöne Grüße. Und? Was sagt er?«

»Er sagt, du sollst sofort bremsen.«

Conny sah auf die Straße. »Wieso? Hier ist nichts …«

»Hast du gehört, Zino? Die Straße ist frei.«

»Aber nicht mehr lange«, gab er zurück. »Und jetzt sind es nicht mal mehr zehn Sekunden.«

Olivia wunderte sich, dass seine Stimme plötzlich anders klang, nämlich so, als säße er direkt hinter ihr auf der Rückbank.

Als sie sich verwundert umschaute, tauchte er aus dem Halbdunkel auf und griff nach der Handbremse.

»Nein!«, rief Olivia erschrocken, was wiederum Conny einen Schreck einjagte. Reflexhaft trat sie auf die Bremse, und weil Zino gleichzeitig an der Handbremse zog, blockierten die Räder, die Reifen quietschten, und der Wagen drohte schlingernd aus der Spur und direkt gegen den nächsten Baum zu fliegen.

Conny und Olivia schrien im Duett, während der Mini Cooper zuerst auf die Gegenfahrbahn driftete, um dann zur anderen Seite auszubrechen, wo er über den Seitenstreifen schoss und knirschend zwei Leitpfosten rasierte, bevor er an der Mündung einer Kreuzung endlich zum Stehen kam.

Conny und Olivia wollten aufatmen, doch im selben Moment tauchte wie aus dem Nichts ein riesiger Lkw auf, der mit hoher Geschwindigkeit über die Kreuzung bretterte und dabei am vorderen Kotflügel des Mini Cooper vorbeischrammte. Statt zu bremsen oder gar anzuhalten, ließ der Fahrer mehrmals das Signalhorn durch die Nacht gellen. Vermutlich hatte er den Kratzer nicht einmal bemerkt. Ein letztes Hornsignal, es klang wie blanker Hohn, dann war der Spuk vorüber, so als hätte es die Begegnung mit dem Vierzigtonner nie gegeben.

Augenblicklich war es so totenstill, dass Olivia sich fragte, ob sie noch am Leben war oder sich bereits in einer Zwischenwelt befand. Was war hier gerade wirklich geschehen? War es real, oder war es nur ein Traum? Zino hatte ihr gesagt, dass ihr Tod schnell und schmerzlos wäre. Befand sie sich, ohne es zu wissen, bereits auf dem Weg in den Hades?

Conny fand als Erste die Sprache wieder. »Gott! Wir hatten Vorfahrt. Der hätte uns voll erwischt«, sagte sie voller Entsetzen.

Langsam drehten sie sich synchron zu Zino um, der hinten saß, die Hände hinter dem Kopf verschränkt, und zufrieden lächelte. »Das ist absolut richtig.«

»Das heißt, wir sind nicht tot?«, fragte Olivia, die immer noch nach dem Haken suchte. War das alles hier nur eine Illusion? Lag sie in Wirklichkeit im Koma und glaubte nur, diesen Unfall überlebt zu haben? Oder befand sie sich längst in der Unterwelt, und die Erinnerung an ihr Leben verblasste gerade, weshalb auch der wahre Hergang des Unfalls aus ihrem Bewusstsein gestrichen wurde?

»Natürlich sind wir nicht tot«, antwortete Conny. »Aber um ein Haar wären wir es gewesen.«

Zino, der sich noch immer gemütlich auf der Rückbank rekelte, nickte. »Auch das stimmt.«

»Aber du hast gesagt, wenn wir uns wiedersehen, dann ist es für mich an der Zeit zu gehen«, sagte Olivia.

Conny holte tief Luft. »Ach ja, darüber müssen wir sowieso noch mal reden«, sagte sie zu Zino. »Du kannst hier nicht einfach auftauchen und meine beste Freundin mitnehmen. So läuft das nicht. Außerdem ist es …«

»Schon gut, Conny. Schon gut.« Lächelnd hob er die Hände.

Sie verstummte.

»Die Sache mit Livs Ableben hat sich erledigt«, erklärte er. »Das gilt auch für dich. Zumindest für den Moment seid ihr am Leben, obwohl dieser Lkw für euch beide bestimmt war. Er wäre euer Ticket in den Hades gewesen.«

Conny schaute Olivia mit großen Augen an. »Das hast du mir gar nicht erzählt.«

»Weil ich es selbst nicht wusste«, sagte Olivia erstaunt und blickte fragend zu Zino, der gemütlich seine Zigaretten hervorkramte.

Conny sah es, entriegelte das Verdeck und öffnete es. Als Zino sich die Zigarette anzündete, saßen sie unter einem beeindruckenden Sternenhimmel.

»Also, dass ich mit dem Lügen aufhöre, wenn jemand weiß, dass er sterben wird, ist auch eine Lüge«, sagte Zino.

»Die Wahrheit ist, dass die Moiren euren Exitus vor ungefähr sechs Minuten geplant haben, und das war auch noch nie anders. Eigentlich hättet ihr beide durch die Wucht des Aufpralls tödliche Verletzungen erleiden müssen. Mein Job wäre gewesen, euch das Leid der letzten Minuten zu ersparen.«

»Oh. Das hört sich verdammt übel an«, sagte Conny. »Selbst der Teil, wo du uns das Leid der letzten Minuten ersparst, klingt überhaupt nicht angenehm.«

»Ich dachte, es interessiert euch vielleicht«, sagte Zino. »Außerdem ist mein Job in den seltensten Fällen angenehm. Das ist ja auch der Grund, warum ich ihn gern an den Nagel hängen würde.«

»Und warum hat sich der Plan geändert?«, fragte Olivia.

»Weil ich ihn geändert habe«, antwortete Zino. »Ich habe schon oft darüber nachgedacht, wie ich mein Schicksal ändern kann. Aber nie ist mir in den Sinn gekommen, dass ich es völlig vergessen muss, wenn es mich nicht länger bestimmen soll, so wie es die Schatten tun, wenn sie in den Hades kommen. Und da ging mir ein Licht auf. Das Vergessen ist keine Strafe, sondern eine Chance. Erst wenn du dein Schicksal vergessen kannst, bist du wirklich frei. Es ist wie ein Fluch, der dich so lange beherrscht, wie du akzeptierst, dass es ihn gibt.«

Olivia nickte beeindruckt. »Dann hast du unsere Schicksale geändert, um dein eigenes zu verändern?«

»So ist es«, antwortete Zino. »Und darauf hast du mich gebracht. Danke dafür.« Er zog an seiner Zigarette und blies den Rauch zufrieden in den Nachthimmel.

»Bedanke dich nicht zu früh. Dein Boss wird dir das sehr übel nehmen«, unkte Olivia.

»Damit rechne ich«, sagte Zino. »Und das ist auch so geplant. Wenn es richtig gut läuft, dann ist er so wütend, dass er mich zu einem Sterblichen macht.« Er lächelte angesichts dieser verlockenden Aussicht.

Olivia erwiderte sein Lächeln. »Verstehe. Guter Plan.«

»Entschuldigt, Leute, ich bin ja nur so halb im Bilde«, sagte Conny, »aber kurze Frage: Kommt nicht die Ordnung des gesamten Universums durcheinander, wenn der Tod persönlich die Menschen vor tödlichen Gefahren rettet? Ich meine, das ist so, als würde die Polizei Leuten zur Flucht verhelfen, die sie eigentlich verhaften soll.«

Schulterzuckend blickte Zino in den Himmel. »Momentan scheinen noch alle Sterne an ihrem Platz zu sein. Aber mal sehen, wie es morgen früh aussieht.«

»Conny hat recht«, sagte Olivia. »Wird Hades nicht alles daransetzen, uns beide doch noch in sein Reich zu holen, damit alles wieder seine Ordnung hat?«

»Schon möglich«, antwortete Zino.

»Wir sind dem Tod von der Schippe gesprungen, aber es kann uns dennoch jederzeit erwischen?«, fragte Conny.

Zino musste lachen. »So ist das im Leben doch immer, Conny. Der Tod kann dich jederzeit erwischen. Freu dich also darüber, dass du davongekommen bist.«

»Aber wie lange wird das gut gehen?«, überlegte Conny.

Zino zog die Schultern hoch. »Vielleicht fällt euer Fehlen gar nicht auf. In der Unterwelt sind alle immer sehr beschäftigt. Aber ich weiß auch nicht, was jetzt passieren wird. Ist ja auch für mich neu, dass ich den Schicksalsgöttinnen ins Handwerk pfusche. Sicher ist nur, irgendwann wird es jemandem auffallen, dass ich die geheimen Pläne meiner Schwestern durchkreuze.«

»Du hast vor weiterzumachen?«, fragte Olivia erstaunt.

»Klar«, sagte Zino. »Ich ziehe das so lange durch, bis Hades mir ein Angebot macht, das ich nicht ablehnen kann.«

»Hast du mal dran gedacht, dass die Sache für dich auch schlimm enden könnte? Denk nur dran, was Prometheus passiert ist, weil er den Menschen das Feuer gebracht hat.«

»Ja, ich weiß, was du meinst«, sagte Zino und zog lässig an seiner Zigarette. »Ist nicht schön, als Adlerfutter zu enden. Aber wenn ich dabei ein Superheld wie Prometheus werde, dann hätte das auch wieder was.« Er stand auf und stieg aus dem Wagen. »Wie dem auch sei, wir werden sehen, was passiert. Jetzt muss ich aber weiter.«

»Also, ich finde ja, du hast hundertprozentig das Zeug zum Superhelden«, säuselte Conny.

Olivia verdrehte die Augen.

Zino wiegte den Kopf hin und her. »Ich bin nur ein halber Superheld. Die Steinalten und die Todkranken sind Hades sicher, egal, was ich tue. Ich kann ja nur die retten, deren Schicksal man ändern kann.«

»Kein Superheld kann die ganze Welt retten«, sagte Olivia. »Helden werden außerdem nicht dafür geliebt und bewundert, dass ihnen alles gelingt, sondern dafür, dass sie ihr Bestes geben.«

Er überlegte, schaute hinauf zu den Sternen und sah dabei so blendend aus, wie nur ein griechischer Gott im Mondlicht aussehen kann. »Mal sehen, vielleicht überleg ich es mir ja noch«, sagte er dann.

»Was?«, fragte Olivia.

»Ob ich mir wieder so ein dunkles Superheldencape kaufe, wie ich es anhatte, als wir uns zum ersten Mal begegnet sind«, sagte er und verschwand vor ihren Augen.

»Wie romantisch«, sagte Conny in die Stille.

42

Erst in den frühen Morgenstunden erreichten sie Berlin. Im Schneckentempo und mit offenem Verdeck waren sie durch das nächtliche Brandenburg gerollt und hatten dabei die Haare und Gedanken flattern lassen.

Es war ein seltsames Gefühl, am Leben zu sein, obwohl man eigentlich tot sein müsste. Alles fühlte sich plötzlich wie ein Geschenk an. Die Luft, die Nacht, die Sterne. Olivia hatte es nie als selbstverständlich erachtet, am Leben zu sein, besonders nicht in den letzten Tagen. Aber wenn man Lebenszeit geschenkt bekam, obwohl man sie bereits verloren glaubte, dann war mit einem Mal alles ganz anders. Man dachte nicht mehr an die große Zukunft, sondern konzentrierte sich auf den Moment, auf dieses Staubkorn von Ewigkeit, das man ebenso wenig besitzen konnte wie sein ganzes Leben. Sie merkte, dass diese Konzentration auf den Moment sämtliche Lebenskräfte in ihr weckte. Obwohl sie hundemüde war, schien es ihr völlig absurd, jemals wieder zu schlafen. War Schlaf nicht ohnehin pure Zeitverschwendung?

Conny schien ihre Gedanken zu lesen, denn als sie den Wagen in die Einfahrt lenkte, sagte sie: »Kaffee oder Wein? Ich kann nach allem, was heute passiert ist, jedenfalls noch nicht schlafen.«

Sie einigten sich umstandslos auf Wein und saßen wenig später im Garten vor der Feuerschale. Obwohl der Wein leicht war, ließ er Olivias schwere Lider noch etwas schwerer werden. Sie stellte sich vor, wie Zinos Bruder Hypnos, der Schlaf, in einer dunklen Ecke des Gartens auf seine letzten beiden Opfer lauerte. Auch an dieser Geschichte musste was dran sein, denn plötzlich fielen ihr die Augen zu.

Es dämmerte bereits, als das dezente Zuschnappen der Terrassentür sie aufweckte. Die Glut in der Feuerschale war längst erloschen. Neben ihr, auf dem Tischchen zwischen den beiden Liegestühlen, stand immer noch das Weinglas. Sie hatte es kaum angerührt.

Conny stellte eine Tasse Kaffee daneben. »Guten Morgen.«

Olivia richtete sich auf und brachte die Lehne des Stuhls in eine senkrechte Position. Dabei hörte sie das Gestell knacken. Oder waren es ihre Knochen? »Wie spät ist es?«

»Gleich sechs.«

»Dann haben wir kaum zwei Stunden geschlafen. Wieso bist du schon auf den Beinen?« Olivia griff nach der Tasse und nahm einen Schluck. Der Kaffee tat gut. »Danke.«

»Gern«, erwiderte Conny. »Ich bin wach geworden, weil die Haustür ging. Heiko ist eben gekommen.«

Olivia räusperte sich verlegen und stellte ihre Tasse zurück auf den Tisch.

»Du sagst ja gar nichts«, stellte Conny fest.

»Nein, wieso auch? Wenn du mir was erzählen willst, dann wirst du es schon tun.«

Conny nahm einen Schluck Kaffee und machte eine lange Kunstpause. »Wozu? Du weißt doch sowieso schon alles, nicht wahr?«

Olivia erschrak, versuchte aber, es sich nicht anmerken zu lassen. Sie hätte den ganzen Heimweg Zeit gehabt, um ihrer besten Freundin von dem Telefonat mit Lilly zu erzählen, hatte es aber nicht getan. Offenbar war Heiko ihr jetzt zuvorgekommen, und Conny hatte erkannt, dass Olivia bereits seit dem Gespräch mit Lilly über alle Details seiner Affäre Bescheid wusste. Es musste Conny vorkommen, als hätte ihre beste Freundin sie kalt lächelnd ins offene Messer laufen lassen, dachte Olivia. Sie sah ein, dass leugnen zwecklos war. »Tut mir wirklich leid, Conny. Ich hätte es dir ja sofort erzählt, aber ich dachte, es wäre einfach nicht der richtige Zeitpunkt. Du musst zugeben, wir hatten eine chaotische Nacht. Ich wollte nicht noch mehr Probleme machen, als wir ohnehin schon hatten.«

Conny schaute in den Garten und nickte bedächtig. »Wir haben die halbe Nacht zusammen verbracht und saßen mehrere Stunden allein in meinem Auto. Wie kann man denn da nicht den richtigen Zeitpunkt erwischen?«

Olivia seufzte. »Okay, ich gebe zu, ich habe die Sache auch ein bisschen vor mir hergeschoben. Vielleicht habe ich gedacht, dass Heiko dir seine Sünden gefälligst selbst beichten soll. Warum muss ich das machen?«

Conny nippte an ihrem Kaffee. »Wie lange wusstest du schon davon?«

Olivia merkte auf. Ach, daher wehte der Wind. Conny dachte, dass Olivia Heikos Geheimnis schon länger mit sich herumschleppte. »Nein, du irrst dich. Ich schwöre dir, ich hatte bis zu Lillys Anruf nicht die leiseste Ahnung. Sie war bis gestern abgetaucht und nicht zu erreichen.«

Conny stellte ihre Tasse beiseite und legte die Stirn in Falten. Olivia sah ihr an, dass sie versuchte, den Anruf von Lilly und Heikos Affäre in einen Zusammenhang zu bringen.

Oh mein Gott, dachte sie. Conny weiß überhaupt nicht, dass es sich bei Heikos Affäre um Lilly handelt.

Für den Bruchteil einer Sekunde hoffte sie, Conny würde vergeblich nach dem fehlenden Puzzleteil suchen, doch diese Hoffnung zerschlug sich im Handumdrehen.

»Lilly?«, fragte Conny, maßlos erstaunt.

Wenn leugnen eben noch etwas geholfen hätte, so war es jetzt tatsächlich völlig zwecklos. Olivia nickte.

»Lilly?«, wiederholte Conny. Sie schien sichergehen zu wollen, dass hier keine Verwechslung vorlag.

»Heiko hat sie also nicht erwähnt«, stellte Olivia fest.

»Lilly?«, fragte Conny ein drittes Mal. »Nein.«

»Was hat er denn dann überhaupt erzählt?«

»Er hat nur gesagt, dass es vorbei ist und er mir alles erklären wird, wenn er sich ausgeschlafen hat.«

»Wie? Er hat keinen Namen genannt und keine Details?«

Conny schüttelte den Kopf.

»Na toll. Du hast mich ausgetrickst«, sagte Olivia. »Das war nicht nett von dir. Bin ich etwa so wenig vertrauenswürdig?«

»Offensichtlich«, antwortete Conny.

»Ich hätte es dir sicher noch erzählt. Vermutlich genau jetzt«, verteidigte sich Olivia. »Aber nachdem ich gestern dem Tod von der Schippe gesprungen bin, hatte ich tatsächlich ein paar andere Sachen im Kopf. Sorry.«

»Ich bin dem Tod auch von der Schippe gesprungen«, ereiferte sich Conny. »Außerdem ist meine Tochter gestern auf einem uckermärkischen Stammtisch Mutter geworden, und mein Mann steigt neuerdings sogar Abiturientinnen nach. Glaub also nicht, dass du mehr Probleme hast als ich.«

Olivia musste lachen. »Okay, was die Probleme betrifft, da hast du gewonnen.«

»Danke«, sagte Conny. »Was hat Lilly denn so alles erzählt?«

»Dass es nur eine kurze Affäre war. Mehr nicht.«

»Dafür sah Heiko aber ziemlich mitgenommen aus. Ich hätte schwören können, dass er sogar geweint hat.«

»Möglich«, erwiderte Olivia knapp.

»Komm schon, Liv. Rück raus mit den schmutzigen Details. Es ist mir egal, dass du es mir nicht sofort gesagt hast, aber wenn er mir heute seine Version der Geschichte erzählt, dann will ich nicht völlig unvorbereitet sein.«

Olivia seufzte. »Also gut. Die Kurzform. Für Lilly war es nur eine Affäre, sie hat sich aus Neugier darauf eingelassen. Für ihn sah die Sache wohl etwas anders aus. Er hat sie in einem Apartment einquartiert. Als er zu ihr ziehen wollte, hat sie die Reißleine gezogen und ihm den Laufpass gegeben. Sie sagt, er sei am Boden zerstört gewesen. Das ändert aber nichts daran, dass sie nichts von ihm will. Ende der Geschichte.«

Conny schien ruhig zu sein, aber Olivia sah ihr an, dass sie ziemlich wütend war. »Er hat ernsthaft gedacht, dass er mit einer Siebzehnjährigen ein neues Leben anfangen kann?«

»Sie ist fast achtzehn«, sagte Olivia. »Und ob er mit ihr durchbrennen wollte, weiß ich jetzt nicht.«

»Das klingt aber ganz danach, und ich verstehe beim besten Willen nicht, was er sich da ausgemalt hat«, echauffierte sich Conny. »Ich meine, wenn sie so alt sein wird wie unsere Tochter heute, dann ist Heiko achtzig. Und wenn sie so alt sein wird wie ich jetzt, dann ist er ein einhundertzweijähriger Methusalem. Warum können alte Männer eigentlich nicht rechnen?«

Olivia musste lachen. »Vielleicht wollen sie es ja gar nicht.«

»Das ist die einzig plausible Erklärung.« Conny nahm die Tasse, setzte sich in ihren Liegestuhl und blickte düster vor sich hin.

Olivia sah ihr zu, wie sie an ihrem Kaffee nippte und Trübsal blies. »Es ist vorbei, Conny. Ist das nicht die Hauptsache?«, versuchte sie ihre Freundin zu beschwichtigen.

»Ja. Wieder mal ist es vorbei. Bis ihm das nächste junge Ding über den Weg läuft. Dabei hat er mir beim letzten Mal hoch und heilig geschworen, dass er mich nie wieder in eine solche Situation bringen würde.«

Olivia schwieg. Sie kannte Heikos zahllose Eskapaden und wusste, wie sehr Conny darunter gelitten hatte. Es gab nicht viel, was man zu seiner Verteidigung sagen konnte. Gab es eigentlich überhaupt noch etwas, das man ihm zugute halten konnte?

Conny riss sie aus ihren Gedanken. »Glaubst du, er hätte es bereut, wenn ich letzte Nacht gestorben wäre?«

»Was?« Olivia schüttelte verständnislos den Kopf. »Aber natürlich hätte er es bereut.«

»Hätte er auch gelitten?«

»Ja. Selbstverständlich hätte er gelitten.«

»So schlimm, wie er gelitten hat, weil er von Lilly abserviert wurde?«, setzte Conny nach.

»Okay. Worauf willst du hinaus?«

»Glaubst du, er hätte letzte Nacht mit mir getauscht? Wenn nicht aus Liebe, dann wenigstens, weil er mir nach all den Jahren so viel schuldig ist?«

Olivia überlegte, und während sie das tat, wurde ihr klar, dass sie die Antwort längst kannte.

Conny nickte. »Siehst du? Zu diesem Schluss bin ich auch gekommen.«

43

Olivia wollte nur kurz in ihrer Wohnung vorbeischauen, um die Reisetasche abzustellen und einen Blick auf die Post zu werfen. Sie hatte damit gerechnet, erst im Laufe des Tages aus der Uckermark zurückzukommen, und deshalb vorsorglich alle Termine für heute abgesagt.

Vor ihr lag ein freier Tag, der nur darauf wartete, mit angenehmen Aktivitäten gefüllt zu werden. Sie würde ihn jedenfalls nicht damit vergeuden, fehlenden Schlaf nachzuholen. Dafür war die Luft zu klar, die Sonne zu strahlend und die Welt überhaupt viel zu schön, fand sie und übersah geflissentlich, dass es ein bisschen bewölkt war und die meisten Leute schon ihre Herbstgesichter trugen. Egal, ihrer guten Laune tat das keinen Abbruch. Sie würde zuerst einen langen Spaziergang machen, um sich danach am See bei einer Tasse Kaffee in die Sonne zu setzen. Sie überlegte, ob sie vor dem Ausflug eine kurze Dusche oder lieber danach ein ausgedehntes Bad nehmen wollte, als es klingelte.

Vor der Tür stand ein alter Mann mit einem fahlen, faltigen Gesicht und schlohweißen Haaren. Sein Bart war zottelig, sein Blaumann sah verschlissen aus. Er war nicht sehr groß, hatte aber riesige Pranken. Offenbar ein Handwerker. Spengler hatte ihr nicht gesagt, dass heute jemand vorbeikommen würde. Gewöhnlich kündigte der Hausmeister es an, wenn er Handwerker vorbeischickte. Vielleicht würde sie gleich seinen Zettel in der Post finden. Schade, dachte sie, hoffentlich hält mich der Alte nicht allzu lange auf.

»Sie sind Olivia Bentele, richtig?« Er hatte eine tiefe Reibeisenstimme und sprach leise.

Sie nickte. »Und mit wem habe ich das Vergnügen?«

»Ich suche Zino«, sagte er. »Ist er hier?«

Olivia wusste nicht, ob die Frage sie erstaunen oder beunruhigen sollte. Bevor sie einen Gedanken daran verschwenden konnte, klingelte ihr Handy.

Unbekannter Anrufer. Und eine gute Gelegenheit, um den Alten für einen Moment loszuwerden. »Entschuldigung, aber da muss ich leider rangehen«, log sie und nahm das Gespräch an. »Bentele.«

»Hallo Liv, hier ist Zino.«

»Gut, dass du anrufst ...«, begann sie.

»Ja, finde ich auch gut«, unterbrach er. »Kurze Frage. Hast du eben Besuch bekommen?«

»Ja«, antworte sie. »Weißt du was darüber?«

»Ist es so ein kleiner alter Mann mit schlohweißen Haaren und riesigen Pranken? Kreidebleich?«

»Ist das Zino, der da gerade anruft?«, mischte sich der Alte ein. Immer noch stand er wie angewurzelt vor der offenen Wohnungstür.

»Was sagt er?«, fragte Zino.

»Er fragt, wer am Telefon ist«, antwortete Olivia.

»Du kannst ihm ruhig sagen, dass ich es bin.«

»Ja, es ist Zino«, übersetzte sie für den Alten.

»Könnten Sie ihm bitte sagen, dass ich ihn sprechen muss?«

»Er sagt, er muss dich sprechen«, übersetzte Olivia nun wiederum für Zino.

»Ich weiß. Sag ihm, ich muss noch kurz was erledigen, aber ich bin gleich da. Du kannst ihm ja was zu trinken anbieten, oder so.«

»Was? Nein. Moment mal«, sagte Olivia. »Nicht so schnell. Ich weiß weder, wer der Mann ist, noch habe ich irgendetwas mit eurer Verabredung zu tun. Außerdem ist heute mein freier Tag, und ich wollte gerade in den Park.«

»Dauert doch nicht lange«, beschwichtigte Zino sie. »Ich bin gleich da. Außerdem geht die Sache dich sehr wohl was an.«

»Wieso?«

»Der Mann heißt Charon und ist Gott Hades' Fährmann. Du hast letzte Nacht auf seiner Passagierliste gestanden, bist aber nicht aufgetaucht. Auch wenn du ihn nicht kennst, er kennt dich.«

»Und was will er hier?«, fragte Olivia unbehaglich.

»Vermutlich hat er zum einen Nachrichten für mich von Hades, zum anderen würde er dich gern mitnehmen, um dich ordnungsgemäß in der Unterwelt abzuliefern.«

Olivia drehte sich ein wenig zur Seite, damit der Alte sie nicht hören konnte. »Kann er das denn? Mich einfach so verschleppen?«, fragte sie leise.

»Theoretisch schon«, antwortete Zino. »Aber ich glaube nicht, dass er es tut. Es ist allein mein Job, die Toten zum Fluss des Kummers zu bringen. Erst wenn sie die Fähre betreten haben, gehören sie ganz ihm.«

»Allerdings weigerst du dich gerade, deinen Job zu machen«, raunte Olivia. »Was, wenn der Kerl für dich einspringen soll?«

Schweigen am anderen Ende der Leitung. Es stand zu befürchten, dass ihm diese Alternative nicht in den Sinn gekommen war. »Zino?«, fragte Olivia unruhig.

»Gib mir mal kurz meinen Bruder«, bat er.

»Wer soll das sein?«

»Na, Charon.«

»Charon ist dein Bruder?«

»Ja, ich hab dir doch gesagt, dass quasi meine ganze Familie im Bestattungsgewerbe ist.«

Olivia hielt dem Alten das Handy hin. »Ihr Bruder möchte Sie sprechen.«

Charon nahm das Gerät in Empfang, schob sich die ungewaschenen Haare hinters dreckige Ohr und drückte die Muschel dagegen. »Ja?«

Olivia überlegte, ob sie Desinfektionsspray im Haus hatte.

»Verstehe«, sagte Charon. »Gut.« Er lauschte. »Gut.« Und wieder hörte er zu. »Gut, dann bis gleich.«

Er beendete das Gespräch und gab Olivia ihr Handy zurück, die es mit spitzen Fingern in Empfang nahm.

»Wir sollen in dem Café am See auf ihn warten, wo der Mann den Schlaganfall hatte. Mein Bruder sagt, Sie wissen, wo das ist.«

Immerhin komme ich in den Park, dachte sie seufzend.

Charon schwieg auf der Bahnfahrt, er schwieg auf dem kurzen Spazierweg zum Café, und er schwieg auch jetzt, wo sie mit Blick auf den Ententeich in den Speisekarten blätterten.

Olivia bestellte eine Tasse Kaffee, Charon eine Flasche Ouzo, dazu kein Wasser und kein Eis, aber zwei Gläser.

Der Kellner war wohl einiges gewohnt, denn er zuckte nicht einmal. »Möchten Sie auch was essen?«

Olivia überlegte kurz, ob sie antworten sollte, dass ihr Begleiter, der Fährmann der Unterwelt, und sie noch auf den Gott des Todes warteten, erwiderte jedoch: »Danke, im Moment nicht. Vielleicht später.«

Charon kippte drei Ouzo, bevor Olivia überhaupt an ihrem Kaffee genippt hatte.

»Darf man als Fährmann überhaupt Alkohol trinken?«, fragte sie.

Er goss sich nach. »Denke schon«, murmelte er.

»Ist Alkohol am Steuer denn nicht auch auf dem Wasser verboten?«

Er stutzte. »Ach so, Sie meinen, wenn ich den Kahn auf Grund setze, dann könnte den Toten was passieren?« Er räusperte sich amüsiert, prostete ihr zu und kippte seinen vierten Ouzo.

44

Als Zino erschien, war die Flasche zwar halb leer, aber immerhin hatte Charon seine Trinkgeschwindigkeit etwas gedrosselt. Wortlos schob der alte Fährmann seinem Bruder das zweite Schnapsglas über den Tisch, schenkte ein und kam gleich zur Sache. »Hades kocht vor Wut.«

»Hab ich mir schon gedacht«, erwiderte Zino.

Sie prosteten sich zu und tranken wie alte Freunde.

»Und wie soll es jetzt weitergehen?«, fragte Charon.

»Ich erledige noch die wenigen Jobs, die ich fest zugesagt habe, und dann steige ich aus. Das wird schon sehr bald der Fall sein.«

»Du weißt, dass du nicht einfach aussteigen kannst«, entgegnete Charon.

»Warum nicht? Ich hab mich lange genug für Hades abgeschuftet. Jetzt ist Sense.«

»Du bist ein Gott, und wie alle Götter hast du die heilige Pflicht, deinen Job zu erledigen, und das, solange es nötig ist, selbst wenn es bis ans Ende aller Tage dauert.«

»Und wenn ich mich weigere?«, fragte Zino.

»Hades lässt dir ausrichten, er rechnet fest damit, dass du sehr schnell zur Vernunft kommst«, erwiderte Charon und goss ihnen nach.

»Sag ihm, da irrt er sich gewaltig.«

Geräuschvoll stellte der Fährmann die Flasche auf den

Tisch. »Sei vernünftig, Bruder. Du weißt, dass er dein Leben im Handumdrehen in einen Albtraum verwandeln kann. Also mach deinen Job, und lass mich diese Frau mitnehmen, damit ich ihn etwas besänftigen kann.« Er legte Olivia seine riesige Pranke aufs Handgelenk.

Erst jetzt verstand sie, dass er von ihr gesprochen hatte. Sie erstarrte, denn zum einen war die Hand des Fährmannes eiskalt. Zum anderen hatte Olivia diesen Tag mit angenehmen Beschäftigungen füllen wollen. Es war keine schöne Vorstellung, dass sie stattdessen von einem angetrunkenen Fährmann mit ungewaschenen Haaren in die Unterwelt gebracht werden sollte.

»Lass sie los«, befahl Zino, und Charon nahm zu Olivias Erleichterung sofort seine Hand von der ihren.

»Das alles hier«, fuhr Zino fort und ließ den rechten Zeigefinger kreisen, womit er praktisch die ganze Welt meinte, »ist mein Revier. Wie du sehr wohl weißt, beginnt dein Zuständigkeitsbereich erst am Ufer des Styx.«

Charon nickte zwar, aber seine Miene sagte, dass ihm die Antwort seines Bruder nicht schmeckte. »Du willst das wirklich durchziehen, was?«

»So ist es.«

Der Fährmann lehnte sich zurück und verschränkte die Arme vor der Brust. »Und was, wenn ich sage, dass ich dir das nicht glaube? Ich würde meinen Kahn darauf verwetten, dass du bluffst.«

»Dann würdest du den alten Kasten verlieren.«

»Sicher nicht«, sagte Charon.

»Sicher doch«, beharrte Zino.

Der Fährmann schüttelte energisch den Kopf. »So gut verstehst du dich doch gar nicht mit unseren Schwestern. Wer soll dir den Gefallen getan haben, dich mit geheimen Informationen zu füttern? War es Lachesis?«

Zino grinste breit. »Wie kommst du auf Lachesis? Klotho und Atropos hätten mir ebenso gut verraten können, wem die Stunde schlägt.«

»Also war es nicht Lachesis?«

»Vielleicht haben die Moiren mir gemeinsam geholfen, wer weiß?«

»Nein.« Charon schüttelte entschieden den Kopf. »Sie sind so gut wie nie einer Meinung, und ganz bestimmt nicht, wenn es darum geht, sich mit Hades anzulegen.« Er überlegte. »Moment mal, Klotho ist die Jüngste und eher der ängstliche Typ. Wenn es nicht Lachesis war, dann muss es Atropos gewesen sein.«

»Bemüh dich nicht, Charon«, sagte Zino. »Ich werde es dir sowieso nicht verraten.«

Der Fährmann griff zum Schnapsglas und prostete seinem Gegenüber zu. »Auf meinen Bruder, den größten Bluffer der Unterwelt.« Er trank und stellte das leere Glas ab. »Egal! Wer auch immer dir ein paar Tipps gegeben hat, es waren sicher die ersten und die letzten, die du jemals bekommen hast.«

»Sag Hades, er soll mir ein Angebot machen«, erwiderte Zino ungerührt. »Sonst mache ich da weiter, wo ich letzte Nacht angefangen habe.«

»Bluffer«, sagte Charon und goss sich nach.

»Soll ich dir beweisen, dass ich nicht bluffe?«, fragte Zino.

»Nur zu«, erwiderte sein Bruder siegesgewiss.

»Okay.« Zino wandte sich zu Olivia. »Könntest du bitte Conny anrufen?«, bat er. »In knapp zehn Minuten wird ihr Mann die Treppe in den Garten nehmen, dabei eine der Stufen verfehlen und unglücklich in eine Harke fallen, die dummerweise mit den Zinken nach oben im Gras liegt. Die messerscharfen Eisenzähne werden sich in seine Brust bohren und ihn dabei so unglücklich erwischen, dass er sterben wird, bevor der Krankenwagen da ist.«

»Was?« Olivia sah ihn fassungslos an.

»Keine Sorge. Conny soll einfach aufpassen, dass ihr Mann in den nächsten zehn Minuten – sagen wir besser: in der nächsten Viertelstunde – nicht die Treppe in den Garten benutzt. Denn dann wird er diesen Tag ebenso überleben, wie ihr beide die letzte Nacht überlebt habt. Problem gelöst.«

»Ernsthaft?«, fragte Olivia.

»Habe ich letzte Nacht etwa Quatsch erzählt?«

Charon schüttelte verständnislos den Kopf und goss sich Ouzo ein. »Was du da tust, ist nicht gut, Bruder. Gar nicht gut.«

»Ich find's ziemlich gut für 'n Bluffer«, grinste Zino.

Eilig stand Olivia auf und wählte Connys Nummer aus der Anrufliste. Dabei ging sie ein Stück in den Park, bis sie außer Hörweite war.

»Hi, Liv.«

»Was treibst du gerade?«

»Therapeutische Gartenarbeit, würde ich sagen.«

»Du bist also zu Hause?«

»Ja. Ich versuche mich davon abzulenken, Rachepläne gegen meinen Mann zu schmieden.«

»Das ist gut. Genau deshalb rufe ich an«, sagte Olivia.

»Du hast einen guten Racheplan?«

»Nein, im Gegenteil. Zino hat mir gerade erzählt, dass Heiko in knapp zehn Minuten einen Unfall haben wird, den du verhindern kannst.«

»Aha«, sagte Conny.

»Ich war auch geschockt. Aber zum Glück können wir das Schicksal ändern. So wie letzte Nacht«, fuhr Olivia fort.

Keine Reaktion von Conny.

»Hast du gehört, was ich gerade gesagt habe?«

»Hab ich. Was ist das für ein Unfall?«

»Ein tödlicher«, erwiderte Olivia und erzählte in knappen Worten, welche Tragödie sich nach Zinos Schilderung in wenigen Minuten in Connys Garten abspielen würde.

»Wieso steht Heiko plötzlich auf Zinos Liste?«, fragte Conny. »War das schon vorher so?«

»Keine Ahnung. Aber ich glaube, nicht nur Zino soll dafür büßen, dass er gegen die Regeln der Unterwelt verstoßen hat, sein Boss hat auch uns beide im Visier. Solange er uns nicht kriegt, holt er sich eben Freunde und Verwandte.«

»Aber warum?«, fragte Conny. »Wir haben doch nichts Falsches getan.«

»Wir sind am Leben«, antwortete Olivia. »Offenbar reicht das, um sauer auf uns zu sein.«

»Und wer genau ist jetzt sauer auf uns?«

»Gott Hades.«

»Der Fürst der Unterwelt höchstpersönlich?«

»Genau der. Hades lässt seine Muskeln spielen.«

Conny schnaufte verächtlich. »Alte Männer! Immer müssen sie übers Ziel hinausschießen.«

»Apropos. Die Zeit läuft. Du musst verhindern, dass Heiko diese Treppe nimmt. Und räum die Harke weg. Sonst passiert dir auch noch was.«

Schweigen.

»Conny? Hast du mich gehört?«

»Hab ich.«

»Und?«

»Du sagst also, wenn ich den Dingen einfach ihren Lauf lasse, dann ist mein Mann in ein paar Minuten tot, und Gott Hades hat seinen Willen?«

»Hör auf damit, Conny«, sagte Olivia streng. »Du willst Heiko nicht ermorden.«

»Würde ich ja gar nicht«, erwiderte Conny entspannt. »Es wäre sein Schicksal. Ich hätte nur nichts getan, um es zu verhindern.«

»Hades wird keine Ruhe geben, bis er auch uns beide am Wickel hat«, erwiderte Olivia. »Und dann musst du dir im Jenseits Tag für Tag Heikos Vorwürfe anhören.«

»Okay, da ist was dran«, sagte Conny.

»Eben. Du weißt also, was du zu tun hast?«

Conny blieb die Antwort schuldig. Stattdessen sagte sie: »Ich muss Schluss machen. Ich glaube, Heiko ist gerade aufgestanden.«

Bevor Olivia etwas erwidern konnte, hatte ihre Freundin das Gespräch beendet.

45

Als sie an den Tisch zurückkehrte, saß Zino allein vor der fast leeren Ouzoflasche. »Charon ist schon weg«, erklärte er und goss sich den Rest ein. »Er lässt dich grüßen und sagt, du sollst dich bei ihm melden, wenn du über den Styx musst. Du kriegst dann einen Priority Check-in.«

»Nett von ihm«, sagte Olivia. »Gibt es an Bord eigentlich ein Unterhaltungsprogramm? Oder wenigstens einen kleinen Imbiss?«

Zino musste grinste. »Hast du Conny erreicht?«

»Ja, sie weiß Bescheid.«

»Bestens«, sagte er. »Dann können wir ja jetzt zu Konstantinos fahren. Da wartet nämlich schon das nächste Problem auf uns.«

»Alle weiteren Probleme des heutigen Tages überlasse ich gern dir ganz allein«, sagte sie. »Wie du weißt, habe ich frei. Und da dieser Tag außerdem der erste vom Rest meines Lebens ist, möchte ich ihn in vollen Zügen genießen.«

»Morgen ist auch wieder der erste Tag vom Rest deines Lebens«, gab Zino zu bedenken. »Außerdem kannst du nicht so tun, als würden dich meine Probleme rein gar nichts angehen.«

»Kann ich nicht?«, fragte sie. »Warum nicht?«

»Weil ich dein Schicksal geändert habe«, antwortete er. »Hades will dich tot sehen, und nicht nur dich. Wenn wir ihn nicht zur Vernunft bringen, werden viele Unschuldige sterben.«

»Sagt der Todesengel, der seit Jahrtausenden Unschuldige in den Hades schickt?«, fragte Olivia.

»Stimmt, aber wie du weißt, würde ich diesen Teil meiner Biografie gern hinter mir lassen.«

Sie seufzte leise. »Was soll ich denn überhaupt tun?«

»Dein psychologisches Einfühlungsvermögen ist gefragt.«

»Worum geht's?«

»Um eine Geiselnahme«, antwortete er. »Ich erkläre dir alles unterwegs.«

Olivia glaubte sich verhört zu haben. »Um eine … was?«

»Eine Geiselnahme«, wiederholte Zino.

Sie hatte sich also doch nicht verhört. »Und wer hat wen in Geiselhaft genommen?«

»Carlo Kirschner ist bei Konstantinos reingeschneit, hat eine Waffe gezogen, die Gäste vor die Tür gesetzt, seine Frau und ihren Liebhaber als Geiseln genommen und sich mit beiden verbarrikadiert. Kaum fünf Minuten später war auch die Polizei vor Ort.«

»Weiß man, was er will?«, fragte Olivia.

»Ich befürchte, das weiß er selbst nicht so genau«, antwortete Zino. »Aber wenn wir Glück haben, dann lässt man dich zu ihm. Vielleicht kannst du ihn zur Vernunft bringen.«

»Warum sollte er auf mich hören?«

»Du bist Psychologin, du kennst ihn, und du kennst seine Frau …«

»Ein bisschen«, warf Olivia ein.

»Gut genug, um einigermaßen über ihre Probleme Bescheid zu wissen. Damit weißt du mehr als die Polizei.«

»Hat dein Boss etwa auch bei dieser Sache seine Finger im Spiel?«, fragte Olivia.

»Hat er. Er lässt nichts unversucht, um uns mürbe zu machen, und dazu zieht er jetzt alle Register.«

»Weißt du das oder vermutest du das?«

»Ich weiß es.«

»Von deinen Schwestern«, hakte Olivia nach.

»Sagen wir, ich weiß es aus sicherer Quelle.«

»Und deine Quelle denkt, dass Carlo ein Blutbad in Konstantinos' Taverne anrichten wird?«

Wieder ein Nicken. »Bis gestern Nacht hätte er sehr alt werden können. Aber Hades hat darauf bestanden, dass die Moiren an seinem Schicksalsrad drehen, und nun wird er sich heute um kurz nach zwölf Uhr mittags eine Kugel in den Kopf jagen. Falls wir das nicht verhindern, versteht sich.«

Olivia sah auf die Uhr. »In einer knappen Stunde.«

»Ja, wir haben noch Zeit«, sagte Zino gelassen.

»Wieso kann Hades deinen Schwestern eigentlich Befehle erteilen?«, fragte Olivia. »Hast du mir nicht selbst gesagt, dass sogar der große Zeus sich dem Willen der Moiren unterwerfen muss?«

»Das stimmt auch«, antwortete Zino. »Hades kann ihnen zwar nichts befehlen, aber er kann sie unter Druck setzen. Leider sind meine Schwestern in einer etwas misslichen Lage, weil ihr eigener Bruder gegen den Kodex verstoßen hat. Einerseits möchten sie mir helfen, andererseits wollen sie Zeus' älteren Bruder nicht gegen sich aufbringen.«

»Verstehe. Deshalb erfüllen sie zwar Hades' Wünsche, informieren dich aber unter der Hand über seine Pläne.«

»Kein Kommentar.«

»Sehe ich es eigentlich richtig, dass man dich für dein Verhalten ins tiefste Loch des Hades werfen könnte?«, fragte Olivia.

»Du meinst den Tartaros?«

»Keine Ahnung. Ist der Tartaros das tiefste Loch der Unterwelt?«

»Wenn du einen Amboss hineinwirfst, dann braucht er neun Tage, um auf dem Boden des Tartaros anzukommen.«

»Klingt überzeugend. Könnte es sein, dass du da landest?«, hakte Olivia nach.

»Gut möglich«, sagte Zino und fingerte nach einer Zigarette.

»Und was ist mit Conny und mir?«

»Was meinst du?« Sie sah, dass er sich dumm stellte.

»Werden wir auch dort landen?«

Er verzog das Gesicht. »Na ja. Es wäre schon denkbar, dass sie euch als Mittäter in den Tartaros werfen.«

»Toll«, sagte Olivia. »Dann sollte ich doch lieber meinen freien Tag genießen, bevor ich für alle Zeiten in diesem dunklen Loch lande.«

»So weit muss es ja nicht kommen«, sagte Zino. »Wenn wir uns nicht unterkriegen lassen, dann haben wir gute Chancen, Hades zum Einlenken zu bewegen.« Er hob das Schnapsglas und prostete ihr zu.

Olivia nahm es ihm aus der Hand, leerte es in einem Zug und stellte es geräuschvoll auf den Tisch. »Also gut. Gehen wir.«

46

Vor Konstantinos' Taverne hatten zwei Einsatzwagen der Polizei Stellung bezogen. Beamte in Schutzausrüstung warteten auf die Entscheidungen des Einsatzleiters, während sie damit beschäftigt waren, die Schaulustigen hinter die Absperrungen zu schicken, wo die Leute sich prompt um die besten Plätze für Handyaufnahmen zankten.

Es dauerte eine Weile, bis Zino und Olivia einen der Beamten davon überzeugt hatten, dass sie dringend den Einsatzleiter sprechen mussten.

Als der leitende Beamte Olivia sah, stutzte er. Sie erkannte ihn ebenfalls. Polizeiobermeister Hummels.

»Waren Sie es nicht, die Probleme mit dem Sensenmann hatte?«, fragte er. Im nächsten Moment erkannte er Zino. »Sieh an! Und da ist er ja auch schon.«

»Lange Geschichte«, sagte Olivia.

»Zeit ist das Einzige, was wir nicht haben«, erwiderte Hummels. »Was kann ich denn für Sie tun?«

»Der Mann, der im Verdacht steht, in dieser Taverne Geiseln genommen zu haben …«, begann sie.

»Das ist leider kein Verdacht, sondern eine Tatsache«, unterbrach Hummels. »Augenzeugen haben bestätigt, dass der Täter bewaffnet und gefährlich ist. Darüber hinaus befindet er sich vermutlich in einem emotionalen Ausnahmezustand.«

Sie nickte. »Ich weiß. Und ich kann Ihnen auch sagen, warum.«

»Dann immer raus damit«, sagte Hummels. »Wir sind für jede Information dankbar.«

»Ihr mutmaßlicher Geiselnehmer heißt Carlo Kirschner. Mit ihm in dieser Taverne ist seine Frau Hanna, die therapeutische Hilfe von mir wollte, weil sie unter Schlaflosigkeit leidet. Schon in der ersten Sitzung hat sich herausgestellt, dass sie mit ihrer Ehe unglücklich ist. Inzwischen hat sie sich von ihrem Mann getrennt. Ihr Geiselnehmer hat mich deshalb gebeten, zwischen ihm und seiner Frau zu vermitteln.«

»Mit Erfolg?«, wollte Hummels wissen.

»Es ist leider nie zu diesem Gespräch gekommen«, sagte Olivia. »Aber ich glaube nicht, dass er seiner Frau oder ihrem Liebhaber wirklich etwas antun will. Meiner Ansicht nach möchte Herr Kirschner nur reden.«

»Mit einer geladenen Waffe in der Hand?«

»Ich weiß nicht, was Ihre Zeugen gesehen haben«, erwiderte Olivia. »Ich gebe nur meine Einschätzung wieder.«

Hummels überlegte. »Haben Sie seine Handynummer?«, fragte er dann.

»Leider nein.«

Der Polizist schüttelte bedauernd den Kopf. »Schade. Wir haben auch keinen Kontakt zu ihm. Er hat sich nämlich noch nicht bei uns gemeldet …«

»Ich könnte einfach rübergehen und mit ihm reden«, schlug sie vor. »Wie gesagt, ich glaube nicht, dass Herr Kirschner gefährlich ist.«

Hummels wirkte skeptisch. »Vor ein paar Tagen haben Sie das Gegenteil von Herrn Angelopoulos behauptet. Sie dachten sogar, er sei ein Serienkiller …«

»Das war ein Irrtum«, unterbrach Olivia.

»Was, wenn Sie jetzt wieder falschliegen?«, fragte Hummels. »Dann haben wir womöglich heute eine Leiche mehr zu beklagen, nämlich Sie.«

»Oder Sie irren sich, und ich kann dafür sorgen, dass heute überhaupt niemand stirbt«, konterte Olivia. Sie sah, dass sie Hummels ins Grübeln gebracht hatte. »Ich gebe Ihnen gern schriftlich, dass ich persönlich die Verantwortung dafür übernehme, falls mir was passiert«, setzte sie nach.

Hummels überlegte, dabei beugte er sich ein wenig vor. »Sagen Sie mal, haben Sie eigentlich Alkohol getrunken?«

Olivia schüttelte den Kopf.

Zino sprang ihr bei. »Ich hatte zwei Drinks«, gestand er und schlug theatralisch die Augen nieder. »Einer der Gründe, warum ich bei Doktor Bentele in Therapie bin.«

Hummels nickte bedächtig und wandte sich wieder zu Olivia. »Okay. Versuchen wir es. Sie kriegen eine Schutzweste, und einer meiner Leute bringt sie bis zur Tür. Falls der Täter vorher das Feuer eröffnet …«

»Das wird er nicht«, sagte Olivia kopfschüttelnd. »Und ich gehe allein und ohne Schutzweste. Vertrauen Sie mir. Wenn ich falschliege, dann können Sie das Problem immer noch auf Ihre Weise lösen.«

Hummels sah aus, als ob er etwas erwidern wollte, sah aber ein, dass das keinen Zweck hatte. »Gut, ganz wie Sie wollen. Dann drücke ich Ihnen die Daumen.«

»Danke.«

»Viel Glück«, raunte Zino ihr zu. »Falls ich was tun kann, ruf mich einfach.«

Olivia nickte, atmete durch und verließ die Deckung, die die Einsatzfahrzeuge boten, um entschlossen, aber mit weichen Knien die Straße zu überqueren. Aus den Augenwinkeln sah sie, wie die Schaulustigen ihre Handys zückten, um Olivias Einsatz für die sozialen Netzwerke zu dokumentieren. Heute Abend würde Lillys Freundin Dana sie bestimmt um die Zahl ihrer Follower beneiden. Dabei fiel ihr ein, dass sie Lilly unbedingt anrufen musste. Seit ihrem nächtlichen Telefonat hatte sie nichts mehr von ihr gehört.

Bevor sie an Konstantinos' Tür klopfte, holte Olivia noch einmal tief Luft.

Dann fasste sie sich ein Herz.

47

»Wer ist da?«, hörte sie Carlo von drinnen fragen.

»Olivia Bentele«, antwortete sie. »Ich bin allein.«

Seine Reaktion ließ auf sich warten. »Die Tür ist offen«, sagte er schließlich.

Sie betrat die Taverne. Schummriges Licht fiel durch die geschlossenen Vorhänge. Es dauerte einen Moment, bis ihre Augen sich an das Halbdunkel gewöhnt hatten.

Er saß allein an einem der Tische, den Eingang im Blick. Vor ihm lag ein Blatt Papier, darauf ein Stift, daneben eine Pistole. Seine rechte Hand umfasste den Griff der Waffe, bereit, sie jederzeit in Anschlag zu bringen. »Das ist nah genug. Bleiben Sie da stehen«, befahl er.

»Darf ich mich wenigstens setzen?«, fragte sie.

Er überlegte kurz. »Meinetwegen.«

Sie zog einen Stuhl zu sich heran und setzte sich damit in den Gang. Er sollte ihre Hände sehen können, damit er nicht befürchten müsste, dass sie etwas im Schilde führte.

»Wenn Sie jetzt schon mal da sind, können Sie mir vielleicht helfen«, sagte er.

»Wobei?«

»Bei meinem Abschiedsbrief. Ich weiß nicht, wo ich anfangen soll.«

»Von wem möchten Sie sich denn verabschieden?«

»Von meinen Töchtern. Und von meiner Frau.«

Sie sah sich um. »Da wir gerade von ihr sprechen. Wo ist Ihre Frau eigentlich?«

Er deutete mit dem Kopf vage in Richtung Küche. »Ich hab die beiden in die Vorratskammer gesperrt«, erklärte er. »Keine Sorge. Es geht ihnen gut.«

»Das freut mich«, sagte Olivia. Es war die reine Wahrheit.

»Also, was ist?«, fragte er. »Helfen Sie mir? Ich bin leider nicht gut in so was.«

»Wer ist das schon?«, erwiderte sie. »Die meisten Menschen nehmen Abschied, weil sie es müssen, und nicht, weil sie es möchten. Entsprechend ungern schreiben wir Abschiedsbriefe.«

»Manchmal hat man ja leider keine Wahl«, sagte er sachlich. »Außerdem muss ich Hanna aufschreiben, wo sie alles findet.«

»Was meinen Sie? Was muss sie denn finden?«

»Ach, Versicherungsunterlagen und so«, antwortete er mit einer wegwischenden Geste. »Bislang habe ich mich ja allein um alles gekümmert. Hanna hat sich für den Papierkram noch nie interessiert. Aber das wird sie wohl müssen, wenn ich tot bin.«

»Das klingt, als wäre es vernünftiger, am Leben zu bleiben«, sagte Olivia.

Er lächelte schmal. »Netter Versuch.«

Sie schüttelte den Kopf. »Was Sie eben gesagt haben, klang sehr vernünftig, nur deshalb kam ich drauf.«

»Ich mache das hier, damit es den Kindern gut geht. Wozu hab ich sonst all die Jahre geschuftet? Wenigstens unsere Töchter sollen was davon haben, wenn ich ins Gras beiße.«

»Würde es den beiden nicht am besten gehen, wenn sie ihren Vater behalten?«, fragte Olivia.

»Wie gesagt, manchmal hat man keine Wahl«, wiederholte er.

»Ich habe noch nicht ganz verstanden, warum Sie keine Wahl haben«, sagte Olivia.

Er schob die Unterlippe vor. »Weil ich's verbockt habe, deshalb. Ich hab mich besoffen, mir diese Knarre organisiert und bin dann hier reinspaziert, um mit Hanna zu reden. Als mir klar wurde, dass die Idee kompletter Mist ist, steckte ich schon bis zum Hals drin. Jetzt steht die Polizei draußen, und ein befreundeter Anwalt hat mir am Telefon gesagt, dass ich mit hoher Wahrscheinlichkeit im Knast lande. Aber selbst wenn ich Glück hätte und mit Bewährung davonkäme, wäre meine Karriere vorbei. Und vermutlich nimmt man mir auch noch die Kinder weg.«

»Und die Alternative ist, dass Sie sich das Leben nehmen?«, fragte Olivia.

Ratlos zog er die Schultern hoch. »Meine Ehe ist Geschichte, und meine Familie und meine Karriere werden es auch bald sein. Wozu also das Ganze? Wenn ich mir jetzt eine Kugel in den Kopf jage, dann kann ich immerhin noch dafür sorgen, dass Hanna und die Kinder finanziell abgesichert sind. Mal abgesehen davon, dass man einen Selbstmord besser unter den Teppich kehren kann als eine Haftstrafe. Ich möchte nicht, dass Jana und Ina von ihren Freundinnen gehänselt werden, weil ihr Vater ein Krimineller ist.«

»Haben Sie das alles eigentlich auch Hanna erzählt?«, fragte Olivia.

Er schüttelte den Kopf. »Ich hab gedacht, es ist leichter, wenn ich es ihr aufschreibe.«

»Leichter für wen?«

»Leichter für …« Er unterbrach sich. »Ja, Sie haben recht«, antwortete er leise.

»Wissen Sie noch, warum Sie es für eine gute Idee gehalten haben, mit einer Waffe hier aufzutauchen?«

»Ich glaube, ich wollte verhindern, dass die Dinge noch mehr außer Kontrolle geraten.«

»Aber genau das ist passiert.«

Er nickte. »Leider.«

»Es macht Ihnen Angst, wenn die Dinge außer Kontrolle geraten, nicht wahr?«

Er nickte erneut, überlegte, griff dann blitzschnell zur Waffe und setzte sie sich an den Kopf.

Olivia hatte Mühe, einen Aufschrei zu unterdrücken.

»Wie man es dreht und wendet, es ist die beste Lösung«, sagte er. »Ich hab auf dem Zettel die Kombination vom Safe notiert. Darin findet Hanna alles, was sie braucht. Sagen Sie ihr einfach, dass ich sie und unsere Kinder liebe, dann kann ich mir wenigstens diesen blöden Abschiedsbrief sparen.«

Er atmete ein, schloss die Augen und entsicherte die Waffe.

»Nein, das werde ich nicht tun«, sagte sie mit fester Stimme.

Überrascht öffnete er die Augen. »Wie war das gerade?«

Olivia ahnte, dass er Widerspruch nicht gewohnt war. »Ich finde, das müssen Sie ihnen schon selbst sagen«, fuhr sie fort. »Hanna hat mir erzählt, dass Sie ein verantwortungsvoller Mensch sind. Sie sollten auch jetzt Verantwortung übernehmen. Ihre Familie hat es verdient, von Ihnen persönlich zu erfahren, warum Sie sterben wollen.«

Langsam ließ er die Waffe sinken. »Was soll ich ihnen denn sagen?«, fragte er irritiert.

»Die Wahrheit?«, schlug Olivia vor.

»Dass ich die Kontrolle verloren habe?«

»Ist das der Grund, warum Sie kapitulieren?«, fragte Olivia.

Er schwieg.

»Und ist das auch der Grund, warum Sie sterben wollen?«

Auch darauf hatte er keine Antwort.

»Wollen Sie überhaupt sterben?«, hakte sie nach.

Langsam legte er die Waffe zurück auf den Tisch. Dann schaute er betreten zu Boden und schien seine Gedanken zu ordnen. »Aber was sonst?«, fragte er.

»Ich schlage vor, dass wir beide Ihnen eine zweite Chance geben.«

Er merkte auf. »Das wär zu schön, um wahr zu sein. Aber wie soll das gehen?«

»Wir fragen Hanna und Konstantinos, ob sie bereit sind zu vergessen, was heute hier passiert ist. Vorher nehme ich Ihre Waffe an mich. Ich werde der Polizei sagen, dass ich Sie unbewaffnet angetroffen habe.«

Er wirkte verblüfft, zugleich war da plötzlich ein Funke Hoffnung in seinen Augen zu sehen. »Es gibt Zeugen«, gab er zu bedenken. »Gäste, die beobachtet haben, dass ich hier mit einer Waffe reingekommen bin.«

»Haben Sie die Waffe benutzt?«

Er schüttelte den Kopf.

»Haben Sie jemanden damit bedroht? Ich meine, außer Hanna und Konstantinos.«

»Nicht direkt. Aber ich habe an die Decke gezielt und gerufen, dass alle verschwinden sollen.«

»Mehr ist nicht passiert?«

»Nein.«

»Wenn hier keine Waffe gefunden wird und Hanna und Konstantinos meine Version der Geschichte bestätigen, dann müssen die Gäste sich wohl getäuscht haben«, sagte Olivia.

»Sie gehen ein hohes Risiko ein, wenn Sie diese Waffe hier rausschmuggeln«, gab er zu bedenken.

»Ich weiß.«

»Warum wollen Sie das für mich tun?«, fragte er.

»Ich tue es nicht nur für Sie, sondern auch für Hanna und die Kinder«, antwortete Olivia. »Wir alle ziehen in dieser Hinsicht am selben Strang.«

Er nickte und schob die Waffe über den Tisch. »Danke.«

Olivia war erleichtert, ließ es sich aber nicht anmerken. »Versprechen Sie mir, dass Sie sich jemanden suchen, mit dem Sie reden können, wenn das hier vorbei ist?«

»Versprochen.« Er nickte, wollte noch etwas sagen, zögerte aber.

»Was?«, fragte sie.

»Könnten das auch … Sie sein?«, fragte er. »Könnte ich mit Ihnen reden?«

»Das wäre möglich«, antwortete sie und schob die Waffe zurück über den Tisch. »Ich hab keine Ahnung, wie man damit umgeht. Können Sie die für mich sichern und entladen?«

Er nahm die Pistole, sicherte sie, entfernte das Magazin und schob beides zurück über den Tisch.

»Danke«, sagte Olivia, während sie einen verstohlenen Blick auf die Uhr riskierte. Es war fünf vor zwölf.

48

Olivia erklärte Polizeiobermeister Hummels, dass die vermeintliche Geiselnahme lediglich ein emotionales Gespräch unter Eheleuten gewesen sei. Einige Gäste hätten wohl das forsche Auftreten von Carlo Kirschner völlig falsch interpretiert, zumal die Waffe, die manche Zeugen zu sehen geglaubt hatten, gar nicht existierte. Kurzum, die bewaffnete Geiselnahme habe sich vor Ort als falscher Alarm entpuppt.

Hanna und Konstantinos bestätigten Olivias Geschichte so minutiös, dass Hummels misstrauisch wurde. »Sie wissen schon«, sagte er zu Olivia, »dass wir vier Augenzeugen haben, die übereinstimmend behaupten, einen bewaffneten Mann gesehen zu haben?«

»Nein, das wusste ich nicht«, antwortete sie. »Aber ich gehe fest davon aus, dass Sie und Ihre Leute die Taverne gründlich durchsuchen werden. Falls es diese Waffe gibt, von der Ihre Augenzeugen berichtet haben, dann werden Sie sie ganz bestimmt finden.«

Hummels sah sie prüfend an.

Olivia spürte das kalte Eisen der Pistole in ihrem Hosenbund und hielt seinem Blick stand.

»Ich hoffe, Sie wissen auch, dass es eine Straftat wäre, diese Waffe einfach verschwinden zu lassen. Zumal sie vermutlich schon bei anderen Straftaten eingesetzt wurde. Würde man sie bei Ihnen finden, dann könnten Sie wegen Mittäterschaft herangezogen werden.«

»Mittäterschaft wobei?«, fragte Olivia unerschrocken.

»Bei dieser Geiselnahme.«

»Es gibt keine Geiselnahme«, beharrte sie.

»Fände man die Pistole, sähe die Sache aber ganz anders aus«, konterte Hummels.

»Verstehe. Sie wollen sagen, gäbe es eine Waffe, die ich hätte verschwinden lassen können und wollen, dann wäre ich also offiziell gewarnt.«

Jetzt musste er grinsen. »Haben Sie Herrn Kirschner wenigstens gesagt, dass er demnächst vorsichtiger sein soll, wenn er mit Sachen herumfummelt, die wie Waffen aussehen?«

»Habe ich«, antwortete Olivia.

»Wissen Sie zufällig, was es war, das unsere Augenzeugen für eine Waffe gehalten haben?«

Olivia zuckte mit den Schultern. »Keine Ahnung. Ein Pfefferstreuer vielleicht? Die Dinger sind ja auch schwarz.«

»Schwarz, sagen Sie?«

»Ja. Schwarz wie eine Pistole«, erklärte Olivia.

»Sieh an. Woher wissen Sie, dass unsere Augenzeugen übereinstimmend eine schwarze Waffe gesehen haben?«, fragte Hummels. »Oft sind die ja auch silberfarben.«

Sie spürte, dass ihr abwechselnd heiß und kalt wurde. »Nur eine Vermutung«, log sie. »Er hätte ja auch mit einem silberfarbenen Salzstreuer herumgefuchtelt haben können, wer weiß das schon?«

»Tja, ist ja jetzt auch nicht mehr wichtig«, sagte Hummels freundlich. »Was zählt, ist, dass die Sache friedlich ausgegangen ist.«

Sie überlegte, ob das wieder eine Finte war, aber Hummels wirkte tatsächlich zufrieden. »Freut mich, dass Sie das auch so sehen«, sagte sie.

»Sind Sie denn sicher, dass Herr Kirschner ab jetzt friedlich bleibt?«, hakte er nach.

»Ich bin sicher, er wird sich bei der Bewältigung seiner Eheprobleme professionelle Hilfe suchen«, erwiderte Olivia. »Zumindest hat er das gesagt.«

Der Polizist nickte. »Bestens. Dann fahren wir die drei Herrschaften jetzt mal ins Präsidium, um den Papierkram zu erledigen. Bei Gelegenheit bräuchte ich auch noch Ihre Aussage. Aber das muss nicht heute sein. Ruhen Sie sich erst mal aus.«

»Danke«, sagte sie.

»Ich danke Ihnen.«

»Gern geschehen.«

»Soll einer meiner Leute Sie irgendwo absetzen? Oder kann ich sonst irgendwas für Sie tun?«

Olivia sah, dass Zino auf sie wartete, und schüttelte den Kopf. »Danke, sehr nett von Ihnen, aber ich gehe lieber zu Fuß.«

Um nicht zu riskieren, dass ihr die Pistole im letzten Moment doch noch aus dem Hosenbund rutschte, ging sie ganz langsam an den Einsatzfahrzeugen vorbei.

Zino empfing sie mit den Worten »Ich bin stolz auf dich« und dirigierte sie in eine Seitengasse, damit die Schaulustigen sie nicht belagerten. »Ich hab es gleich geahnt. Du bist nicht nur eine begabte Lebensretterin, du kannst auch lügen wie gedruckt. Besser noch als ich.«

»Ganz sicher nicht.«

»Doch. Du musst dir nur mehr Mühe geben. So wie heute.«

»Ich bin nicht stolz auf das, was heute passiert ist«, erwiderte sie.

»Warum nicht?«, fragte er. »Wem wäre denn geholfen, wenn Carlo jetzt im Gefängnis säße? Wir wissen doch beide, dass er nur die Nerven verloren hat. Apropos, soll ich eigentlich die Knarre verschwinden lassen?«

Olivia zog die Waffe aus dem Hosenbund und gab sie ihm.

War das nicht surreal? Vor wenigen Tagen hatte sie nur mit einer defekten Kaffeemaschine zu kämpfen gehabt. Jetzt kämpfte sie gegen den Fürsten der Unterwelt, um zu verhindern, dass der wütende Herrscher über den Hades wahllos und reihenweise Menschen aus ihrem Umfeld umlegte. Und sie tat es auch, damit der Tod ein neues Leben anfangen konnte. Dabei stand ihr eigenes noch immer auf der Kippe. Zino hatte ihren Tod zwar verhindert, aber sie ahnte, dass Hades nicht lockerließ, um sie doch noch in sein Reich zu holen.

Olivia spürte eine bleierne Müdigkeit. Lag das nur am fehlenden Schlaf? Oder fühlte es sich so an, wenn man lebensmüde war?

Zino sah ihr an, dass sie grübelte. »Woran denkst du?«

»Ich habe mich gerade gefragt, ob das jetzt immer so weitergehen wird, dieses Katz-und-Maus-Spiel.«

»Du meinst, Hades ist die Katze, und wir sind die Mäuse?«

»Wir und alle anderen, die er in sein Reich holen will, um dich zur Vernunft zu bringen.«

»Glaubst du nicht, dass er bald aufgeben wird?« Es klang nicht so, als würde Zino selbst daran glauben.

»Es ist kaum zwölf Stunden her, dass du Schicksal gespielt hast. Seitdem sind wir damit beschäftigt, andere aus den Fängen von Hades zu retten. Das ist sehr kräftezehrend, und ich weiß auch nicht, wie lange ich das noch machen kann. Und wie lange ich es noch will.«

»Hades wird sich wieder beruhigen«, wiegelte er ab. »Er ist ein aufbrausender Typ, aber so schnell, wie er sich aufregt, so schnell regt er sich auch wieder ab.«

Olivia sah ihm tief in die Augen. »Glaubst du das wirklich, Zino?«

»Was ist die Alternative?«, fragte er ausweichend. »Conny und du, ihr fügt euch eurem Schicksal, wandert in den Hades, und ich tue wieder das, was ich schon zuvor getan habe?«

»Was, wenn Conny richtiglag und du die Ordnung des Universums durcheinandergebracht hast?«

Entschieden schüttelte er den Kopf. »Das hat mit der Ordnung des Universums rein gar nichts zu tun!«, sagte er im Brustton der Überzeugung. »Der eigentliche Punkt ist, dass ich Hades gekränkt habe. Deshalb setzt er jetzt alles daran, mich zu demütigen.«

»Interessant«, sagte Olivia und dachte an Connys Satz über alte Männer und ihren Hang zu Übertreibungen. »Hat er das nötig? Ich meine, steht er als Gott nicht über den Dingen?«

»Er ist auch Zeus' Bruder«, entgegnete Zino. »Und damit ganz genauso arrogant und herrschsüchtig, wie es alle olympischen Götter sind.«

»Aber dann hast du dir die Antwort auf deine Frage von vorhin doch gerade selbst gegeben«, erwiderte Olivia. »Hades wird nicht eher ruhen, bis du klein beigibst.«

Er schwieg und machte ein gequältes Gesicht.

Olivia ahnte, dass sie den Nagel auf den Kopf getroffen hatte. Und sie ahnte auch, dass Hades ihnen längst ein neues Problem aufgehalst hatte.

»Was ist passiert?«, fragte sie. »Es ist doch etwas passiert, oder?«

»Noch nicht«, antwortete Zino. »Aber du musst Conny anrufen. Im Krankenhaus sind Blutproben von Amalia und einem anderen Säugling vertauscht worden. Das andere Kind benötigt ein lebenswichtiges Medikament, für Amalia, die gesund ist, könnte diese Medizin aber leider …«

»… tödlich sein?«, vollendete Olivia seinen Satz und war schon dabei, Connys Nummer zu wählen. »Wann?«

»In gut zwei Stunden. 14.17 Uhr, um genau zu sein. Es ist also noch genug Zeit.«

»Gut«, sagte Olivia beruhigt.

»Aber sag ihr doch bitte auch noch, dass Arne heute Nachmittag um 15.32 Uhr nicht an seinem Traktor herumschrauben soll.«

Sie sah ihn fragend an.

»Könnte sein, dass er zwei Drähte verwechselt und das Ding plötzlich anspringt und ihn … nun ja …«

»… tötet?«, fragte Olivia.

Zino nickte und steckte sich die Pistole in den Hosenbund. »Hey! Solange wir Hades immer ein, zwei Schritte voraus sind, ist doch alles bestens.«

»Sag mir die Wahrheit, Zino. Hades denkt nicht im Traum daran, mit diesen Spielchen aufzuhören, oder?«

»Vermutlich nicht«, antwortete er resigniert.

Das Freizeichen ertönte. Olivia schüttelte den Kopf. »Du musst mit Hades reden und eine Lösung finden. Ich will nicht, dass meinetwegen ständig jemand mit einem Bein im Grab steht. So kann ich nicht leben, Zino. Und so will ich auch nicht leben. Es wäre schön gewesen, Lebenszeit geschenkt zu bekommen, aber ich will sie nicht um jeden Preis.«

»Hi, Liv«, hörte sie Conny in diesem Moment sagen.

»Wo bist du?«, fragte Olivia.

»Im Krankenhaus.«

Sie stutzte. »Wieso? Was ist passiert?«

»Heiko hat sich auf dem Weg in den Garten den Fuß angebrochen. Nicht schlimm, dauert aber ein paar Wochen, bis er wieder ganz der Alte ist.«

»Wie? Du hast ihn nicht gewarnt?«, fragte Olivia schockiert.

»Nein, aber ich hab immerhin die Harke weggeräumt«, erwiderte Conny. »Ich glaube, das ist fair genug.«

»Bist du verrückt? Es hätte ihm sonst was passieren können.«

»Es kann jeden Tag jedem von uns sonst was passieren«, erwiderte Conny entspannt. »Das ist der Lauf der Welt. Und wir beide wissen das nur zu gut.«

Olivia konnte sich ein Grinsen nicht verkneifen. »Und? Fühlst du dich denn wenigstens jetzt besser?«

»Ein bisschen. Hast du mich nur angerufen, weil du wissen willst, ob ich meinen Mann auf dem Gewissen habe?«

»Nein«, erwiderte Olivia und wurde wieder ernst. Sie erzählte von Amalia, den vertauschten Blutproben und Arnes drohendem Traktorunfall.

»Ich rufe sofort im Krankenhaus an«, sagte Conny.

»Gut. Wenn ich dir irgendwie helfen kann …«

»Dann melde ich mich«, versprach Conny.

»Danke.« Eine Pause entstand. Olivia spürte, dass Conny noch etwas auf dem Herzen hatte. »Liv?«

»Ja?«

»Ich glaube, wir müssen das irgendwie beenden. Das ist kein Leben, wenn man ständig den Tod der anderen vor Augen hat.«

»Ich weiß«, sagte Olivia. »Ich hab schon mit Zino darüber gesprochen.«

»Und?«

»Ich bin ganz deiner Meinung und habe ihm gesagt, er soll mit Hades reden.«

»Gut. Ich melde mich später.«

»Okay.« Olivia beendete das Gespräch. Im selben Moment klingelte ihr Handy. Das Display meldete einen Anruf von Lilly.

49

Sie nahm das Gespräch an, um gleich mit der Tür ins Haus zu fallen. »Ich weiß, dass ich mich bei dir melden wollte. Tut mir wirklich leid, Lilly, aber bei mir war einfach Land unter, und …«

»Ist schon gut, Liv«, unterbrach Lilly. »Hast du denn jetzt kurz Zeit für mich?«

»Ich bin ganz Ohr«, sagte Olivia, was nicht stimmte, weil sie einerseits müde war und andererseits nicht noch mehr Hiobsbotschaften hören wollte. Sie schaute sich nach Zino um, aber der war schon wieder verschwunden. »Hat Georg sich bei dir gemeldet?«

»Ja, ich hab eben mit Paps gesprochen.«

»Aber das ist doch eine gute Nachricht.« Olivia war erleichtert. Insgeheim hatte sie schon befürchtet, dass auch Georg eine Einladung in den Hades bekommen hatte.

»Einerseits schon«, sagte Lilly. »Andererseits fand ich, er war irgendwie komisch.«

Jemand klopfte an. Es war Conny. »Entschuldige, Lilly. Conny ist in der Leitung. Da muss ich kurz rangehen. Ich bin gleich wieder bei dir.« Sie nahm das Gespräch an. »Was ist los? Alles okay?«

»Im Krankenhaus halten sie mich für verrückt, und Arne kann ich nicht erreichen. Hast du eben gesagt, diese Sachen passieren um Viertel nach zwei und um halb vier?«

»Hab ich«, antwortete Olivia.

»Gut, das schaff ich. Dann fahr ich zur Sicherheit jetzt los.«

»Soll ich mitkommen?«

»Nein, halte du hier die Stellung. Ich komme später bei dir vorbei.«

»Fahr vorsichtig.«

Conny lachte. »Wenn nicht, dann sehen wir uns auf der anderen Seite, okay?«

Bevor sie etwas erwidern konnte, hatte Conny aufgelegt. Olivia wechselte zu dem Gespräch mit Lilly. »Entschuldige, da bin ich wieder. Wo waren wir?«

»Ich habe gerade gesagt, Paps war irgendwie komisch.«

»Ach ja, genau. Wieso komisch?«, fragte Olivia.

»Er hat gesagt, er ist gestern mit ein paar Bekannten um die Häuser gezogen, und alle haben völlig die Zeit vergessen. Als es plötzlich hell wurde, sind sie zum Frühstücken in so einen abgerockten Laden gegangen, wo sie als Studenten oft waren ...«

»Das klingt für meinen Geschmack noch nicht sehr beunruhigend«, warf Olivia ein.

»Kommt noch«, versprach Lilly. »Als die Runde sich auflöste, hat Paps entschieden, dass er sich noch ein bisschen Gras besorgt ...«

»Was? Gras?«

»Ja, Gras. – Haschisch.«

»Ich weiß, was Gras ist«, sagte Olivia. »Ich dachte nur, ich hätte mich verhört.«

»Ich hab ja gesagt, dass er komisch drauf war.«

»Hat er erwähnt, wohin er will?«

»Nicht direkt. Er hatte vor, zu seinem besten Freund Konrad zu fahren und mit ihm einen Joint zu rauchen. Paps sagt, das hat er schon ewig nicht mehr gemacht.«

Olivia spürte, dass ihr Puls sich beschleunigte.

»Kennst du diesen Konrad?«, fragt Lilly. »Ich wusste nicht mal, dass Paps überhaupt einen besten Freund hat, geschweige denn, dass er Konrad heißt.«

Olivia zögerte. »Ja, der Name sagt mir was. Dein Vater und dieser Konrad haben zusammen studiert.«

»Oh«, sagte Lilly verblüfft. »Nie von ihm gehört. Weißt du zufällig auch, wo er wohnt?«

»Warum fragst du?«

»Ich mache mir Sorgen. Paps ist nicht mehr der Jüngste, trotzdem will er sich nach einer durchzechten Nacht als zweites Frühstück einen Joint gönnen …«

»Du sagst ja selbst, er ist alt genug«, unterbrach Olivia.

»Ich will ja nur sicher sein, dass es ihm gut geht«, sagte Lilly.

»Indem du ihm hinterherspionierst?«

»Nein! Selbstverständlich nicht!«, widersprach Lilly vehement. »Das würde ich nie tun! Niemals!« Kleinlaut fügte sie hinzu: »Kannst du das nicht für mich machen, Liv? Bitte.«

Schon als der Name Konrad zum ersten Mal gefallen war, hatte Olivia überlegt, ob sie Lilly reinen Wein einschenken und ihr die dazugehörige Geschichte erzählen sollte. Jetzt war sie froh, dass Lillys Frage ihr diese Entscheidung abnahm.

»Klar«, sagte sie. »Kein Problem. Ich rede mit Georg. Ich mache mich gleich auf den Weg.«

»Danke, Liv«, erwiderte Lilly erfreut und erleichtert.

»Mache ich doch gern«, sagte Olivia. »Ich melde mich dann später bei dir. Diesmal wirklich. Versprochen.«

»Danke nochmals.«

»Keine Ursache.« Das war keine Floskel, denn Olivia war froh, Lilly nicht erklären zu müssen, dass Georgs Verhalten auch sie beunruhigte. Das lag weniger an seiner Idee, Haschisch zu rauchen, sondern mehr an der Tatsache, dass Konrad seit über zwanzig Jahren tot war.

50

Als sie den Friedhof betrat, musste Olivia an den Asphodeliengrund denken. Sie stellte sich eine Wiese voller weißem Affodill ungleich schöner vor als diese Anlage aus schnurgeraden Wegen und immergrünen Parzellen, die ihr wie eine Reihenhaussiedlung der Toten vorkam. Griechische Schatten waren offenbar geselliger als die hiesigen.

Georg saß auf der Parkbank schräg gegenüber von Konrads Grab. Ein angerauchter, aber inzwischen kalter Joint lag neben ihm.

Sie setzte sich. »Hast du dir den Rest für später aufgehoben?«

Er schüttelte den Kopf. »Das Zeug ist mir zu stark. Das hat mit dem Kraut, das wir damals geraucht haben, kaum noch was zu tun.«

»Freut mich, dass du es gemerkt hast«, sagte sie. »In dem Gras ist heute vier bis fünf Mal mehr THC als in dem, das man Ende der Achtziger bekam. Ist einer der Gründe, warum Psychosen, die durch Cannabis ausgelöst werden, zunehmen.«

»Arbeitest du jetzt in der Drogenprävention?«, fragte er.

»Ich wollte es dir nur sagen.«

»Aber es hört sich an, als wäre ich ein Junkie. Dabei wollte ich lediglich einen einzigen Joint rauchen.«

»Unterschätze das nicht. Du wärst nicht der erste Mann in

der Midlife-Crisis, der durch dieses Zeug seine geistige Gesundheit aufs Spiel setzt.«

»Wer sagt denn, dass ich in der Midlife-Crisis bin?«, fragte er mit gespielter Empörung.

»Ist nur so eine Vermutung«, scherzte Olivia. »Ältere Männer, die sich wieder jung fühlen möchten, sind oft mit deutlich jüngeren Frauen liiert und nehmen exzessiv am Nachtleben teil. Viele machen Selbsterfahrungstrips, indem sie auf Abenteuerreisen gehen, Workshops besuchen oder Drogen konsumieren. Alternativ betreiben sie übrigens exzessiv Sport, besonders gern Radsport.«

»Ich mach mir nichts aus Sport«, sagte Georg. »Und ich hasse Radfahren.«

»Na, dann bist du ja fein raus«, erwiderte Olivia launig.

Er musste grinsen. »Warum bist du wirklich hier? Hat Lilly dich geschickt?«

»Die Frage lautet wohl eher, warum du hier bist.«

»Ich wollte mich nur verabschieden«, sagte er.

»Von Konrad?«

Er schüttelte den Kopf. »Von Konrad hab ich mich längst verabschiedet.«

»Von wem dann?«

»Von mir selbst?«, überlegte er.

»Das hört sich nicht gut an«, befand sie.

»Warum nicht?« Er begriff. »Ach so, du denkst, dass ich mir was antun will.«

»Wie darf ich es sonst verstehen, dass du dich von dir selbst verabschieden willst?«

»Ich meinte, von dem Mann, der ich mal war«, erklärte er. »Ich wollte mich daran erinnern, wie ich mit Konrad gelacht, getrunken, geraucht und diskutiert habe. Wie wir uns gefragt haben, was uns das Leben wohl servieren wird. Wie wir von Abenteuern, aufregenden Begegnungen und fremden Ländern geträumt haben. Ich dachte, ich teile mir einen letzten Joint mit ihm, und dann schlage ich ein neues Kapitel auf.«

»Interessant. Und? Hast du schon eine Ahnung davon, was in diesem neuen Kapitel passieren wird?«

Er zuckte mit den Schultern. »Nein. Ich hatte gehofft, das würde ich hier erfahren.«

»Du denkst auf einem Friedhof über deine Zukunft nach?«, wunderte sich Olivia.

»Ja, ich hab mich gefragt, was wohl aus Konrad geworden wäre, wenn er sich damals nicht auf dieses Motorrad gesetzt hätte. Wären wir heute immer noch beste Freunde? Hätte er Familie? Kinder? Wäre er der Globetrotter geworden, der er damals werden wollte? Wäre er heute reich oder gar vermögend, vielleicht sogar berühmt? Wäre er glücklich?«

»Das alles werden wir nie erfahren«, sagte Olivia.

»Würde es dich interessieren?«, fragte er.

»Ich weiß nicht. Es ist passiert und damit Geschichte. Man kann lange darüber grübeln, was hätte sein können, aber bringt einen das weiter?«

»Vielleicht hätten wir weniger Angst vor der Zukunft, wenn wir wüssten, welchen Katastrophen wir in der Vergangenheit nur knapp entronnen sind. Ich glaube, kaum jemand ahnt, wie oft er dem Tod schon von der Schippe gesprungen ist.«

»Für Konrad macht das keinen Unterschied«, gab Olivia zu bedenken. »Wenn er könnte, würde er dir sagen, dass deine philosophischen Betrachtungen zwar interessant, aber für ihn völlig gegenstandslos sind. Nur die Lebenden können mit ihrem Leben hadern.«

»Haderst du mit deinem Leben?«, fragte er.

»Manchmal.«

»Sehr?«

»Was meinst du mit sehr?«

»Denkst du manchmal, dass es besser gewesen wäre, wenn du überhaupt nicht geboren wärst?«, fragte er.

Sie musste nicht lange überlegen. »Nein. Du etwa?«

»Meine Mutter hat das mal von sich gesagt, als sie einen schlechten Tag hatte. Mein Vater hat erwidert, dass einem aber auch viele schöne Dinge an der Nase vorbeigehen, wenn man nie geboren wird.«

»Und was denkst du?«

»Ich glaube, beide haben recht. Ob man es so oder so sieht, liegt vermutlich nur an der Tagesform.«

»Und wie ist deine Tagesform heute?«

Er zuckte mit den Schultern. »Geht so. Die Reisen, Abenteuer und Erfolge, von denen Konrad und ich damals geträumt haben, sind auch für mich größtenteils nicht wahr geworden. Ein Pessimist könnte behaupten, dass ich in meinem Leben nicht viel mehr erreicht habe als mein toter Freund da drüben.«

Olivia schwieg, überlegte aber, ob sie sich nun doch Sorgen um Georg machten musste.

Er erriet ihre Gedanken. »Nein, du musst dir keine Sorgen um mich machen, Liv. Ich werde mir ganz sicher nichts antun. Schon allein deshalb nicht, weil ich für Lilly da sein muss.«

Sie atmete innerlich auf. »Freut mich, das zu hören.«

»Außerdem gibt es ja auch noch die optimistische Sicht der Dinge«, fuhr er fort.

»Und die wäre?«

»Im Gegensatz zu Konrad bin ich am Leben, und mit etwas Glück werde ich es auch noch eine Weile bleiben. Ich kann also noch all das tun, was ich schon immer tun wollte. Na ja, vielleicht nicht alles, aber eine Menge davon. Wie sagte einst ein kluger Mann? Es ist erst vorbei, wenn es vorbei ist.«

»Konfuzius?«, riet sie.

»Rocky Balboa«, antwortete er und stand auf. »Wollen wir gehen? Ich habe gerade das dringende Bedürfnis, den Nachmittag mit meiner Tochter zu verbringen.«

»Das ist eine sehr gute Idee.« Olivia stand ebenfalls auf. Gemeinsam spazierten sie über den Friedhof.

Als sie sich dem Haupteingang näherten, klingelte ihr Handy. Unbekannter Anrufer. Sie nahm das Gespräch an. »Zino? Bist du das?«

»Könntet ihr bitte einen der seitlichen Ausgänge nehmen?«, bat er kleinlaut. »Am Haupttor gibt es gleich einen Unfall.«

»Das ist nicht dein Ernst, oder?«, fragte sie müde.

»Doch. Eine defekte Leitung. Es tritt Gas aus, das sich in knapp drei Minuten entzünden wird.«

»Okay«, seufzte sie und drückte das Gespräch weg.

»Probleme?«, fragte Georg.

»Nein, aber …« Sie zeigte zum Seitenausgang. »Können wir bitte in diese Richtung gehen?«

»Klar«, sagte Georg.

Sie hatten das Seitentor gerade erreicht, da ließ eine heftige Detonation die Luft erzittern.

51

Olivia war nach dem Gespräch mit Georg nach Hause gegangen. Mit einem Coffee-to-go aus ihrem neuen Lieblingsladen hatte sie nur kurz im Sessel am Fenster entspannen wollen, war aber sofort eingeschlafen.

Jetzt jagte sie im Traum den nächsten Katastrophen hinterher, lauter Morde, Selbstmorde und fürchterliche Unfälle, die allesamt Menschen betrafen, die sie kannte. Zino verwandelte sich in diesem Szenario mehr und mehr in einen Einpeitscher, der sie unermüdlich drängte, das nächste drohende Unheil zu verhindern, obwohl Olivia sogar im Traum so schrecklich müde war, dass sie am liebsten auf der Stelle eingeschlafen wäre. Aber genau das wollte Zino um jeden Preis verhindern, denn Schlaf bedeutete Untätigkeit und war somit eine Kapitulation vor Gott Hades. Olivia durfte nicht kapitulieren, auch wenn sie es noch so gern getan hätte.

Als die Türklingel sie aus ihren Träumen riss, war es draußen bereits dunkel, was sie spontan beunruhigte, weil sie nicht wusste, wie lange sie geschlafen hatte und welche schrecklichen Dinge in dieser Zeit im wahren Leben passiert waren. Sie stolperte durch den Gang und öffnete die Tür.

Wortlos fiel Conny ihr in die Arme.

»Was ist passiert?«, fragte Olivia unheilvoll.

»Ich kann nicht mehr«, antwortete ihre Freundin. »Diese

ständige Angst, dass jemandem etwas passieren könnte, den du liebst, ist viel schlimmer, als tot zu sein.«

»Ich weiß«, sagte Olivia und tätschelte ihr tröstend den Rücken. »Ich weiß genau, was du meinst.«

Conny löste sich von ihr und sah in Olivias müdes Gesicht. »Du siehst abgekämpft und steinalt aus, weißt du das?«

Olivia musste grinsen. »Nein, aber das liegt vermutlich daran, dass ich eigentlich tot bin. Und ich finde, dafür habe ich mich ganz gut gehalten.«

»Stimmt auch wieder«, sagte Conny. »Hast du Wein?«

Sie setzten sich an das weit geöffnete Fenster und genossen die Nachtluft. Conny erzählte, wie sie den leitenden Arzt mit Engelszungen davon überzeugt hatte, die Blutprobe zu wiederholen. »Er war quasi schon dabei, Amalia das Medikament zu verabreichen. Ich bin also keine Minute zu spät gekommen. Immerhin hat er sich hinterher wortreich bei mir bedankt. Ich bin sicher, die beiden sind jetzt bei ihm in den besten Händen.«

Zumindest bis Hades sich eine neue Gemeinheit einfallen lässt, dachte Olivia, sagte das aber nicht. »Und Arne geht es auch gut?«, fragte sie stattdessen.

»Arne geht es auch gut«, bestätigte Conny. »Ich hab ihn dazu überreden können, die Reparatur des Traktors in die Hände eines erfahrenen Mechanikers zu legen. Im Dorf hat sich die Geschichte von Amalias Geburt wie ein Lauffeuer verbreitet. Und die meisten Leute wissen jetzt auch, dass der Makler die beiden über den Tisch gezogen hat. Viele haben Hilfe angeboten. Arne tut sich zwar noch etwas schwer damit, sie anzunehmen, aber ich glaube, um seiner Familie willen wird er über seinen Schatten springen.«

»Das klingt doch nicht schlecht, oder?«, sagte Olivia.

»Nein. Ich glaube sogar, mithilfe der Leute aus dem Dorf könnte ihr Neuanfang doch noch gelingen.«

»Das freut mich«, sagte Olivia und sah hinaus in die Nacht, wo der Mond mit den Sternen um die Wette strahlte. »Wie spät ist es eigentlich?«

»Gleich Mitternacht«, antwortete Conny. »Ich bin noch kurz bei Heiko im Krankenhaus vorbeigefahren, aber er schlief bereits.«

»Du hast ein schlechtes Gewissen«, bemerkte Olivia.

»Vermutlich«, sagte Conny und nippte am Wein. »Ich müsste lange üben, um so abgebrüht zu werden wie mein Mann.«

Erneut klingelte es an der Tür.

Olivia und Conny tauschten erstaunte Blicke.

»Zino?«, vermutetet Conny.

»Möglich«, sagte Olivia und stand auf, um nachzusehen.

Der nächtliche Besucher war Charon, der ungepflegte Fährmann mit dem kleinen Alkoholproblem. »Zino möchte euch beide sehen«, sagte er.

»Uns beide«, wiederholte Olivia.

Er nickte. »So ist es.«

»Jetzt?«

Wieder ein Nicken. »Ich warte«, sagte er.

Olivia bemerkte, dass Conny ebenfalls in den Flur gekommen war. »Das ist Charon, der Fährmann in den Hades«, erklärte sie. »Er sagt, Zino will uns sehen.«

Conny wurde ein wenig blass um die Nase. »Dann ist die Zeit jetzt gekommen?«, fragte sie.

Olivia warf einen fragenden Blick zu Charon.

»Das müsst ihr Zino fragen«, antwortete er.

52

Der See, an dem Olivia schon oft gesessen und kleine Auszeiten genossen hatte, kam ihr völlig verwandelt vor. Bei Tage betrachtet, war er ein Idyll, bewohnt von Entenfamilien, umkreist von Joggern und jungen Eltern. Nachts jedoch sah dieser Ort aus wie das Tor zu einer anderen Welt.

Am Ufer wurden sie von Zino erwartet. Ob das Mondlicht ihn nur zufällig effektvoll anstrahlte oder ob er sich absichtlich so in Szene gesetzt hatte, blieb sein Geheimnis.

»Charon meinte, du wolltest uns sprechen«, sagte Olivia und bemerkte, dass der Fährmann sich davonstahl und am Ufer von der Dunkelheit verschluckt wurde.

Zino nickte. »Ich habe mit Hades gesprochen, so wie du es wolltest.«

»Ich wollte es genauso«, ergänzte Conny.

»Umso besser«, sagte Zino. »Dann wird es euch freuen, dass Hades und ich eine Lösung für unsere Probleme gefunden haben.«

»Kommt ein bisschen auf die Lösung an«, sagte Conny.

»Sie besteht nicht darin, dass Hades mich von meinen Verpflichtungen entbindet«, sagte Zino. »Leider. Aber immerhin bekomme ich eine längere Auszeit, um zu entspannen und Kräfte zu sammeln.«

»Wie schön, du hast Urlaub gekriegt«, sagte Olivia.

»Kann man so sagen«, erwiderte Zino.

»Fährst du weg?«, fragte Conny.

»Mal sehen. Vielleicht nach Griechenland.«

Schweigen.

»Und was heißt das für uns?«, fragte Olivia.

Zino wollte antworten, aber in diesem Moment hörte man ein Knarren, und im Silberlicht des Mondes, umflort von Nebelschwaden, die unerklärlicherweise plötzlich von irgendwo herkamen, legte ein uraltes Boot am Seeufer an. Charon stand am Steuer. Seine ungewaschenen Haare glänzten im Mondlicht, sein hageres Gesicht warf diabolische Schatten.

Mit einer einladenden Geste forderte Zino die beiden Frauen dazu auf, das Boot zu besteigen. »Für euch heißt das, Charon wird euch jetzt übersetzen«, sagte er.

Olivia spürte, wie Conny ihre Hand ergriff. »Betrachten wir es als ein Abenteuer«, flüsterte sie. »Erinnerst du dich noch daran, dass wir im Studium mal davon geträumt haben, Feuerland zu bereisen?«

Olivia nickte.

»Tun wir doch so, als wäre das hier die Alternative«, schlug Conny vor und schluckte trocken.

Wieder nickte Olivia, während beide langsam und mit weichen Knien Charons Fähre bestiegen.

Zino wartete geduldig, bis die Frauen eingestiegen waren, stieß dann das Boot vom Ufer ab und sprang im letzten Moment selbst mit an Bord.

Olivia spürte, dass ihr Atem schneller ging. »Weißt du, wo man uns hinbringen wird?«, fragte sie.

»Dreimal darfst du raten«, sagte er grinsend.

»Auf die Asphodelienwiesen?«

Er schüttelte den Kopf.

»Wie?« Olivia wunderte sich. »Werden wir etwa nach Elysium gebracht?«

»Habe ich dir doch gesagt«, freute sich Conny.

»Nein, wieder falsch«, sagte Zino.

Conny erschrak, Olivia ebenso. »Aber dann bleibt ja nur der Tartaros ... Wie ist das möglich? Ich meine, was haben wir denn verbrochen?«

»Beruhigt euch«, sagte Zino. »Dieser See führt nicht in den Hades.«

Olivia stutzte. »Warum überqueren wir ihn dann?«

»Weil ihr mich vergessen haben werdet, wenn wir das andere Ufer erreicht haben«, sagte Zino. »Hades hat zugestimmt, dass ihr am Leben bleibt, aber ihr müsst vergessen, dass es mich gibt.«

»Wie soll das gehen?«, sagte Conny.

»Es sind nicht die Flüsse der Unterwelt, die die Toten vergessen lassen, sondern Charon und sein Boot.«

»Heißt das, wenn wir das andere Ufer erreicht haben, wird unsere Erinnerung an die letzten Tage und an dich einfach ... weg sein?«, fragte Olivia.

Er nickte. »Es ist der Preis dafür, dass ihr weiterleben dürft.«

»Klingt fair, oder?«, sagte Conny.

»Ist aber auch irgendwie schade«, erwiderte Olivia nachdenklich. »Das mit dem Vergessen, meine ich.«

»Freut mich, dass du das so siehst«, sagte Zino.

»Werden wir uns jemals wiedersehen?«

»Eines Tages bestimmt«, erwiderte er. »Spätestens dann, wenn eure Zeit gekommen ist. Ihr solltet euch also wünschen, mich nicht so bald wiederzusehen.«

Mit einem leichten Ruck legte das Boot am anderen Ufer an. »Da wären wir«, sagte Charon. »Endstation.«

Olivia und Conny kletterten an Land.

»Oh, seht doch mal da, eine Sternschnuppe«, sagte Zino.

Reflexhaft sahen die beiden in die angegebene Richtung, aber da war keine Sternschnuppe. Nur ein großer und gewaltiger Sternenhimmel, der still über dem nächtlichen Park thronte.

Olivia hatte das irritierende Gefühl, es stünde jemand hinter ihr. Aber als sie sich umdrehte, war da nichts außer dem See, der im Mondlicht völlig ruhig dalag.

»Ist das nicht wunderschön?«, fragte Conny, die ganz verliebt zu sein schien in den Sternenhimmel. »Woran denkst du, wenn du das siehst?«

»Um die Wahrheit zu sagen, habe ich gerade an Liam gedacht.«

»Liam? Welcher Liam?«

»Liam Wilson. Ich habe dir nie von ihm erzählt. Wir hatten eine Affäre, aber die Sache hat ein tragisches Ende genommen.«

»Moment mal, du hast mir einen Mann verheimlicht?«, fragte Conny mit gespielter Empörung. »Das ist ja unerhört. Vor allem, weil es nicht so viele Männer in deinem Leben gibt. Und du weißt, wie sehr ich Klatsch und Tratsch liebe.«

»Schon gut, ich werde dir alles erzählen«, versprach Olivia.

»Das hoffe ich.«

»Und du? Woran denkst du?«

Conny schaute träumerisch nach oben. »Je älter ich werde, desto öfter frage ich mich, welche Geheimnisse im Universum verborgen sind. Gibt es da so eine Art Gott? Existiert das Schicksal? Und werden wir jemals erfahren, ob unser Leben irgendeinen Sinn hatte? Schenkt uns ein gnädiger Gott wenigstens am Tag unseres Todes reinen Wein ein?«

Olivia spürte zwar, dass sie die Antworten auf all diese Fragen kannte, aber trotzdem nicht erklären konnte, wie alles mit allem zusammenhing. Es war, als würde die Wahrheit verschwinden, wenn man sie ansah. »Leben wir doch erst einmal«, sagte sie. »Wer weiß schon, was noch kommt?«